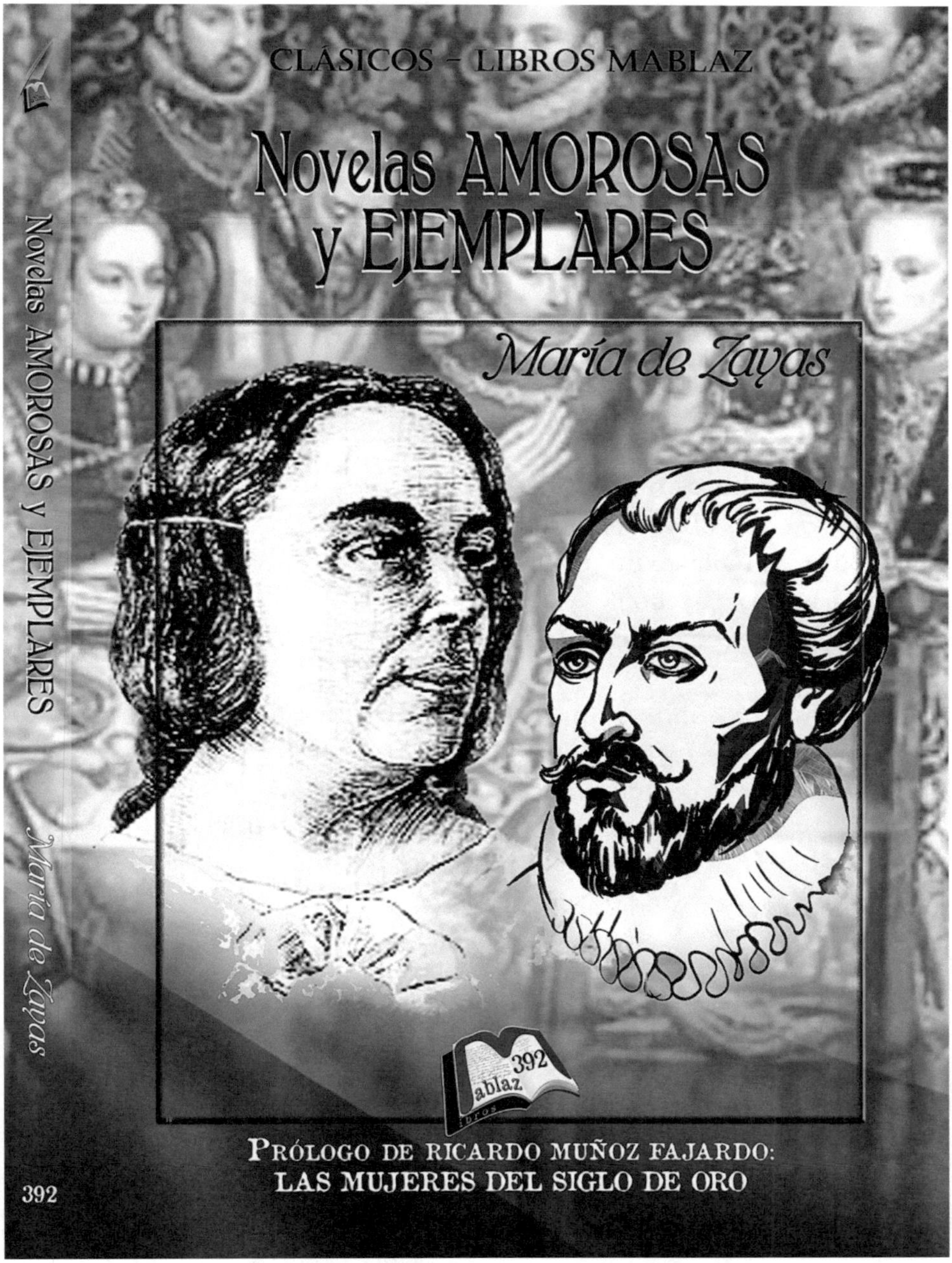

Novelas AMOROSAS y EJEMPLARES

María de Zayas

PRÓLOGO DE RICARDO MUÑOZ FAJARDO:
LAS MUJERES DEL SIGLO DE ORO

392

Ciencia Ficción y Fantasía – 143

Novelas amorosas y ejemplares
Primera Edición, abril de 2025

© Libros Mablaz, Madrid, 2025
www.librosmablaz.com

© De esta edición, Libros Mablaz

blogs:
Editorial Libros Mablaz
http://editoriallibrosmablazycienciaficcion.blogspot.com.es/
Ciencia ficción y fantasía en Libros Mablaz:
http://mablazlibros.blogspot.com.es/
Introducción a las obras de Libros Mablaz:
http://librosmablazextractos.blogspot.com.es/
Libros Mablaz en Facebook:
https://www.facebook.com/groups/530547690292189/
Tu Librería en Casa:
https://www.facebook.com/TuLibreriaEnCasa
Todocolección:
http://www.todocoleccion.net/neog%C3%A9nesis_vendedorTC

Diseño de cubiertas: Mari Carmen López

ISBN: 979-13-990036-4-2
Depósito Legal: M-8038-2025

LIBROS MABLAZ - 392

NOVELAS AMOROSAS Y EJEMPLARES

María de Zayas

PRÓLOGO

LAS MUJERES DEL SIGLO DE ORO

Cervantes, Quevedo, Góngora, Lope, Tirso, Calderón... Todos hombres, ninguno mujer.

Sabemos que el Siglo de Oro español fue la mejor época de, entre otras artes, la literatura del país. También que la mujer ha sido considerado como un ser humano de segunda categoría a través de los siglos, incluso hoy, en el transcurso del veinticinco año del siglo XXI, donde no dejan de sobrecoger las noticias de los asesinatos de sus parejas por unos sujetos que se consideran unos machos que entran en posesión de una hembra en cuanto entablan una relación con ella.

Por este motivo, la pregunta que surge tras la exigua relación de autores que aparece al principio de este prólogo, ¿es que no existían mujeres que escribiesen en esa época? Por supuesto que sí. Y de gran categoría narrativa a pesar de que ahora hayan caído en el olvido.

Empecemos con María de Zayas, la autora de este libro, *Novelas amorosas y ejemplares*, que consta de dos ediciones, un libro brillante que sigue la estela de las *Novelas ejemplares* de Migue de Cervantes y, al mismo tiempo, el escenario replicado de *El Decamerón*, en el que varios comensales, o simplemente invitados a una casa, quedan aislados del resto del mundo y se cuentan entre ellos una serie de historias para pasar el tiempo de encierro.

Zayas realza en su novela un primigenio feminismo en el que reivindica la igualdad entre hombres y mujeres, sobre todo en los lances del amor, en el que no solo ha de gozar él, sino también ella. Además, una parte de las historias narradas en el libro tienen un toque fantástico, lo que ha hecho que haya sido catalogado como tal por los fanáticos del género, un encasillamiento estricto con el que no se ha de estar del todo de acuerdo.

Novelas amorosas y ejemplares es considerada por los entendidos como una de las mejores prosas realizadas durante el Siglo de Oro.

Volvamos al tema de las mujeres y su discriminación eterna. La calidad de la obra supuso que se extendiera un rumor maligno sobre María de Zayas. El poco conocimiento de su figura ha hecho que se haya abogado por la teoría de que la escritora no existe en realidad, sino el prolífico autor Alonso de Castillo Solórzano, basada, además de por lo dicho, en unos versos del poeta contemporáneo a ella Francesc Fontanella, en los que parece ridiculizar a la Zayas, cuando en realidad lo que está haciendo es descubrir el sexo del autor de la obra firmada con tal nombre, un varón en realidad. Una hipótesis única, que nosotros creemos que no tiene que ver con la realidad, aunque hemos diseñado la portada sobre esta tesis para descabalgarla del todo.

La primera autora a la que citaremos es Teresa de Jesús (1515-1582). Todas sus obras tienen un carácter religioso o vinculadas a su labor de desarrollo de la orden carmelita. Citaremos sus obras más importantes. *Vida de la Madre Teresa de Jesús, escrita de su misma mano, con una aprobación del padre M. fr. Domingo Báñez, su confesor y catedrático de prima en Salamanca* (1561-1568); *Camino de perfección* (1564-1567); *Las moradas del castillo interior* (1577); *Fundaciones* (1573-1582); *Relaciones y mercedes* (1560); *Exclamaciones o meditaciones del alma a su Dios escritas por la Madre Teresa de Jesús, en diferentes días, conforme al espíritu que le comunicaba nuestro Señor después de haber comulgado, año de mil y quinientos y sesenta y nueve* (1569); *Desafío espiritual* (1570); *Meditaciones sobre los Cantares* (1575). Sobre esta obra, hacia 1580 su confesor, el dominico Diego de Yanguas, le dijo que quemase la obra y todas sus copias porque era susceptible de ser condenada por la Inquisición. A pesar de todo, se conservaron algunas copias.

La siguiente escritora a destacar es otra religiosa, Juana Inés de la Cruz (1648-1695), una autora completa en el sentido que redactó todo tipo de obras y con un legado de letras de gran calidad. Entre las teatrales destacaremos *Los empeños de una casa* (1683), que sigue el canon narrativo de Lope de Vega; *Amor es más laberinto* (1689). Dentro de sus obras teológicas: *El divino Narciso* (1689), *El mártir del sacramento* (1692) y *El cetro de José* (1692). También es abundante su producción poética, que llegó a suponer la mitad de su obra.

Una tercera sor dedicada a la religión y muchas otras cosas más fue Catalina de Erauso (1585 o 1592-hacia 1650), puesto que fue conocida como la monja alférez, una persona que mostró sin tapujos su homosexualidad. La obra conocida de ella es *La maquinaria infernal* (1626), su autobiografía, en la que narra relaciones íntimas con otras mujeres.

Ana Caro de Mallén y Soto (hacia 1600–1647), una de las primeras escritoras que vivió de la escritura. Una buena parte de su obra fue de encargo. Entre estas destacan *Valor, agravio y mujer; Relación en que se da cuenta de las grandísimas fiestas que en el convento de N. P. S. Francisco de la ciudad de Sevilla se han hecho a los santos mártires del Japón* (1628); *Grandiosa victoria que alcanzó de los moros de Tetuán Jorge de Mendoza y Piçaña, general de Ceuta* (1633); *Relación de la grandiosa fiesta y octava que en la iglesia parroquial del glorioso San Miguel de la ciudad de*

Sevilla hizo Don García Sarmiento de Sotomayor, conde de Salvatierra (1635); *Contexto de las reales fiestas que se hicieron en el palacio del Buen Retiro, a la coronación del rey de Romanos y entrada en Madrid de la señora princesa de Cariñán, en tres discursos* (1637); *La puerta de la Macarena* (1641); *La Cuesta de Castilleja* (1642); *Coloquio entre dos* (1645); *El Conde Partinuplés* (1653, póstuma); *Octava de San Miguel*, un encargo de la condesa de Salvatierra o *Segundo Discurso del Contexto*, hecha a instancia del Conde-Duque de Olivares.

Leonor de la Cueva y Silva (1611-1705), una de las mejores vates de su época, independientemente de los sexos de los que la escribían. Cuenta con una obra de unas cincuenta poesías, recogidas en un solo tomo. De ella se conoce una única composición teatral, *La firmeza en la ausencia* (año desconocido).

Oliva Sabuco (1562-hacia 1646). Autora de una única obra, *Nueva Filosofía de la naturaleza del hombre, no conocida ni alcanzada de los grandes filósofos antiguos, la cual mejora la vida y salud humana* (1587), cuya autoría fue puesta en duda por su propio padre, Miguel Sabuco, que en su testamento aseguró que, en realidad, él fue quien redactó el libro y si puso como autora a su hija fue para darle notoriedad. Se ha demostrado que fue doña Oliva fue la autora real de la obra, lo que supuso que tuviera múltiples problemas con la Inquisición, que ordenó quemar sus libros.

Leonor Meneses Noronha (1620 o 1630-1664 o 1655), condesa que no necesitó casarse para dedicarse a la escritura y otros asuetos por su solvencia económica. Utilizó un seudónimo, Laura Mauricia, por las sátiras que eran sometidas las mujeres escritoras. Se sabe que hizo poesía y narrativa, aunque desgraciadamente solo se conoce una obra suya, la única que se ha conservado, *El desdeñado más firme* (1655), que se cree que nunca llegó a ser representada en un teatro, a lo sumo en alguna casa particular.

De Ángeles de Sotomayor no hemos encontrado más referencias de que fue incluida como autora en la exposición "Tan sabia como valerosa. Mujeres y escritura en los Siglos de Oro", organizada por el Instituto Cervantes. No se ha encontrado ninguna obra suya catalogada en la Biblioteca Nacional.

Sobre Catalina del Barrio y Angulo hay que destacar, sobre todo, su labor como impresora. El único escrito firmado por ella que se ha podido localizar por nuestra parte es *Manifiesto que hizo Tarragona: sobre persuadir al principado sus quietudes* (1642). Otras mujeres impresoras fueron Juana Millán, Margarita Anglada, e Inés de Oxedo.

Cristobalina Fernández de Alarcón (hacia 1576-1646) fue una poetisa que sembró opiniones encontradas entre los vates masculinos de su época. Escribió mucho y se supone que bien, aunque solo han llegado hasta nosotros quince de sus versos. Cultivó los temas religiosos y místicos, sobre todo, pero no le hizo ningún asco a tratar asuntos más mundanos. Su buen hacer hizo que ganara abundantes certámenes en los que presentó sus composiciones. En ellos no se atuvo a una única fórmula compositiva, presentó sonetos, quintillas y comedias con rima, lo que supuso que dos enemigos irreconciliables, como eran Góngora y Quevedo, se pusieran de acuerdo por una vez en su vida y lanzaran airadas críticas hacia Cristobalina Fernández. En sentido contrario, cuando Lope de Vega visitó Antequera, localidad malagueña en donde desarrolló la poetisa la mayor parte de su existencia vital, fue a visitarla y la ensalzó nombrándola como «musa antequerana» o la «sibila de Antequera». De 1615 data su poema más conocido, dedicado a la beatificación de Teresa de Jesús, que fue premiado en las justas poéticas de Córdoba de 1616.

Luisa María de Padilla Manrique y Acuña (1590-1646), condesa de Aranda, persona muy culta, que cuenta con seis libros escritos y publicados: *Nobleza virtuosa* (1637); *Noble perfecto y segunda parte de la nobleza virtuosa* (1639); *Lágrimas de la nobleza* (1639); *Elogios de la verdad e invectiva contra la mentira* (1640); *Excelencias de la castidad* (1642) e *Idea de nobles y sus desempeños en aforismos* (1644).

Vamos a ir concluyendo. No seguiremos haciendo una relación de obras de las demás escritoras femeninas del Siglo de Oro, aunque sí las citaremos. Son, con la cautela de dejarnos algún nombre sin citar, por lo que pedimos disculpas anticipadas, por ejemplo, las siguientes: Elena de la Paz, de la que no hemos obtenido datos pero que en la obra contemporánea *Malvivir*, de Yayo Cáceres y Álvaro Tato se la define como « mujer libre, rebelde, ladrona, ingeniosa, embustera y fugitiva que desafía todas las convenciones de su época y paga el precio de su libertad», Isabel Correa (hacia 1655-1700), Ana de Jesús (1545-1621), Mariana de Vargas y Valderrama, Hipólita de Jesús (hacia 1591-1624), Ana de Cristo, María Jesús de Ágreda (1602-1665), Marcela de San Félix (1605-1687), Silvia Monteser, Antonia de Nevares, Ana Francisca Abarca de Bolea y la escritora del que solo se conoce el seudónimo, Arminda.

Ricardo Muñoz Fajardo

10

NOVELAS
AMOROSAS,
Y
EXEMPLARES.

COMPVESTAS POR DOÑA MARIA
de Zayas y Sotomayor, natural de
Madrid.

DE NUEVO CORRETAS,
y enmendadas por su misma
Autora.

CON LICENCIA

En Zaragoça, en el Hospital Real de nuestra Señora de
Gracia. Año de 1638.

A costa de Pedro Esquer, mercader de libros.

Ste honesto, y entretenido Sarao, que mandò ver el señor don Iuan de Mendieta, Uicario General en esta Corte, y que escrivio doña Maria de Zayas, no hallo cosa no conforme a la verdad Catolica de nuestra santa Madre Iglesia, ni dissonante a las buenas costumbres. Y quando a su Autora, por ilustre emulacion de las Corinnas, Saphos, y Aspasias, no se le deviera la licencia que pide, por Dama y hija de Madrid, me parece que no se le puede negar.

El M. Ioseph de Valdiuielso.

¶ 2   LI

LICENCIA:

EL Doctor Iuan de Mendieta, Vicario General desta Villa y su partido, &c. Por lo que a nos toca, damos licencia para que se pueda imprimir, e imprima este libro. Tratado honesto y entretenido sarao, compuesto por doña maria de Zayas, atento lo è hecho ver y no ay cosa en el contra nuestra santa Fè. y buenas costumbres. Dada en Madrid a quatro de Iunio de 1634.

El Doct. Iuan de Mendieta.

Por su mandado.

Iuan Francisco de Haro, Not.

A doña Maria de Zayas y Sotomayor,
por doña Ana Caro de
Mellen.

DEZIMAS.

CRezca la Gloria Española,
insigne doña Maria,
por ti sola, pues podria
gloriarse España en ti sola:
nueva Sapho, nueva Pola
Argentaria, honor adquieres
a Madrid y te prefieres
con soberanos renombres,
nuevo prodigio a los hõbres,
nuevo assõbro a las mugeres.

A inmortal region anhelas
quando el aplauso te aclama,
y al imperio de tu fama
en sus mismas alas buelas:
novedades, y novelas
tu pluma escriue, tu cantas,
triunfa alegre, dichas tantas,
pues ya tan gloriosa vives,
que admiras con lo que escriues,
con lo que cantas encantas.

¶ 3   Tu

Tu entender esclarecido,
gran Sibila Mantuana,
te miente al velo de humana,
emula al comun olvido;
y del tiempo desmentido
lo caduco, a las historias,
harà eternas tus memorias,
rindiendole siempre fieles,
a tu eloquencia laureles,
a tu erudicion, vitorias.

PRIMERA PARTE

INTRODUCCIÓN

JUNTÁRONSE a entretener a Lisis, hermoso milagro de la naturaleza y prodigioso asombro de esta corte (a quien unas atrevidas cuartanas tenían rendidas sus hermosas prendas), la hermosa Lisarda, la discreta Matilde, la graciosa Nise y la sabia Filis, todas nobles, ricas, hermosas y amigas, una tarde de las cortas de diciembre, cuando los hielos y terribles nieves dan causa a guardar las casas y gozar de los prevenidos braseros que en competencia del mes de julio quieren hacer tiro a las cantimploras, y lisonjear las damas para que no echen menos el prado, el río, y las demás holguras que en Madrid se usan.

Pues como fuese tan cerca de Navidad, tiempo alegre y digno de solemnizarse con fiestas, juegos y burlas, habiendo gastado la tarde en honestos y regocijados coloquios, porque Lisis, con la agradable conversación de sus amigas, no sintiese el enfadoso mal, concertaron entre sí un sarao, entretenimiento para la Nochebuena y los demás días de Pascua; convidando para este efecto a don Juan, caballero mozo, galán, rico y bien entendido, primo de Nise y querido dueño de la voluntad de Lisis, a quien pensaba ella entregar en legítimo matrimonio las hermosas prendas de que el cielo la había hecho gracia; si bien don Juan, aficionado a Lisarda, prima de Lisis, a quien deseaba para dueño, negaba a Lisis la justa correspondencia de su amor, sintiendo la hermosa dama el tener a los ojos la causa de sus celos y haber de fingir agradable risa en el semblante, cuando el alma, llorando mortales sospechas, había dado motivo a su mal y ocasión a su tristeza, y más viendo que Lisarda, contenta como estimada, soberbia como querida, y falsa como competidora, en todas ocasiones llevaba lo mejor de la amorosa competencia.

Convidado don Juan a la fiesta, y agradecido por principal de ella, a petición de las damas se acompañó de don Álvaro, don Miguel, don Alonso y don Lope, en nada inferiores a don Juan, por ser todos en nobleza, gala y bienes de fortuna iguales y conformes, y todos aficionados a entretener el tiempo discreta y regocijadamente: juntos pues todos en un mismo acuerdo, dieron a la bella Lisis la presidencia de este gustoso entretenimiento, pidiéndole que ordenase a cada uno lo que se había de hacer; la cual excusándose como enferma, viéndose importunada de sus amigas, sustituyendo a su madre en su lugar, que era una noble y discreta señora a quien el enemigo común de las vidas quitó su amado esposo, se salió de la sala, obligación en que sus amigas la habían puesto.

Laura, que este es el nombre de la madre de Lisis, repartió en esta forma la entretenida fiesta: a Lisis su hija, que como enferma se excusaba, y era razón, dio cargo de prevenir de músicos la fiesta; y para que fuese más gustosa, mandó expresamente que les diese las letras y romances que en todas cinco noches se hubiesen de cantar.

A Lisarda, su sobrina, y a la hermosa Matilde mandó que inventasen una airosa máscara, en que ellas y las otras damas con los caballeros mostrasen su gala, donaire, destreza y bizarría la primera noche después de haber danzado.

Y porque los caballeros no se quejasen de que a las damas se les daba la preeminencia, mezclando a los unos con los otros, salió la segunda noche por don Álvaro y don Alonso; la tercera, a Nise y Filis; la cuarta, a don Miguel y don Lope; y la quinta y última noche, a la misma Laura, y que la acompañase don Juan: feneciendo la pascua con una grandiosa cena que quiso Lisis, como la principal de la fiesta, dar a los caballeros y damas, para la cual convidaron a los padres de los caballeros y a las madres de las damas, por ser todas ellas sin padres y estos sin madres, que la muerte no deja a los mortales los gustos cumplidos.

Lisis, a quien tocaba dar principio a la fiesta, hizo buscar dos músicos, los más diestros que pudieron hallarse, para que acompañasen con sus voces la angélica suya, que con este favor quiso engrandecerla.

Quedaron avisados que al recogerse el día y descoger la noche el negro manto, luto bien merecido por el rubicundo señor de Delfos, que por dar a los indios los alegres días daba a nuestro hemisferio con su ausencia oscuras sombras, se juntasen todos para solemnizar la noche buena con el concertado entretenimiento en el cuarto de la hermosa Lisis, en una sala que aderezada de unos costosos paños flamencos, cuyos boscajes, flores y arboledas parecían las selvas de Arcadia, o los pensiles huertos de Babilonia.

Coronaba la sala un rico estrado con almohadas de terciopelo verde, a quien las borlas y guarniciones de plata hermoseaban sobremanera: haciendo competencia a una vistosa camilla, que al lado del vario estrado había de ser trono, asiento y resguardo de la bella Lisis, que como enferma pudo gozar de esta preeminencia, y era asimismo de brocado verde, con flecos y alamares de oro.

Estaba ya la sala cercada toda alrededor de muchas sillas de terciopelo verde y de infinitos taburetes pequeños, para que, sentados en ellos los caballeros, pudiesen gozar de un brasero de plata que, alimentado de fuego y diversos olores, cogía el estrado de parte a parte.

Desde las tres de la tarde empezaron las señoras, y no solo las convidadas sino otras muchas, que a las nuevas del entretenido festín se convidaron ellas mismas a ocupar los asientos, recibidas con grandísimo agrado de la discreta Laura y hermosa Lisis, que, vestida de la color de sus celos, ocupaba la camilla, que por la honestidad y decencia, aunque era el día de la cuartana, quiso estar vestida.

Ya la sala parecía a los campos alumbrados del rubio Apolo cuando, vertiendo risa, alegran los ojos que los miran; tantas eran las velas que daban luz a la rica sala, cuando los músicos, que cerca de la cama de Lisis tenían sus asientos, prevenidos de un romance que después de haber danzado se había de cantar, empezaron con una gallarda a convidar a las damas y caballeros a ir saliendo de una cuadra con hachas encendidas en las manos para que fuese más bien vista su gallardía.

El primero que dio principio al airoso paseo fue don Juan, que por guía y maestro empezó solo, tan galán, de pardo, que llevaba los ojos de cuantos le veían, cuyos botones y cadenas de diamantes parecían estrellas. Siguiole Lisarda y don Álvaro, ella de las colores de don Juan y él de las de Matilde, a quien sacrificaba sus deseos. Venía la hermosa dama de noguerado y plata; acompañábale don Alonso, galán, de negro, porque salió así Nise, saya entera de terciopelo liso sembrada de botones de oro; traíala de la mano don Miguel, también de negro, porque aunque miraba bien a Filis no se atrevió a sacar sus colores, temiendo a don Lope por haber salido como ella de verde, creyendo que sería dueño de sus deseos.

Habiendo don Juan mostrado en su gala un desengaño a Lisis de su amor, viendo a Lisarda favorecida hasta en las colores, la cual, dispuesta a disimular, se comió los suspiros y ahogó las lágrimas, dando lugar a los ojos para ver el donaire y destreza con que dieron fin a la airosa máscara, con tan intrincadas vueltas y graciosos laberintos, lazos y cruzados que quisieran que durara un siglo.

Mas viendo a Lisis que, con pedazos de cristal, acompañada de los dos músicos, quería enseñar en la destreza de su voz sus gracias, tomando asiento todos por su orden, dieron lugar a que se cantara este romance:

Escuchad, selvas, mi llanto,
oíd, que a quejarme vuelvo,
que nunca a los desdichados
les dura más el contento.
Otra vez hice testigos
a vuestros olmos y fresnos,
y a vuestros puros cristales
de la ingratitud del cielo.

Oísteis tiernas mis quejas,
y entretuvisteis mis celos
con la música amorosa
de estos mansos arroyuelos.
vio tierno su sinrazón,
probó mi firmeza Celio,
procuró pagar finezas,
sino que se cansó presto.
Salí a gozar mis venturas,
alegre de ver que en premio
de mi amor, si no me amaba,
le agradecía a lo menos.
Pequeña juzgaba el alma,
de su viveza aposento,
estimando por favores
sus desdenes y despegos.
Adoraba sus engaños,
aumentando en mis deseos
sus gracias para adorarle,
¡Qué engañado devaneo!
¿Quién pensara, dueño ingrato,
que estas cosas que refiero
aumentaran de tu olvido
El apresurado intento?
Bien haces de ser cruel,
injustamente me quejo,
pues siempre son los dichosos
aquellos que quieren menos.
Tu amor murmura la aldea,
mirando en tu pensamiento
nuevo dueño de tu gusto,
y en tus ojos nuevo empleo.
Y como te quiero, lloro tu olvido,
y tus desdenes siento.

No fuera verdaderamente agradecido tan ilustre auditorio si no diera a la hermosa Lisis las gracias de su voz; y así, con las más corteses y discretas razones que supo don Francisco, padre de don Juan, en nombre de todos mostró cuánto estimaban tan engrandecido favor, dando con esto a la hermosa dama, a pesar del mal, aumento a su belleza con los nuevos colores que a su rostro vinieron, y a don Juan, para caer en la cuenta de su poco agradecimiento; si bien volviendo a mirar a Lisarda, volvió a enredarse en los lazos de su hermosura, más viéndola prevenirse de asiento más acomodado para referir la maravilla que le tocaba decir esta primera noche; la cual viendo que todos, colgados de su dulce boca y bien entendidas palabras, aguardaban que empezase, buscando las más discretas que pudo delatarle su claro entendí-miento y extremado donaire, dijo así.

NOCHE PRIMERA

NOVELA PRIMERA

AVENTURARSE PERDIENDO

EL NOMBRE, hermosísimas damas y nobles caballeros, de mi maravilla es Aventurarse perdiendo; porque en el discurso de ella veréis cómo, para ser una mujer desdichada, cuando su estrella inclina a serlo, no bastan ejemplos ni escarmientos: si bien servirá el oírla de aviso para que no se arrojen al mar de sus desenfrenados deseos, fiadas en la barquilla de su flaqueza, temiendo que en él se aneguen, no solo las flacas fuerzas de las mujeres, sino los claros y heroicos entendimientos de los hombres, cuyos engaños es razón que se teman, como se verá en mi maravilla, que es la siguiente.

Por entre las ásperas peñas de Monserrate, suma y grandeza del poder de Dios y milagrosa admiración de las excelencias de su divina Madre, donde se ven en divinos misterios efectos de sus misericordias, pues sustenta en el aire la punta de un empinado monte a quien han desamparado los demás, sin más ayuda que la que le da el cielo, que no es la de menos consideración el milagroso y sagrado templo, tan adornado de riquezas como de maravillas: tantos son los milagros que hay en él, y el mayor de todos aquel verdadero retrato de la serenísima reina de los ángeles y señora nuestra.

Después de haberla adorado, ofreciéndola el alma llena de devotos afectos, y mirando con atención aquellas grandiosas paredes, cubiertas de mortajas y muletas, con otras infinitas insignias de su poder, subía Fabio, ilustre hijo de la noble villa de Madrid, lustre y adorno de su grandeza, pues con su excelente entendimiento y conocida nobleza, amable condición y gallarda presencia, la adorna y enriquece tanto como cualquiera de sus valerosos fundadores, y de quien ella, como madre, se precia mucho.

Llevaba este virtuoso mancebo por tan ásperas malezas deseos piadosos de ver en ellas las devotas celdas y penitentes monjes que han muerto al mundo por vivir para el cielo.

Después de haber visitado algunas, y recibiendo sustento para el alma y cuerpo, y considerando la santidad de sus moradores, pues obligan con ella a los fugitivos pajarillos a venir a sus manos a comer las migajas que les ofrecen; caminando a lo más remoto del monte por ver la nombrada cueva que llaman de san Antón; así por ser la más áspera, como prodigiosa, respecto de las cosas que allí se ven, tanto de las penitencias de los que la habitan, como de los asombros que les hacen los demonios; que se puede decir que salen de ellas con tanta calificación de espíritu, que cada uno por sí es un san Antón.

Cansado de subir por una estrecha senda, respecto de no dar lugar su aspereza a ir de otro modo que a pie, y haber dejado en el convento la mula y un criado que le acompañaba, se sentó a la margen de un pequeño arroyuelo, que derramando sus perlas entre menudas yerbecillas, descolgándose con sosegado rumor de una hermosa fuente, que en lo alto del monte goza regalado asiento, pareciendo allí fabricada más por manos de ángeles que de hombres, para recreo de los santos ermitaños que en él habitan; cuya música y cristalina risa, ya que no la veían los ojos, no dejaba de agradar a los oídos.

Y como el caminar a pie, el calor del sol y la aspereza del camino le quitasen parte del animoso brío, quiso recobrar allí el perdido aliento.

Apenas dio vida a su cansada respiración, cuando llegó a sus oídos una voz muy suave, que en bajos acentos mostraba no estar muy lejos el dueño. La cual tan baja como triste, por servirle de instrumento la humilde corriente, y pensando que nadie la escuchaba, cantó así:

> ¿Quién pensara que mi amor,
> Escarmentado en mis males,
> Cansado de mis desdichas,
> No hubiera muerto cobarde?
> ¿Quién le vio escapar huyendo
> De ingratitudes tan grandes,
> Que crea que en nuevas penas
> Vuelva de nuevo a enlazarme?
> Mal hayan de mis finezas
> Tan descubiertas verdades,
> Y mal haya quien llamó
> A las mujeres mudables.
> Cuando de tus sinrazones
> Pudiera, Celio, quejarme,
> Quiere amor que no te olvide,
> Quiere amor que más te ame.
> Desde que sale la aurora,
> Hasta que el sol va a bañarse
> Al mar de las playas indias,
> Lloro firme y siento amante.
> Vuelve a salir y me halla
> Repasando mis pesares,
> Sintiendo tus sinrazones,
> Llorando tus libertades.

Bien conozco que me canso,
Sufriendo penas en balde;
Que lágrimas en ausencia
Cuestan mucho y poco valen.
Vine a estos montes huyendo
De que ingrato me maltrates;
Pero más firme te adoro,
Que en mí es sustento el amarte.
De tu vista me libré,
Pero no pude librarme
De un pensamiento enemigo,
De una voluntad constante.
Quien vio cercado castillo,
Quien vio combatida nave,
Quien vio cautivo en Argel,
Tal estoy, y sin mudarme.
Mas pues te elegí por dueño,
Matadme, penas, matadme;
Pues por lo menos dirán:
Murió, pero sin mudarse.
¡Ay bien sentidos males!
Poderosos seréis para matarme,
mas no podéis hacer
que amor se acabe.

Con tanto gusto escuchaba Fabio la lastimosa voz y bien sentidas quejas, que aunque el dueño de ellas no era el más diestro que hubiese oído, casi le pesó de que acabase tan presto.

El gusto, el tiempo, el lugar y la montaña le daban deseo de que pasara adelante, y si algo le consoló el no hacerlo, fue el pensar que estaba en parte que podría presto con la vista dar gusto al alma, como con la voz había dado aliento a los oídos; pues cuando la causa fuera más humilde, oír cantar en un monte era de no pequeño alivio para quien no esperaba sino el aullido de alguna bestia fiera.

En fin, Fabio, alentado más que antes, prosiguió su camino en descubrimiento del dueño de la voz que había oído, pareciéndole no estar en tal parte sin causa, llevándole enternecido y lastimado a oír quejas en tan áspera parte. Notable piedad y generosa acción enternecerse de la pasión ajena.

Iba Fabio tan deseoso de hablar al lastimado músico, que no hay quien sepa encarecerlo: y porque no se escondiese, iba con todo el silencio posible.

Siguiendo en fin por la margen de la cinta de cristal, buscando su hermoso nacimiento, pareciéndole que sería el lugar que atesoraba la joya que a su parecer buscaba con alguna sospecha de lo mismo que era; y no se engañó, porque acabando de subir a un pradillo que en lo alto del monte estaba, morada solo para la casta Diana o para alguna desesperada criatura, al cual hacía por una parte espaldas una blanca peña, de donde salía un grueso pedazo de cristal, sabroso sustento de las flores, verdes romeros y graciosos tomillos, vio recostado en ellos un mozo, que al parecer su edad estaba en la primera de sus años, vestido sobre un calzón pardo, una blanca y erizada piel de algún cordero, su zurrón y cayado junto a sí, y con sus abarcas y montera.

Apenas le vio, cuando conoció ser el dueño de los cantados versos, porque le pareció estar suspenso y triste, llorando las pasiones que había cantado.

Y si no le desengañara a Fabio la voz que había oído, creyera ser figura desconocida, hecha para adorno de la fuente: tan inmóvil le tenían sus cuidados. Tenía un nudo hecho de sus blancas manos, tales que pudieran dar envidia a la nieve, si ella de corrida no hubiera desamparado la montaña. Si su rostro se la daba al sol, dígalo la poca ofensa que le hacían sus rayos, pues no les había concedido tomar posesión en su belleza, ni ejercer la comisión que tienen contra la hermosura.

Tenía esparcidas por entre las olorosas yerbas una manada de ovejas, mas por dar motivo a su traje, que por el cuidado que mostraba tener con ellas, porque más eran causa de traerle perdido.

Era la suspensión del hermoso mozo tal, que dio lugar a Fabio de llegarse tan cerca, que pudo notar que las doradas flores del rostro descendían al traje, porque a ser hombre ya debía dorar la boca el tierno velo; y para ser mujer era el lugar tan peligroso, que casi dudó lo mismo que veía; mas viéndose en parte, que casi el mismo engaño le culpaba de poco atrevido, se llegó más cerca, y le saludó con mucha cortesía.

A la cual el embelesado zagal volvió en sí con un ay tan lastimoso, que parecía ser el último de su vida; y como aún no le había la montaña quitado la cortesía, viendo a Fabio levantose, haciéndosela con discretas caricias, preguntándole de su venida por tal parte.

A lo cual Fabio, después de agradecer sus corteses razones, satisfizo de esta suerte:

—Yo soy un caballero de Madrid, vine a negocios importantes a Barcelona, y como les di fin, y era fuerza volver a mi patria, no quise ponerlo en ejecución hasta ver el milagroso templo de Monserrate. Visité devoto, y quise piadoso ver las ermitas que hay en esta montaña. Y estando descansando entre esos olorosos tomillos, oí tu lastimosa voz, que me suspendió el susto y animó el deseo por ver el dueño de tan bien sentidas quejas, conociendo en ellas que padeces firme y lloras mal pagado; y viendo en tu rostro

24

y en tu presencia que tu ser no es lo que muestra tu traje, porque ni viene el rostro con el vestido, ni las palabras con lo que procuras dar a entender, te he buscado, y hallo que tu rostro desmiente a todo, pues en la edad pasas de muchacho, y en las pocas señales de tu barba no muestras ser hombre; por lo cual te quiero pedir en cortesía me saques de esta duda, asegurándote primero que si soy parte para tu remedio, no lo dejes por imposibles que le estorben, ni me envíes desconsolado, que sentiré mucho hallar una mujer en tal parte y con ese traje, y no saber la causa de su destierro, y asimismo no procurarle remedio.

Atento escuchaba el mozo al discreto Fabio, dejando de cuando en cuando caer unas cansadas perlas, que con lento paso buscaban por centro el suelo. Y como lo vio callar, y que aguardaba respuesta, le dijo:

—No debe querer el cielo, señor caballero, que mis pasiones estén ocultas, o porque haya quien me las ayude a padecer, o porque se debe de acercar el fin de mi cansada vida, y pretende que queden por ejemplo y escarmiento a las gentes; pues cuando creí que solo Dios y estas peñas me escuchaban, te guio a ti, llevado de tu devoción, a esta parte, para que oyeses mis lástimas y pasiones, que son tantas y venidas por tan varios caminos, que tengo por cierto que te haré más favor en callarlas que en decirlas, por no darte que sentir; demás de que es tan larga mi historia, que perderás tiempo si te quedas a escucharla.

—Antes —replicó Fabio— me has puesto en tanto cuidado y deseo de saberla, que si me pensase quedar hecho salvaje a morar entre estas peñas, mientras estuviere en ellas no he de dejarte hasta que me la digas, y te saque, si puedo, de esa vida, que sí podré, a lo que en ti miro; pues a quien tiene tanta discreción no será dificultoso persuadirle que escoja más descansada y menos peligrosa vida, pues no la tienes segura respecto de las fieras que por aquí se crían y de los bandoleros que en esta montaña hay; que si acaso tienen de tu hermosura el conocimiento que yo, de creer es que no estimaran tu persona con el respeto que yo la estimo.

—Pues si es así —dijo el mozo—, siéntate, señor, y oye lo que hasta ahora no ha sabido nadie de mí, y estima el fiar de tu discreción y entendimiento cosas tan prodigiosas, y no sucedidas sino a quien nació para extremo de desventura, que no hago poco sin conocerte, supuesto que de saber quién soy corre peligro la opinión de muchos deudos nobles que tengo, y mi vida con ellos; pues es fuerza que por vengarse me la quiten.

Agradeció Fabio lo mejor que supo, y supo bien, el quererle hacer archivo de sus secretos, y asegurándole, después de haberle dicho su nombre, de su peligro, y sentándose juntos cerca de la fuente, empezó el hermoso zagal su historia de esta suerte.

—Mi nombre, discreto Fabio, es Jacinta, que no se engañaron tus ojos en mi conocimiento; mi patria Baeza, noble ciudad de la Andalucía, mis padres nobles, y mi hacienda bastante a sustentar la opinión de su nobleza.

Nacimos en casa de mi padre un hermano y yo, él para tristeza suya, y yo para su deshonra; tal es la flaqueza en que las mujeres somos criadas, pues no se puede fiar a nuestro valor nada, porque tenemos ojos que a nacer ciegos menos sucesos hubiera visto el mundo, que al fin viviéramos seguras de engaños.

Faltó mi madre al mejor tiempo, que no fue pequeña falta, pues su compañía, gobierno y vigilancia fuera más importante a mi honestidad que no los descuidos de mi padre, que no le tuvo en mirar por mí y darme estado (yerro notable de los que aguardan a que sus hijas le tomen sin gusto): quería el mío a mi hermano ternísimamente, y esto era solo su desvelo, sin que se le diese yo en cosa ninguna: no sé qué era su pensamiento, pues había hacienda bastante para todo lo que quisiera emprender.

Diez y seis años tenía yo cuando una noche, estando durmiendo, soñaba que iba por un bosque amenísimo, en cuya espesura hallé un hombre tan galán que me pareció (¡ay de mí! y cómo hice despierta experiencia de ella) no haberlo visto en mi vida tal; traía cubierto el rostro con el cabo de un ferreruelo leonado, con pasamanos y alamares de plata.

Pareme a mirarle, agradada del talle y deseosa de ver si el rostro conformaba con él: con airoso atrevimiento llegué a quitarle el rebozo, y apenas lo hice cuando, sacando una daga, me dio un golpe tan cruel por el corazón que me obligó el dolor a dar voces, a las cuales acudieron mis criadas y despertándome del pesado sueño me hallé sin la vida del que me hizo tal agravio, la más apasionada que puedas pensar, porque su retrato se quedó estampado en mi memoria de suerte que en largo tiempo no se apartó de ella.

Deseaba yo, noble Fabio, hallar para dueño un hombre de su talle y gallardía, y traíame tan fuera de mí esta imaginación que le pintaba en ella, y después razonaba con él, de suerte que a pocos lances me hallé enamorada sin saber de quién; y me puedes creer que si fue Narciso moreno, Narciso era el que vi.

Perdí con estos pensamientos el sueño y la comida, y tras esto el color de mi rostro, dando lugar a la mayor tristeza que en mi vida tuve, tanto que casi todos reparaban en mi mudanza. ¿Quién vio, Fabio, amar a una sombra? Pues aunque se cuenta de muchos que han amado cosas increíbles y monstruosas, por lo menos tenían forma a quien querer.

Disculpa tiene conmigo Pigmalión, que adoró la imagen que después Júpiter le animó; y el mancebo de Atenas, y los que amaron el árbol y el delfín; mas yo que no amaba sino una sombra y fantasía, ¿qué sentirá de mí el mundo? ¿Quién duda que no creerá lo que digo, y si lo cree me llamará loca? Pues doyte mi palabra, a ley de noble, que ni en esto ni en lo demás que te dijere, adelanto nada más de la verdad.

Las consideraciones que hacía, las reprensiones que me daba, créeme que eran muchas; y asimismo que miraba con atención los más galanes mozos de mi patria, con deseo de aficionarme de alguno que me librase de mi cuidado; mas todo paraba en volverme a querer a mi amante soñado, no hallando en ninguno la gallardía que en aquel.

Llegó a tanto mi amor, que me acuerdo que hice a mi adorada sombra unos versos, que si no te cansases de oírlos te los diré, que aunque son de mujer, tanto más grandeza, porque a los hombres no es justo perdonarles los yerros que hicieren en ellos, pues están adornados y purificados con arte y estudio; mas una mujer que solo se vale de su natural, ¿quién duda que merece disculpa en lo malo, y alabanza en lo bueno?

—Di, hermosa Jacinta, tus versos, dijo Fabio, que serán para mí de mucho gusto, porque aunque los sé hacer con algún acierto, préciome tan poco de ellos, que te juro que siempre me parecen mejor los ajenos que los míos.

—Pues si así es —replicó Jacinta—, mientras durare mi historia no he menester pedirte licencia para decir los que hicieron a propósito; y así digo que los que hice son estos:

> Yo adoro lo que no veo,
> Y no veo lo que adoro;
> De mi amor la causa ignoro,
> Y hallar la causa deseo:
> Mi confuso devaneo
> ¿Quién le acertará a entender?
> Pues sin ver vengo a querer
> Por sola imaginación,
> Inclinando mi afición
> A un ser que no tiene ser.
> Que enamore una pintura,
> No será milagro nuevo,
> Que aunque tal amor no apruebo,
> Ya en efecto es hermosura:
> mas amar a una figura
> que acaso el alma fingió,
> nadie tal locura vio;
> porque pensar que he de hallar
> causa que está por criar,
> ¿quién tal milagro pidió?
> La herida del corazón
> vierte sangre, mas no muero:

27

la muerte con gusto espero,
por acabar mi pasión:
de estado fuera razón,
cuando no muero, dormir;
¿mas cómo puedo pedir
vida ni muerte a un sujeto
que no tuvo de perfecto
más ser que saber herir?
Dame, cielo, si has criado
aqueste ser que deseo,
de mi voluntad empleo,
y antes que nacido amado;
¿mas qué pide un desdichado,
cuando sin suerte nació?
¿Porque a quién le sucedió
de amor milagro tan feo,
que le ocupase el deseo
amante que en sueños vio?

    ¿Quién pensara, Fabio, que había de ser el cielo tan liberal en darme aun lo que no le pedí? Porque como deseaba imposibles, no se atrevía mi libertad a tanto, si no fue en estos versos, que fue más gala que petición. Mas cuando uno ha de ser desdichado, también el cielo permite su desdicha.

    Vivía en mí mismo lugar un caballero natural de Sevilla, del nobilísimo linaje de los Ponces de León, apellido tan conocido como calificado, que habiendo hecho en su tierra algunas travesuras de mozo, se desnaturalizó de ella, y casó en Baeza con una señora su igual, en quien tuvo tres hijos, la mayor y menor hembras, y el de en medio varón.

    La mayor casó en Granada, y con la más pequeña entretenía la soledad y ausencia de don Félix, que este era el nombre del gallardo hijo, que deseando que luciese en el valor y valentía de sus ilustres antecesores, seguía la guerra, dando ocasión con sus valerosos hechos a que sus deudos, que eran muchos y nobles, como lo publican las excelentes casas de los duques de Arcos y condes de Bailén, le conociesen por rama de su descendencia.

    Llegó este noble caballero a la florida edad de veinte y cuatro años, y habiendo alcanzado por sus manos una bandera, y después de haberla servido tres años en Flandes, dio la vuelta a España para pretender sus acrecentamientos; y mientras en la corte se disponían por mano de sus deudos, se fue a ver a sus padres, que había días que no los había visto y que vivían con este deseo.

    Llegó don Félix a Baeza al tiempo que yo sobre tarde ocupaba un balcón, entretenida en mis pensamientos; y siendo forzoso haber de pasar por delante de mi casa, por ser la suya en la misma calle, pude, dejando mis imaginaciones, poner los ojos en sus galas, criados y gentil presencia, y deteniéndome en ella más de lo justo, vi tal gallardía en él que querértela significar fuera alargar esta historia y mi tormento.

Vi en efecto el mismo dueño de mi sueño, y aun de mi alma, porque si no era él, no soy yo la misma Jacinta que le vio y le amó más que a la misma vida que poseo.

No conocía yo a don Félix, ni él a mí, respecto de que cuando fue a la guerra quedé tan niña que era imposible acordarme, aunque su hermana doña Isabel y yo éramos muy amigas.

Miró don Félix al balcón, viendo que solos mis ojos hacían fiesta a su venida, y hallando Amor ocasión y tiempo, ejecutó en él el golpe de su dorada saeta, que en mí ya era excusado su trabajo, por tenerlo hecho. Y así de paso me dijo: «Tal joya, o ya será mía, o yo perderé la vida». Quiso el alma decir: «Ya lo soy», mas la vergüenza fue tan grande como el amor, a quien pedí con hartas sumisiones y humildades me diese ocasión y ventura, pues me había dado causa.

No dejó don Félix perder ninguna de las que la fortuna le dio a las manos; y fue la primera que habiéndome doña Isabel avisado de la venida de su hermano, fue fuerza visitarla, en cuya visita me dio don Félix en los ojos a conocer su amor tan a las claras, que pudiera yo darle albricias de mi suerte; y como yo le amaba no pude negarle en tal ocasión las justas correspondencias.

Y con esto le di ocasión para pasear mi calle de día y de noche, y que al son de una guitarra, con la dulce voz y algunos versos, en que era diestro, me diese mejor a conocer su voluntad. Acuérdome, Fabio, que la primera vez que le hablé a solas por una reja, me dio causa este soneto:

Amar el día, aborrecer el día,
Llamar la noche y despreciarla luego,
Temer el fuego y acercarse al fuego,
Tener a un tiempo pena y alegría;
Estar juntos valor y cobardía,
El desprecio cruel y el blando ruego,
Tener valiente entendimiento ciego,
Atada la razón, libre osadía;
Buscar lugar en que alterar los males,
Y no querer del mal hacer mudanza,
Desear sin saber qué se desea;
Tener el gusto y el disgusto iguales,
Y todo el bien librado en la esperanza:
Si aquesto no es amor, no sé qué sea.

Dispuesta tenía amor mi perdición, y así me iba poniendo los lazos en que me enredase y los hoyos donde cayese: porque hallando la ocasión que yo misma buscaba, desde que oí la música me bajé a un aposento bajo de un criado de mi padre, llamado Sarabia, más codicioso que leal, donde me era fácil hablar, por tener una reja baja, tanto que no era difícil tomar las manos. Y viendo a don Félix cerca, le dije:

—Si tan acertadamente amáis como lo decís, dichosa será la dama que mereciere vuestra voluntad.

—Bien sabéis vos, señora mía —respondió don Félix—, de mis ojos, de mis deseos y de mis cuidados, que siempre manifiestan mi dulce perdición, que sé mejor querer que decirlo; que vos sepáis que habéis de ser mi dueño mientras tuviere vida, es lo que procuro, y no acreditarme ni de buen poeta ni mejor músico.

—¿Y paréceos —repliqué yo— que me estará bien creer eso que vos decís?

—Sí —respondió mi amante—, porque hasta dejar quererse, y querer al que ha de ser su marido, tiene licencia una dama.

—¿Pues quién me asegura a mí que vos lo habéis de ser? —le torné a decir.

—Mi amor —dijo don Félix— y esta mano, que si la queréis en prendas de mi palabra, no será cobarde aunque le cueste a su dueño la vida.

¿Qué mujer, viéndose rogada con lo mismo que desea, amigo Fabio, despreció jamás la ocasión de casarse, y más del mismo que ama, que no acepte luego cualquier partido, pues no hay mayor cebo en que pique la perdición de una mujer que este? Y así no quise poner en condición mi dicha, que por tal la tuve, y tendré siempre que traiga a la memoria este día.

Y sacando la mano por la reja, tomé la que me ofrecía mi dueño, diciendo:

—Ya no es tiempo, señor don Félix, de buscar desdenes a fuerza de engaños, ni encubrir voluntades a costa de despegos, suspiros y lágrimas; yo os quiero no tan solo desde el día que os vi, sino antes; y para que no os tengan confuso mis palabras, os diré cosas que espanten —y luego le conté todo lo que te he dicho de mi sueño.

No hacía don Félix, mientras yo le decía estas novedades, para él y para cuantos lo oyen, sino besarme la mano que tenía en las suyas, como en agradecimiento de mis penas; en cuya gloria nos cogiera el día, y aun el de hoy, si no hubiera llegado nuestro amor a más atrevimiento.

Despedímonos con mil ternezas, quedando muy asentada nuestra voluntad y con propósito de vernos todas las noches en la misma parte; venciendo con oro el imposible del criado, y con mi atrevimiento el poder llegar allí, respecto de haber de pasar por delante de la cama de mi padre y hermano para salir de mi aposento.

Visitábame muy a menudo doña Isabel, obligándola a esto, después de su amistad, el dar gusto a su hermano, y servirle de fiel tercera a su amor.

En este sabroso estado estaba el nuestro, sin tratar don Félix de volver por entonces a Italia, cuando entre las damas a quien rindió su gallarda presencia, que eran casi todas las de la ciudad, fue una prima suya, llamada doña Adriana, la más hermosa que en toda aquella tierra se hallaba.

Era esta señora hija de una hermana del padre de don Félix, que como he dicho, era de Sevilla, y tenía cuatro hermanas; las cuales por muerte de su padre había traído a Baeza, poniendo las dos menores en religión.

Allí mismo se casó la que se seguía tras ella, quedándose la mayor, sin querer tomar estado, con esta hermana ya viuda, a quien había quedado, para heredera de más de cincuenta mil ducados, esta sola hija, a la cual amaba como puedes pensar, siendo sola y tan hermosa como te he dicho.

Pues como doña Adriana gozase muy a menudo la conversación de don Félix respecto del parentesco, le empezó a querer con tanto extremo que no pudo ser más, como verás en lo que sucedió.

Conoció don Félix el amor de su querida prima, y como tenía tan llena el alma del mío, disimulaba cuanto podía, excusándose el darle ocasión a perderse más de lo que estaba; y así cuantas muestras doña Adriana le daba de su voluntad, con un descuido desdeñoso se hacía desentendido.

Tuvieron pues tanta fuerza con ella estos desdenes, que vencida de su amor, combatida de ellos dio consigo en la cama, dando a los médicos muy poca seguridad de su vida: porque demás de no comer, ni aun dormir, no quería que se le hiciese ningún remedio.

Con que tenía puesta a su madre en la mayor tristeza del mundo, que como discreta, dio en pensar si sería alguna afición el mal de su hija; y con este pensamiento, obligando con ruegos a una criada de quien doña Adriana se fiaba, supo el caso, y quiso como cuerda ponerle remedio.

Llamó a su sobrino, y habiéndole dado a entender con lágrimas la pena que tenía del mal de su hija, y la causa que la tenía en tal estado, le pidió apretadamente que fuese su marido, pues en toda Baeza no hallaría casamiento más rico, y ella alcanzaría de su hermano que lo tuviese por bien.

No quiso don Félix ser causa de la muerte de su prima, ni dar con una desabrida respuesta pena a su tía. En esta conformidad le dijo, fiado en el tiempo que había de pasar en venir la dispensación, que lo tratase con su padre, que como él quisiese lo tendría por bien.

Y entrando a ver a su prima, le llenó el alma de esperanzas, mostrando su contento en su mejoría, acudiendo a menudo a su casa, que así se lo pedía su tía; con que doña Adriana cobró entera salud.

Faltaba don Félix a mis visitas por acudir a las de su prima; y yo, desesperada, maltrataba mis ojos y culpaba su lealtad.

Una noche que quiso satisfacer mis celos, y que por excusar murmuraciones de los vecinos había facilitado con Sarabia el entrar dentro, viendo mis lágrimas, mis quejas y sentimientos, como amante firme e inculpable en mis sospechas, me dio cuenta de todo lo que con su prima pasaba; enamorado, mas no cuerdo, porque si hasta allí eran solos temores los míos, desde aquel punto fueron celos declarados. Y con una cólera de mujer celosa, que no lo pondero poco, le dije que no me hablase en su vida si no le decía a su prima que era mi esposo, y que no lo había de ser suyo.

Quise con este enojo irme a mi aposento, y no lo consintió mi amante; mas amoroso y humilde, me prometió que no pasaría el día que aguardaba sin obedecerme; que ya lo hubiera hecho, si no fuera por guardarme el justo decoro.

Y habiéndome dado nuevamente palabra delante del secretario de mis libertades, le di posesión de mi alma y cuerpo, pareciéndome que así le tendría más seguro.

Pasó la noche más aprisa que nunca, porque había de seguirle el día de mis desdichas; para cuya mañana había determinado el médico que doña Adriana, tomando un acerado jarabe, saliese a hacer ejercicio por el campo, porque como no podía verse el mal del alma, juzgaba por el perdido color que era opilaciones.

Y para este tiempo llevaba también mi esposo librado el desengaño de su amor, y satisfacción de mis celos; porque como un hombre no tiene más de un cuerpo y un alma, aunque tenga muchos deseos, no puede acudir a lo uno sin hacer falta a lo otro: y la pasada noche don Félix, por haberla tenido conmigo, había faltado a su prima; y lo más cierto es que la fortuna, que guiaba las cosas más a su gusto que a mi provecho, ordenó que doña Adriana madrugase a tomar su acerada bebida, y saliendo en compañía de su tía y criadas, la primera estación que hizo fue a casa de su primo, y entrando en ella con alegría de todos, que le daban como a un sol el parabién de su venida y salud, se fue con doña Isabel al cuarto de su hermano, que estaba reposando lo que había perdido de sueño en sus amorosos empleos, y le empezó delante de su hermana a pedirle cuenta de haber faltado la noche pasada; a quien don Félix no satisfizo, mas desengañó de suerte, que en pocas palabras le dio a entender que se cansaba en vano, porque demás de tener puesta su voluntad en mí, estaba ya desposado conmigo, y prendas de por medio, que si no era faltándole la vida, era imposible que faltasen.

Cubrió a estas razones un desmayo los ojos de doña Adriana, que fue fuerza sacarla de allí, y llevarla a la cama de su prima, la

32

cual vuelta en sí, disimulando cuanto pudo las lágrimas se despidió de ella, respondiendo a los consuelos que doña Isabel le daba con grandísima sequedad y despego.

Llegó a su casa, donde en venganza de su desprecio hizo la mayor crueldad que se ha visto, consigo misma, con su primo y conmigo: ¡o celos, qué no haréis, y más si os apoderáis de pecho de mujer! En lo que dio principio a su furiosa rabia fue en escribir a mi padre un papel, dándole cuenta de lo que pasaba, diciéndole que velase y tuviese cuenta con su casa, que había quien le quitaba el honor; y con esto aguardó la mañana, que tomando su pítima, y dando el papel a un criado que le llevase a mi padre, ya con el manto puesto para salir a hacer ejercicio, se llegó a su madre algo más enternecida que su cruel corazón le daba lugar, y le dijo:

—Madre mía, al campo voy; si volviere, Dios lo sabe. Por su vida, señora, que me abrace, por si no la volviere a ver.

—Calla, Adriana, dijo alterada su madre, no digas tales disparates, si no es que tienes gusto de acabarme la vida: ¿por qué no me has de volver a ver, si ya estás tan buena que ha muchos días que no te he visto mejor? Vete, hija mía, con Dios, y no aguardes a que entre el sol.

—¿Por qué vuestra merced no me quiere abrazar? —replicó doña Adriana.

Y volviendo (preñados de lágrimas los ojos) las espaldas, llegó a la puerta de la calle, y apenas salió por ella y dio dos pasos, cuando arrojando un lastimoso ay, se dejó caer en el suelo.

Acudió su tía, sus criadas y su madre, que venía tras ella, y pensando que era desmayo, la llevaron a la camilla, llamando al médico para que hiciese las diligencias posibles; mas no hubo ninguna bastante, por ser su desmayo eterno; y declarando que era muerta, la desnudaron para amortajarla, hundiéndose la casa a gritos; y apenas la desabotonaron el jubón que llevaba puesto cuando entre sus hermosos pechos le hallaron un papel que ella misma escribía a su madre, en que le decía que ella propia se había quitado la vida con solimán, que había echado en el jarabe, porque más quería morir que ver a su ingrato primo en brazos de otra.

Quien a este punto viera a la triste de su madre, de creer es que se le partiera el corazón por medio de dolor, porque ya de traspasada no podía llorar, y más cuando vieron que después de frío el cuerpo, se puso muy hinchada y negra; porque no solo consideraba el ver muerta a su hija, sino el haber sido desesperadamente; y así puedes considerar, Fabio, cuál estaría su casa y la ciudad, y yo que en compañía de doña Isabel fui a ver este espectáculo, inocente y descuidada de lo que estaba ordenado contra mí, aunque confusa de ser yo la causa de tal suceso, porque ya sabía por un papel de mi esposo lo que había pasado con ella.

No se halló al entierro don Félix, por no irritar al cielo en venganza de su crueldad, aunque yo lo eché a sentimiento. Enterraron a la desgraciada y malograda dama, facilitando su riqueza y calidad los imposibles que pudiera haber, habiéndose ella muerto por sus manos. Y con esto yo me torné a mi casa, deseando la noche para ver a don Félix, y apenas eran las nueve, cuando me avisó que ya estaba en su aposento (pluguiera a Dios le durara su pesar, y no viniera): a mi parecer se disponía mejor el verle que otras noches, porque aunque mi padre, estando ya avisado por el papel de doña Adriana, se acostó más temprano, haciendo recoger a mi hermano y la demás gente, y yo hice lo mismo por más disimulación, no obstante, ayudado de sus desvelos, y a pesar de su cuidado, se durmió tan pesadamente, que le duró el sueño hasta las cuatro de la mañana.

Yo, como le vi dormido, me levanté, y descalza, con solo un faldellín, me fui a los brazos de mi esposo, y en ellos procuré quitarle con caricias y ruegos el pesar que tenía, tratando con admiraciones el suceso de doña Adriana.

Estaba Sarabia sentado en la escalera por espía de mis travesuras, a tiempo que mi padre despavorido despertó, y levantándose fue a mi cama, y como no me hallase tomó un pistolete y su espada, y llamando a mi hermano, le dio cuenta del caso; mas no pudieron hacerlo con tanto silencio, que una perrilla que había en casa no avisase con voces a mi criado, el cual escuchando atento, oyó pasos, llegó a nosotros, y nos dijo que si queríamos vivir le siguiésemos, porque éramos sentidos.

Hicímoslo así, aunque muy turbados, y antes que mi padre tuviese lugar de bajar la escalera, ya los tres estábamos en la calle y la puerta cerrada por de fuera, que esta astucia me enseñó mi necesidad.

Considérame, Fabio, con solo un faldellín de damasco, y descalza, porque de esta suerte había bajado la escalera a verme con mi deseado dueño, el cual con la mayor prisa que pudo me llevó al convento donde estaban sus tías, siendo ya de día; llamó a la portería, y entrando dentro al torno, dándoles cuenta del suceso, en menos de una hora me hallé detrás de una reja, llena de lágrimas y cercada de confusión, aunque don Félix me alentaba cuanto podía, y sus tías me consolaban, asegurándome todas el buen suceso, pues, pasada la cólera, tendría mi padre por bien el casamiento.

Y por si le quisiesen pedir a don Félix el escalamiento de la casa, se quedó retraído él y Sarabia en el mismo monasterio, en una sala que para su estancia mandaron aderezar sus tías, desde donde avisó a su padre y hermana el suceso de sus amores.

Su padre, que ya por las señas se imaginaba que me quería, y no le pesaba de ello, por conocer que en Baeza no podría su hijo

34

hallar más principal ni rico casamiento, pareciéndole que todo vendría a parar en ser mi marido, fue luego a verme en compañía de doña Isabel, que proveída de vestidos y joyas que supliesen la falta de las mías, mientras se hacían otras, llegó donde yo estaba, dándome mil consuelos y esperanzas.

Esto pasaba por mí, mientras mi padre, ofendido de acción tan escandalosa, como era haberme salido de su casa, si bien lo fuera más si yo aguardara su furia, pues por lo menos me costaría la vida, remitió su venganza a sus manos (acción noble) sin querer por la justicia hacer ninguna diligencia ni más alboroto, ni más sentimiento que si no le hubiera faltado la mejor joya de su casa y la mejor prenda de su honra.

Y con este propósito honrado puso espías a don Félix, de suerte que hasta sus intentos no se le encubrían.

Y antes de muchos días halló la ocasión que buscaba, aunque con tan poca suerte como las demás, por estar hasta entonces la fortuna de parte de don Félix, el cual una noche, cansado ya de su resolución, y estando cierto que yo estaba recogida en mi celda con sus tías, que me querían como hija, venciendo con dineros la facilidad de un mozo que tenía las llaves de la puerta de la casa, le pidió que le dejase salir, que quería llegar hasta la de su padre, que no estaba lejos, que luego daría la vuelta.

Hízolo el poco fiel guardador, previniéndole su peligro: y él facilitándolo todo, lleno de armas y galas salió, y apenas puso los pies en la calle, cuando dieron con él mi padre y hermano, las espadas desnudas, que hechos vigilantes espías de su opinión, no dormían sino a las puertas del convento.

Era mi hermano muy atrevido, cuanto don Félix prudente, causa porque a la primera ida y venida de las espadas le atravesó don Félix la suya por el pecho, y sin tener lugar ni aun de llamar a Dios, cayó en el suelo de todo punto muerto.

El mozo que tenía las llaves, como aún no había cerrado la puerta, por ser todo en un instante, recogió a don Félix antes que mi padre ni la justicia pudiesen hacer las diligencias que les tocaba.

Vino el día, súpose el caso, diose sepultura al malogrado; y yo ignorante del caso salí a un locutorio a ver a doña Isabel que me estaba aguardando llena de lágrimas y sentimientos, porque pensaba ella, siendo yo mujer de su hermano, serlo del mío, a quien amó tiernamente. Previnome del suceso y de la ausencia que don Félix quería hacer de Baeza y de toda España, porque se decía que el corregidor trataba de sacarle de la iglesia mientras venía un alcalde de la corte, por quien se había enviado a toda prisa.

Considera, Fabio, mis lágrimas con tan tristes nuevas, que fue mucho no costarme la vida, y más viendo que aquella misma noche había de ser la partida de mi querido dueño a Flandes, refugio de delincuentes y seguro de desdichados; como lo hizo, dejando orden para mi regalo y cuidado a su padre, y de amansar las partes y negociar su vuelta.

Con esto, por una puerta falsa que se mandaba por la estancia de las monjas, y no se abría sino con licencia del vicario y abadesa, salió dejándome en los brazos de su tía, casi muerta, donde me trasladó de los suyos por no aguardar a más ternezas, tomando el camino de Barcelona, donde estaban las galeras que habían traído las compañías que para la expulsión de los moriscos había mandado venir la majestad de Felipe III, y aguardaban al excelentísimo don Pedro Fernández de Castro, conde de Lemos, que iba a ser virrey y capitán general del reino de Nápoles.

Supo mi padre la ausencia de don Félix, y como discreto, trazó, ya que no se podía vengar de él, hacerlo de mí. Y la primera traza que para esto dio, fue tomar los caminos, para que ni a su padre ni a mí viniesen cartas, tomándolas todas: y no fue mal acuerdo, pues así sabía el camino que llevaba, que los caballeros de la calidad de mi padre en todas partes tienen amigos a quien cometer su venganza.

Pasaron veinte días de ausencia, pareciéndome a mi veinte mil años, sin haber tenido nuevas de mi ausente. Ya un día que estaba conmigo mi suegro y cuñado entró un cartero, y dio a mi suegro una carta, diciendo ser de Barcelona, que con lo que después supe, había sido echada en el correo. Decía así:

«Mucho siento ser el primero que dé a usted tan malas nuevas; mas aunque quisiera excusarme, no es justo dejar de acudir a mi amistad y obligación. Anoche, saliendo el alférez don Félix Ponce de León, su hijo de usted, de una casa de juego, sin saber quién ni cómo le dieron de puñaladas, sin darle lugar ni aun a imaginar quién fuese el agresor. Esta mañana le enterramos, y despacho esta para que usted lo sepa, a quien consuele nuestro Señor, y dé la vida que sus servidores deseamos. A Sarabia pasaré conmigo a Nápoles si usted no manda otra cosa. Barcelona, 20 de junio.

El capitán DIEGO DE MESA.»

¡Ay Fabio, y qué nuevas! No quiero traer a la memoria mis extremos; basta decir que las creí por ser este capitán muy amigo de don Félix, con quien él tenía correspondencia, y a quien pensaba seguir en este viaje; y pues las creí, por esto podrás conjeturar mi sentimiento y lágrimas.

No quieras saber más, sino que, sin hacer más información, a otro día tomé el hábito de religiosa, y conmigo, para consolarme y acompañarme, doña Isabel, que me quería ternísimamente.

Ve prevenido, discreto Fabio, de que mi padre fue el que hizo este engaño, y escribió esta carta; y como cogía todas las que venían, supo que don Félix, como llegó a Barcelona, halló embarcado al virrey, y sin tener lugar de escribir más que cuatro renglones, avisando de cómo ese día partían las galeras, se embarcó, y con él Sarabia, que no le había querido dejar, temeroso de su peligro: pedía que le escribiésemos a Nápoles, donde pensaba llegar, y desde allí dar la vuelta a Flandes.

Pues como su padre y yo no recibimos esa carta, pues en su lugar vino la de su muerte, y la tuviésemos por cierta, no escribimos más ni hicimos más diligencia que, cumplido el año, hacer doña Isabel y yo nuestra profesión con mucho gusto, particularmente yo, pareciéndome que, faltando don Félix, no quedaba en el mundo quien me mereciese.

A un mes de mi profesión murió mi padre, dejándome heredera de cuatro mil ducados de renta, los cuales no me pudo quitar por no tener hijos, que aunque tenía enojo, en aquel punto acudió a su obligación.

Estos gastaba yo largamente en cosas del convento; y así era señora de él, sin que se hiciese en todo más que mi gusto.

Don Félix llegó a Nápoles, y no hallando cartas allí, como pensó, enojado de mi descuido, sin querer escribir, viendo que se partían cinco compañías a Flandes, y que en una de ellas le habían vuelto a dar la bandera, se partió, y en Bruselas, para desapasionarse de mis cuidados, dio los suyos a damas y juegos, en que se divirtió de manera, que en seis años no se acordó de España ni de la triste Jacinta que había dejado en ella: pluguiera a Dios se estuviera hasta hoy, y me hubiera dejado en mi quietud, sin haberme sujetado a tantas desdichas; pues para traerme a ellas, al cabo de este tiempo, trayendo a la memoria sus obligaciones, dio la vuelta a España, donde entrando al anochecer, sin ir a la casa de sus padres, se fue derecho al convento, y llegando al torno a tiempo que querían cerrarle, preguntó por doña Jacinta, diciendo que la traía unas cartas de Flandes. Era tornera una de sus tías, y deseosa de saber lo que me quería, pareciéndome novedad que me buscase nadie fuera del padre de don Félix, que era la visita que yo siempre tenía, se apartó un poco, y llegándose luego, preguntó:

—¿Quién busca a doña Jacinta, que yo soy?

—Ese engaño no a mí —dijo don Félix—, que el soldado que me dio la carta me dio también a conocer su voz.

Viendo la sutileza la mensajera, a toda diligencia me envió a llamar por saber tales enigmas, y como llegué preguntando quién me buscaba, y conociese don Félix mi voz, se llegó, diciendo:

—¿Era tiempo, Jacinta mía, de verte?

¡Oh Fabio, y qué voz para mí, ahora parece que la escucho, y siento lo que sentí en aquel punto! Así como conocí en la habla a don Félix, considerando en un punto las falsas nuevas de su muerte, mi estado, y la imposibilidad de poseerle, despertando mi amor, que había estado dormido, di un gran grito, formando en él un ay tan lastimoso como triste, y di conmigo en el suelo con un desmayo tan cruel, que me duró tres días estar como muerta; y aunque los médicos declaraban que tenía vida, por más remedios que se hacían no podían volverme en mí.

Recogiose don Félix a una cuadra dentro de la sala, que debió de ser la misma en que primero estuvo, donde vio a su hermana, porque había en ella una reja donde nos hablamos, de quien supo lo hasta allí sucedido, y viendo que estaba profesa, fue milagro no perder la vida. Encargole el cuidado de mi salud y el secreto de su venida, porque no quería que la supiese su padre, que ya su madre era muerta.

Yo volví del desmayo, y mejoré del mal; porque guardaba el cielo mi vida para más desdichas, y salí a ver a don Félix. Lloramos los dos, y concertamos de que Sarabia fuese a Roma por licencia para casarnos, pues la primera palabra era la valedera.

Mientras yo juntaba dineros que llevase, pasaron quince días, en cuyo tiempo volvió a revivir el amor, y las persuasiones de don Félix a tener la fuerza que siempre habían tenido, y mi flaqueza a rendirse.

Y pareciéndonos que el breve del papa estaba seguro, fiándonos en la palabra dada antes de la profesión, di orden de haber la llave de la puerta falsa por donde salió don Félix para ir a Flandes, la cual le di a mi amante, hallándome más gozosa que con un reino.

¡Oh caso atroz y riguroso! Casi todas o las más noches entraba a dormir conmigo, pues era fácil, por haber una celda que yo había labrado de aquella parte.

Cuando considero esto, no me admiro, Fabio, de las desdichas que me siguen, y antes alabo y engrandezco el amor y misericordia de Dios en no enviar un rayo contra nosotros.

En este tiempo se partió Sarabia a Roma, quedándose don Félix escondido, con determinación de que no se supiese que estaba allí hasta que el breve viniese.

Pues luego que Sarabia llegó a Roma, presentó los papeles y un memorial que llevaba para dar a su santidad, en el cual se daba cuenta de toda la sustancia del negocio, y cómo entraba en el convento. Sorprendió esto tanto a su santidad, que mandó que pena de excomunión mayor *latæ sententiæ*, pareciese don Félix ante su tribunal, donde sabiendo el caso más por menor daría la dispensación, dando por ella cuatro mil ducados.

Pues cuando aguardábamos el buen suceso, llegó Sarabia con estas nuevas: y yo empecé a sentir con mayores extremos la ausencia de don Félix, temiendo sus descuidos; el cual con la misma pena me pidió que me saliese del convento, y fuese con él a Roma, y que juntos alcanzaríamos más fácilmente la licencia para casarnos.

Díjolo a una mujer que amaba, que fue facilitar el caso, porque la siguiente noche, tomando yo cantidad de dineros y joyas que tenía, dejando escrita una carta a doña Isabel, y dejándole el cuidado y gobierno de mi hacienda, me puse en poder de don Félix, que en tres mulas que tenía Sarabia prevenidas, cuando llegó el día ya estábamos bien apartados de Baeza, y en otros doce nos hallamos en Valencia, y haciéndonos a la vela, con harto riesgo de las vidas y mil trabajos llegamos a Civitavecchia, y en ella tomamos tierra, y un coche en que llegamos a Roma.

Tenía don Félix amistad con el embajador de España, y algunos cardenales que habían estado en Baeza, con cuyo favor nos atrevimos a echarnos a los pies de su santidad, el cual mirando nuestro negocio con piedad, nos absolvió, mandando que diésemos dos mil ducados al hospital real de España que hay en Roma; y luego nos despachó con condición, y en penitencia del pecado, que no nos juntásemos en un año, y si lo hiciésemos quedase la pena y castigo reservado a él mismo.

Estuvimos en Roma visitando aquellos santuarios, y confesándonos generalmente, en cuyo intermedio supo don Félix cómo la condesa de Gelves, doña Leonor de Portugal, se embarcaba para venir a Zaragoza, de donde habían hecho a don Diego Pimentel, su marido, virrey.

Y pareciéndole buena ocasión para venir a España y a nuestra tierra a descansar, me trajo a Nápoles, y acomodó por vía del marqués de Santa Cruz con las damas de la condesa, y él se llegó a la tropa de los acompañantes.

Tuvo la fortuna el fin que se sabe, porque forzados de una tormenta, nos obligó a venir por tierra; bastaba que viniese yo allí. Finalmente, mi esposo y yo vinimos a Madrid, y en ella me llevó a casa de una deuda suya, viuda, y que tenía una hija tan dama como hermosa, y tan discreta como gallarda, donde quiso que estuviese, respecto de haber de estar apartados lo que faltaba del año.

Él presentó los papeles de sus servicios en el consejo de guerra, pidiendo una compañía, pareciéndole que con título de capitán y nuestra hacienda sería rey en Baeza, premisas ciertas de su pretensión.

Había salido orden de Su Majestad, que todos los soldados pretendientes fuesen a servirle a la Mamora, que a la vuelta les haría mercedes; y como don Félix, respecto de haber servido tan bien, le honrasen para esta ocasión con el deseado cargo de capitán, no le dejaron sus honrados pensamientos acudir a las obligaciones de mi amor. Y así un día que se vio conmigo ante sus parientas, me dijo:

—Amada Jacinta, ya sabes en la ocasión que estoy, que no solo a los caballeros obliga, mas a los humildes, si nacieron con honra; esta empresa no puede durar mucho tiempo, y caso que dure más de lo que ahora imagino, como un hombre tenga lo que ama consigo, y no le falte una posada honrada, vivir en Argel o en Constantinopla, todo es vivir, pues el amor hace los campos ciudades, y las chozas palacios.

Dígote esto porque mi ausencia no se excusa por tan justos respectos, que si los atropellase daría mucho que decir. Tan honrosa causa disculpa el amor, si quieres dar ese nombre a mi partida. La confianza que tengo de ti me excusa el llevarte, que si no fuera esto, me animara a que en mi compañía empezaras a padecer de nuevo, o ya viéndome a mí cercado de trabajos, o llegando ocasión de morir juntos.

Más será Dios servido que en sosegándose estas revoluciones, tenga yo lugar de venir a poseerte, o por lo menos enviar por ti donde me emplee en servirte, que bien sé la deuda en que estoy a tu valor y voluntad; mi esposa eres, y siete meses nos faltan para poder yo libremente tenerte por mía.

La honra y acrecentamiento que yo tuviere es tuya. Ten por bien, señora mía, esta jornada, pues ahorrarás con esto parte del pesar que has de tener y yo tengo. En casa de mi tía quedas, y con la deuda de ser quien eres.

Lo necesario para tu regalo no te ha de faltar. A mi padre y hermano dejo escrito, dándoles cuenta de mis sucesos; a ti vendrán cartas y dineros. Con esto y las tuyas tendré más ánimo en las ocasiones, y más esperanzas de volverte a ver.

Yo me he de partir esta tarde, que no he querido hasta este punto decirte nada. Por tu vida y la mía, que mostrando en esta ocasión el valor que en las demás has tenido, excuses el sentimiento, y no me niegues la licencia que te pido.

Con un mar de lágrimas en mis ojos escuché a mi don Félix, pareciéndome en aquel punto más galán y más amoroso, y mi amor mayor que nunca; habíale de perder, ¿qué mucho que para atormentarme urdiese mi mala suerte esta cautela? Queríale responder, y no me daba lugar la pasión, y en este tiempo consideré que tenía razón en lo que decía: y así le dije con muy turbadas palabras, que mis ojos respondían por mí, pues que ellos hacían tal sentimiento, pasando entre los dos palabras tan amorosas, que servían para aumentar más y más nuestras penas.

Llegó la hora en que le había de perder para siempre: partiose al fin don Félix, y quedé como el que ha perdido el juicio, porque ni podía llorar ni hablar, ni oír los consuelos que a porfía me daban doña Guiomar y su madre. Finalmente, me costó la pérdida de mi dueño tres meses de enfermedad, que estuve ya para desamparar la vida. ¡Pluguiera al cielo que me hiciera este bien! Mas ¿cuándo le reciben los desdichados ni aun de quien tiene tantos que dar?

En todo este tiempo no tuve cartas de don Félix, y aunque pudieran consolarme las de su padre y hermana, que alegres de saber el fin de tantas desdichas, y prevenidas de mil regalos y dineros, me daban el parabién, pidiéndome que en volviendo don Félix, tratásemos de irnos a descansar en su compañía, no era posible que hinchiesen el vacío de mi cuidadosa voluntad, la cual me daba mil sospechas de mi desdicha; porque tengo para mí que no hay más ciertos astrólogos que los amantes.

Más habían pasado de cuatro meses que tenía esta vida, cuando una noche, que parece que el sueño se había apoderado más de mí que otras (porque como la fortuna me dio a don Félix en sueños, quiso quitármele de la misma suerte), soñaba que recibía una carta suya, y una caja que parecía traer algunas joyas, y yéndola a abrir, hallé dentro la cabeza de mi esposo.

Considera, Fabio, que fueron tan grandes los gritos y las voces que di, despertando con tantas lágrimas, congojas y ansias, que parecía que se me acababa la vida; y desmayándome, no volví en mí sino a las voces que me daba doña Guiomar, y agua que me echaban en el rostro.

Conteles el sueño, y ella, su madre y las criadas no osaban apartarse de mí por el temor con que estaba, pareciéndome que a todas partes que volvía la cabeza vía la de don Félix.

Llegada la mañana, determinaron llevarme a mi confesor para que me confesase, por ser sacerdote muy entendido y teólogo consumado. Al tiempo de salir de mi casa oí una voz, aunque las demás no la oyeron:

—Muerto es, sin duda, don Félix.

Con tales agüeros puedes creer que no hallé consuelo en el confesor, ni le tenía en cosa criada.

Pasé así algunos días, al cabo de los cuales vinieron las nuevas de lo que sucedió en la Mamora, y con ellas la relación de los que en ella se ahogaron, viniendo casi en los primeros don Félix.

De aquí algunos días llegó Sarabia, que fue la nueva más cierta, el cual contó como yendo a tomar puerto las naves, en competencia unas de otras, dos de ellas se hicieron pedazos, y se fueron a pique, sin poderse salvar de los que iban en ellas ni tan solo un hombre. En una de estas iba don Félix, armado de unas armas dobles, causa de que, cayendo en el mar, no volvió a parecer más; echó algunos fuera, él no fue visto. Así acabó la vida en tan desgraciada ocasión el más galán mozo que tuvo la Andalucía, porque a treinta años acompañaban las mayores gracias que pudo formar la naturaleza.

Cansarte en contar mi sentimiento, mis ansias, mi llanto, sería pagarte mal el gusto con que me escuchas; solo te digo que en tres años ni supe qué fue alegría ni salud.

Supieron su padre y hermana el suceso, trataron de llevarme y restituirme a mi convento; mas yo, aunque sentía con tantas veras la muerte de mi esposo, no lo acepté, por no volver a los ojos de mis deudos sin su amparo, ni menos con las monjas, respecto de haber sido la causa de su escándalo; demás que mi poca salud no me daba lugar de ponerme en camino, ni volver de nuevo a sufrir la carga de la religión; antes di orden que Sarabia, a quien ya tenía por compañero en mis fortunas, se fuese a gobernar mi hacienda, y yo quedé en compañía de doña Guiomar y su madre, que me tenían en lugar de hija; y no hacían mucho, pues gastaba con ellas toda mi renta.

Aconsejábanme algunas amigas que me casase, mas yo no hallaba otro don Félix que satisfaciese mis ojos, ni hinchiese el vacío de mi corazón, aunque no lo estaba de su memoria, ni mis compañeras quisieran que le hallara; mas para mi desdicha le halló amor, que quizá estaba sentido de mi descuido.

Visitaba a doña Guiomar un mancebo noble, rico y galán, cuyo nombre es Celio, tan cuerdo como falso, pues sabía amar cuando quería, y olvidar cuando le daba gusto; porque en él las virtudes y los engaños están como los ramilletes de Madrid, mezclados ya los olorosos claveles, como hermosas mosquetas, con las flores campesinas, sin olor ni virtud alguna. Hablaba bien, y escribía mejor, siendo tan diestro en amar como en aborrecer.

Este mancebo que digo, en mucho tiempo que entró en mi casa jamás se le conoció designio alguno, porque con llaneza y amistad entretenía la conversación; siendo tal vez el más puntal en prevenir consuelos a mi tristeza, unas veces jugando con doña Guiomar y otras diciendo algunos versos, en que era muy diestro. Pasaba el tiempo, teniendo en todo lo que intentaba más acierto que yo quisiera.

Igualmente nos alababa; sin ofender a ninguna nos quería; ya engrandecía la doncella; ya encarecía la viuda; y como yo también hacía versos, competía conmigo en ellos, admirándole, no el que yo los compusiese, pues no es milagro en una mujer, cuya alma es la misma que la del hombre, o porque naturaleza quiso hacer esa maravilla, o porque los hombres no se desvaneciesen, siendo ellos solos los que gozan de sus grandezas, sino porque los hacía con algún acierto.

Jamás miré a Celio para amarle, aunque nunca procuré aborrecerle; porque si me agradaba de sus gracias, temía sus despejos, de que él mismo nos daba noticia; particularmente un día que nos contó cómo era querido de una dama, y que la aborrecía con las mismas veras que la amaba, gloriándose de las sinrazones con que pagaba sus ternezas.

¿Quién pensara, Fabio, que esto despertara mi cuidado, no para amarle, sino para mirarle con más atención que fuera justo? De mirar su gallardía renació en mí un poco de deseo, y con desear se empezaron a enjugar mis ojos, y fui cobrando salud, porque la memoria empezó a divertirse tanto, que del todo le vine a querer, si bien callaba mi amor por no parecer liviana, hasta que él mismo trajo la ocasión por los cabellos, y fue pedirme que hiciera un soneto a una dama, que mirándose a un espejo, dio en él el sol, y la deslumbró. Y yo aprovechándome de ella, hice este soneto:

> En el claro cristal del desengaño
> Se miraba Jacinta descuidada,
> Contenta de no amar sin ser amada,
> Viendo su bien en el ajeno daño.
> Mira de los amantes el engaño,
> La voluntad, por firme, despreciada,
> Y de haberla tenido escarmentada,
> Huye de amor el proceder extraño.
> Celio, sol de esta edad, casi envidioso
> De ver la libertad con que vivía,
> Exenta de ofrecer a amor despojos,
> Galán, discreto, amante y dadivoso,
> Reflejos que animaron su osadía,
> Dio en el espejo, y deslumbró los ojos.
> Sintió dulces enojos,
> Y apartando el cristal, dijo piadosa:
> Por no haber visto a Celio fui animosa,
> Y aunque llegue a abrasarme,
> No pienso de sus rayos apartarme.

Recibió Celio con tanto gusto este papel, que pensé que ya mi ventura era cierta: y no fue, sino que a nadie le pesa de estar querido; alabó su ventura, encareció su suerte, agradeció mi amor, dando muestras del suyo, y dándome a entender que me le tenía desde el día que me vio; solemnizó la traza de darle a entender el mío, y finalmente, armó lazos en que acabase de caer, solemnizando en un romance mi hermosura y su suerte.

¡Ay de mí! que cuando considero las estratagemas con que los hombres rinden las mujeres, digo que todos son traidores, y el amor guerra y batalla campal, donde el amor combate a sangre y fuego al honor, alcaide de la fortaleza del alma.

De mí te digo, Fabio, que aunque ciega, y más cautiva a esta voluntad, no dejo de conocer lo que he perdido por ella; pues cuando no sea sino por haber dejado de ser cuerda, queriendo a quien me aborrece, basta este conocimiento para tenerme arrepentida si durase este propósito.

En fin, Celio es el más sabio para engañar que yo he visto, porque supo dar tal color de verdadero a su amor, que le creyera no solo una mujer que sabía la verdad de un hombre que se preció de tratarla, sino a las más astutas y sagaces.

Sus visitas eran continuas, porque mañana y tarde estaba en mi casa, tanto que sus amigos llegaron a conocer (en verle negar a su conversación) que la tenía con persona que la merecía; en particular uno de su nombre, con quien la conservó más que con ninguno, y a quien contaba sus empleos, que según me dijo el mismo Celio, me tenía lástima, y le rogaba no me hablase si me había de dar el pago que a otras.

Sus papeles eran tantos, que fueron bastantes a volverme loca. Sus regalos tan en tiempo, que parecía tener de su mano los movimientos del cielo. Yo simple, ignorante de estas traiciones, no hacía sino aumentar amor sobre amor, y si bien se le tuve siempre, fue con propósito de hacerle mi esposo, que de otra manera antes me dejara morir que darle a entender mi voluntad: y en ello entendí hacerle harto favor.

Celio no debía de pensar esto, según pareció, aunque no ignoraba lo que ganara en tal casamiento; mas yo con mi engaño estaba tan contenta en ser suya, que ya de todo punto no me acordaba de don Félix; solo en Celio estaban empleados mis sentidos, si bien temerosa de su amor, porque desde que le empecé a querer, temí perderle: y para asegurarme de este temor, un día que le vi más galán y más amante, le conté mi pensamiento, diciéndole que si como tenía cuatro mil ducados de renta, tuviera todas las riquezas del mundo, de todas le hiciera señor.

Seguía Celio las letras, y en ellas tenía más acierto que yo ventura, con lo que cortó a mi pretensión la cabeza, diciendo que él había gastado sus años en estudios de letras divinas, con propósito de ordenarse de sacerdote, y que en eso tenían puesto sus padres los ojos, fuera de haber sido esta su voluntad; y que supuesto esto, que le mandase otras cosas de mi gusto, que no siendo esta, las demás haría, aunque fuese perder la vida: y que en razón de asegurarme de perderle, me daba su fe y palabra de amarme mientras durase la que tenía.

Lo que sentí en ver defraudadas mis esperanzas, confirmándose en todo mis temores y recelos, pues siendo quien soy, no era justo querer si no era al que había de ser mi legítimo marido, y respecto de esto había de tener fin nuestra amistad, dieron lágrimas mis ojos, y más viendo a Celio tan cruel que en lugar de enjugarlas, pues no podía ignorar que nacían de amor, se levantó y se fue, dejándome bañada en ellas; y así estuve toda aquella noche y otro día, hasta que allá a la tarde vino Celio a disculparse con tanta tibieza que en lugar de enjugarlas las aumentó.

Esta fue la primera ingratitud que Celio usó conmigo, y como a una siguen muchas, empezó a descuidarse de mi amor, de suerte que ya no me veía sino de tarde en tarde, ni respondía a mis papeles, siendo otras veces objeto de su alabanza.

A estas tibiezas daba por disculpa sus ocupaciones y amigos, y con ellas ocasión a mis tristezas y desasosiegos, tanto que ya las amigas, que adoraban mis donaires y entretenimientos, huían de mí, viéndome con tanto disgusto.

Acompañó su desamor con darme celos. Visitaba damas, y decíalo, que era lo peor, con que irritando mi cólera y ocasionando mi furor, empecé a ganar en su opinión nombre de mal acondicionada; y como su amor fue fingido, antes de seis meses se halló tan libre de él como si nunca le hubiera tenido; y como ingrato a mis obligaciones, dio en visitar a una dama libre y de las que tratan de tomar placer y dineros, y hallose tan bien con esta amistad, porque no le recelaba ni apretaba, que no se le dio nada que yo lo supiese, ni hacía caso de las quejas que yo le daba por escrito y de palabra las veces que venía, que eran pocas.

Supe el caso por una criada mía que le siguió y supo los pasos en que andaba. Escribí a la mujer un papel, pidiéndola no le dejase entrar en su casa. Lo que resultó de eso fue no venir más a la mía, por darse más enteramente a la otra. Yo triste y desesperada pasaba los días y las noches llorando: mas ¿para qué te canso con estas cosas?, pues con decir que cerró los ojos a todo, basta.

Fue fuerza en medio de estos sucesos irse a Salamanca: y por no volver a verme, se quedó allí aquel año. Lo que en esto sentí, te lo dirá este traje y este monte, donde siendo yo quien sabes, me has hallado.

A pocos días que estaba en Salamanca, supe que andaba de amores, por nuevo, por galán y cortesano; cuyas nuevas sentí tanto, que pensé perder el juicio. Escribile unas cartas, no tuve respuesta.

En fin, me determiné ir a aquella famosa ciudad, y procurar con caricias volver a su gracia; y ya que no estorbase sus amores, por lo menos llevaba determinación de quitarme la vida.

Mira, Fabio, en qué ocasiones se vio mi opinión; mas, ¿qué no hará una mujer celosa?

Comuniqué mi pensamiento con doña Guiomar, con quien descansaba, y viendo que estaba resuelta, no quiso dejarme partir sola. Entraba en casa un gentilhombre, cuya amistad y llaneza era de hermano, al cual rogó doña Guiomar y su madre que me acompañase: él lo aceptó, y alquilando dos mulas, salimos de Madrid bien prevenidos de joyas y dineros.

Y como yo sé tan poco de caminos, porque los que había andado en compañía de don Félix había sido con más recato, en lugar de tomar el camino de Salamanca, el traidor que me acompañaba tomó el de Barcelona, y antes de llegar a ella media legua, me quitó cuanto llevaba, y con las mulas se volvió por do había venido.

Quedé en el campo sola y desesperada, con intento de hacer un disparate. En fin, a pie empecé a caminar, hasta que salí del monte al camino real, donde hallé gente, a quien pregunté ¿qué tanto estaba de allí Salamanca? De que se rieron, respondiéndome que más cerca estaba de Barcelona, en lo que vi el engaño del traidor, que por robarme me trajo allí.

Animeme, y a pie llegué a Barcelona, donde vendiendo una sortijilla de hasta diez ducados, que por descuido me quedó en el dedo, compré este vestido, y me corté el cabello. De esta suerte vine a Monserrate, donde estuve tres días, pidiendo a aquella santa imagen me ayudase y favoreciese en mis trabajos, y llegando a pedir a los padres me diesen algo que poder comer, me preguntaron si quería servir de zagal para traer al monte este ganado: yo, viendo tan buena ocasión para que Celio ni nadie sepa de mí, y yo pueda llorar mis desdichas, acepté el partido, donde ha cuatro meses que estoy, con propósito de no volver eternamente donde nadie me vea.

Esta es la ocasión de mis desdichadas quejas, que te dieron motivo a buscarme: en estas ocasiones me ha puesto amor, y en ellas pienso acabar mi vida.

Atento había estado Fabio a las razones de Jacinta, y viendo que había dado fin, la respondió así:

—Por no cortar el hilo, discreta Jacinta, a tus lastimosos sucesos, tan bien sentidos como bien dichos, no he querido decirte, hasta que les dieses fin, que soy Fabio, el amigo de Celio, que dijiste que estaba tan lastimado de tu empleo, cuanto deseoso de conocerte.

Con tales colores has pintado su retrato, que cuando yo no supiera tus desdichas, y por ellas conociese desde que le nombraste que eras el dueño de las que yo tengo tan sentidas como tú, conociera luego tan ingrato amante, a quien no culpo por ser esa su condición, y tan sujeto a ella que jamás en esto se valió de su entendimiento para poder vencerle: muchas prendas le he conocido, y a todas ha dado ese mismo pago y tenido esa misma correspondencia.

De lo que puedo asegurarte, después de decirte que pienso que su estrella le inclina a querer donde es aborrecido, y aborrecer donde le quieren, es que siempre oí en su boca tus alabanzas y en su veneración tu persona, tratando de ti con aquel respeto que mereces.

Señal de que te estima, y si tú le quisieras menos de lo que le has querido, o no lo mostraras, por lo menos, ni estuvieras tan quejosa, ni él hubiera sido tan ingrato: mas ya no tiene remedio, porque si amas a Celio con intención de hacerle tu dueño, como de ser quien eres creo, y de tu discreción siempre presumí, ya es imposible; porque él tenía ya las puertas cerradas a esas pretensiones y a cualesquiera que sean de esta calidad, por tener ya órdenes, impedimento para casarse, como sabes.

Para su condición solo este estado le conviene, porque imagino que si tuviera mujer propia, a puros rigores y desdenes la matara, por no poder sufrir estar siempre en una misma parte, ni gozar una misma cosa.

Pues que quieras, forzada de tu amor, lograrle de otra suerte, no lo consentirá el ser cristiana, tu nobleza y opinión, que sería desdecir mucho de ella; pues no es justo que ni el padre de don Félix ni su hermana, tus deudos y el monasterio donde estuviste y fuiste tanto tiempo religiosa, sepan de ti esa flaqueza, que imposible será encubrirse: y estar aquí donde estás, hay peligro de ser conocida de los bandoleros de esta montaña, y de la gente que para visitar estas santas ermitas la pasan, ni es decente ni seguro; pues como yo te conocí, lo podrán hacer los demás.

Tu hacienda está perdida, tus deudos y los de tu muerto esposo confusos, y quizá sospechando de ti mayores males de los que tú piensas, ciega con la desesperación de tu amor y la pasión de tus celos, tanto, que no das lugar al entendimiento para que te aconseje.

Yo que miro las cosas sin pasión, te suplico que consideres y pienses que no me he de apartar de aquí sin llevarte conmigo, porque de lo contrario entendiera que el cielo me había de pedir cuenta de tu vida; y esto sin más interés que el de la obligación en que me has puesto con decirme tu historia y descubrirme tus pensamientos, la que tengo a ser quien soy y la que debo a Celio, mi amigo, del cual pienso llevar muchos agradecimientos, si tengo suerte de apartarte de este intento, tan contrario a tu honor y fama; porque no me quiero persuadir a que te aborrece tanto que no estime tu sosiego, tu vida y tu honra tanto como la suya.

Esto te obligue, Jacinta hermosa, a desviarte de semejante designio. Vamos a la corte, donde en un monasterio principal de ella estarás más conforme a quien eres; y si acaso allí te saliese ocasión de casarte, hacienda tienes con que poder hacerlo, y discreción para olvidar con las caricias verdaderas de tu legítimo esposo las falsas y tibias de tu amante; y si olvidándole, y conociendo las desdichas que has pasado y las malas correspondencias de los hombres, tomases estado de religiosa, pues ya sabes que es el más perfecto, tanto más gusto darías a los que te conocemos.

Ea, bella Jacinta, vamos al convento, que se viene la noche, y entregarás a los frailes sus corderos, porque mañana, poniéndote en tu traje, pues ese no es decente a lo que mereces, recibirás una criada que te acompañe, y alquilaremos un coche en que volver a Madrid, que desde hoy, con tu licencia, quiero que corra solo por mi cuenta tu opinión, y agradecerme a mí mismo el ser la causa de tu remedio.

Y si no puedes vivir sin Celio, yo haré que Celio te visite, trocando el amor imperfecto en amor de hermano. Y mientras con esto entretienes tu amorosa pasión, querrá el cielo que mudes de intento y te envíe el remedio que yo deseo, al cual ayudaré como si fueras mi hermana, y como tal irás en mi compañía.

—Con estos brazos, noble y discreto Fabio —replicó Jacinta, llenos los ojos de lágrimas, enlazándolos al cuello del bien entendido mancebo—, quiero, si no pagar, agradecer la merced que me haces; y pues el cielo te trajo a tal tiempo por estos montes inhabitables, quiero pensar que no me tiene olvidada; iré contigo más contenta de lo que piensas y te obedeceré en todo lo que de mí quisieres ordenar, y no haré mucho, pues todo es tan a provecho mío.

La entrada en el monasterio acepto; solo en lo que no podré obedecerte será en tomar uno ni otro estado si no se muda mi voluntad, porque para admitir esposo, me lo estorba mi amor, y para ser de Dios, amo a Celio; porque aunque es la ganancia diferente, para dar la voluntad a tan divino esposo es justo que esté muy bien libre y desocupada.

Bien sé lo que gano por lo que pierdo, que es el cielo o el infierno, que tal es de mis pasiones; mas no fuera verdadero mi amor si no me costara tanto. Hacienda tengo; bien podré estarme en el estado que poseo sin mudarme de él. Soy fénix de amor; quise a don Félix hasta que me le quitó la muerte, quiero y querré a Celio hasta que ella triunfe de mi vida.

Y si tú haces que Celio me vea, con esto estoy contenta, porque como yo le vea, eso me basta, aunque sé que ni me ha de agradecer esta fineza, esta voluntad, ni este amor, mas aventurareme perdiendo; pues ni él dejará de ser tan ingrato como yo firme, ni yo tan desdichada como he sido, mas por lo menos comerá el alma el gusto de su vista, a pesar de sus despegos e ingratitud.

Con esto se levantaron y dieron la vuelta a la santa iglesia, donde reposaron aquella noche, y otro día partieron a Barcelona, donde mudó Jacinta de traje, y tomando un coche y una criada, dieron la vuelta a la corte, donde hoy vive en un monasterio de ella, tan contenta que le parece que no tiene más bien que desear, ni más gusto que pedir.

Tiene consigo a doña Guiomar, porque murió su madre, y antes de su muerte la pidió la amparase hasta casarse, de quien supe esta historia, para que la pusiese en este libro por maravilla, que lo es, y suceso tan verdadero; porque a no ser los nombres de todos supuestos, fueran de muchos conocidos.

Con tanto donaire y agrado contó la hermosa Lisarda esta maravilla, que colgados los oyentes de sus dulces razones y prodigiosa historia, quisieran que durara toda la noche, y así conformes y de un parecer comenzaron a alabarla y darla las gracias de favor tan señalado, y más don Juan, que como amante se despeñaba en sus alabanzas, dándola a Lisis con cada una la muerte, tanto que, por estorbarlo, tomando la guitarra que sobre la cama tenía, llorando el alma cuando cantaba el cuerpo, hizo señas a los músicos, los cuales atajaron a don Juan las alabanzas, y a Lisis el pesar de oírlas con este soneto:

No desmaya mi amor con vuestro olvido,
　Porque es gigante armado de firmeza,
　No os canséis con tratarle con tibieza,
　Pues no le habéis de ver jamás vencido.
Sois mientras más ingrato más querido,
　Que amar por solo amar es gran firmeza;
　Sin premio sirvo, y tengo por riqueza
　Lo que suelen llamar tiempo perdido.
　Si mis ojos en lágrimas bañados,
　Quizá viendo otros ojos más queridos,
　Se niegan a sí mismos el reposo,
　Les digo, amigos, fuisteis desdichados,
　Y pues no sois llamados y escogidos,
　Amar por solo amar es premio honroso.

Pocos hubo en la sala que no entendiesen que los versos cantados por la bella Lisis se dedicaron al desdén con que don Juan premiaba su amor, aficionado a Lisarda, y naturalmente les pesó de ver tan mal pagada la voluntad de la dama, y a don Juan tan ciego que no estimase tan noble casamiento; porque aunque Lisarda era deuda de Lisis, y en la nobleza y hermosura iguales, le aventajaba en las riquezas.

Quien más reparó en la pasión de Lisis fue don Diego, amigo de don Juan, que sabía la voluntad de Lisis y despegos de don Juan, por haberle contado la dama sus deseos; y viendo ser tan honestos que no pasaban los límites de la vergüenza, propuso pedirle a don Juan licencia para servirle, y tratar su casamiento.

Y así por principio comenzó a engrandecer, ya los versos, ya la voz; y Lisis, o agradecida o falsa, quizá con deseos de venganza, comenzó a estimar la merced que le hacía, con cuyo favor don Diego pidió licencia para que la última noche de la fiesta sus criados representasen algunos entremeses y bailes, y darles la cena a todos los convidados; y concedida, tan contento como don Juan enfadado de su atrevimiento, dio lugar a Matilde para contar su maravilla; la cual habiendo trocado con Lisarda, empezó así:

—Ya que la bella Lisarda ha probado en su maravilla la firmeza de las mujeres, cifrada en las desdichas de Jacinta, razón será que siguiendo yo su estilo en la mía, a lo que estamos obligadas, que es a no dejarnos engañar de las invenciones de los hombres, o ya que como flacas y mal entendidas caigamos en sus engaños, saber buscar la venganza, pues la mancha del honor solo sale con sangre del que le ofendió.

El caso sucedió en esta corte, y empieza así:

NOVELA SEGUNDA

LA BURLADA AMINTA Y VENGANZA DEL HONOR

FUE el capitán don Pedro (cuyo apellido por justos respetos se calla) natural de la ciudad de Vitoria, una de las principales de Vizcaya, por su amenidad, grandeza y nobleza que en sí cría.

Desde sus tiernos años se inclinó a las armas, ejercicio usado entre nobles. Gastó la flor de su mocedad en la guerra, si se puede decir gastar, sirviendo a su rey con tanto valor, por cuyo bien empleado trabajo alcanzó del católico y prudente don Felipe II honrosos cargos en ella, hasta que, pidiendo su noble ejercicio el merecido premio de sus servicios, el cristiano rey don Felipe III honró su persona con un hábito de Santiago y seis mil ducados de renta, librados en la encomienda del mismo hábito.

Casó en Segovia (ilustre ciudad de Castilla, tan adornada de edificios como de grandeza de caballeros, enriquecida de mercaderes que con sus tratos extienden su nombre hasta las más remotas provincias de Italia) con una dama igual en nobleza y bienes de fortuna.

De este matrimonio tuvo un hijo, el cual llegando a los años de discreción, heredando los nobles y alentados respetos y pensamientos de su padre, a imitación suya y codicioso de sus hazañas, quiso mostrar su mocedad en mostrar su valor y granjear alguna de las que a su padre sobraban; y así, con gusto suyo y una bandera, cuyo suplimiento alcanzaron los méritos de su padre, pasó a Italia a servir a su rey en la famosa guerra que tenía con el duque de Saboya.

Tenía el capitán don Pedro un hermano que por ser mayor gozaba el mayorazgo de sus padres, que no era de los peores de su tierra, y por heredera la más bella hija que en toda aquella provincia se hallaba. Era Aminta de catorce años cuando a la puerta de los de su padre llamó la muerte, cruel fiscal de las vidas.

Y sintiendo el cristiano caballero más que la partida de este mundo el dejar su hermosa hija sin más amparo que el del cielo, pues aunque le quedaba bastante hacienda para casar noblemente, viéndola quedar sin madre que la gobernase y enseñase, era para su corazón nuevo tormento, aunque la virtud de su hija le animaba, y viendo que sin remedio se llegaba el fin de su vida, hizo su testamento, y dejando a su hija por dueño de todo, nombró a su hermano por testamentario y cumplidor de su alma, suplicándole por una carta que antes de su muerte escribió, tomase a su cargo el remediar y casar a su sobrina, pidiéndole encarecidamente la emplease en quien la mereciese. Y hecho esto durmió el último sueño, rindiendo el alma a su Criador y el cuerpo a la tierra.

Recibió el capitán la carta de su hermano, solemnizando con lágrimas las ternezas de ella, y pareciéndole que estaría mejor su sobrina en su compañía y en el amparo y crianza de su mujer, se partió para ella, con acuerdo de los dos, de que estaría bien empleada en su hijo, pareciéndole, y era bien, que no podía emplearla mejor.

Llegose el capitán a su tierra, y después de estar en ella algunos días, acomodando y poniendo en orden la hacienda, dejando en su administración un mayordomo fiel que la gobernase, dio la vuelta a Segovia; entró en ella la hermosa Aminta, si bien en el nublado del luto, para ser su sol, su asombro y su admiración, dando a las damas envidia, y a los galanes deseos, con tal extremo, que en pocos días se llenó la ciudad de su fama; no teniéndose por dichoso quien no la había visto; alabando cada uno lo que más en ella estimaba: unos la hermosura, otros la discreción; este la riqueza, y el otro la virtud. Finalmente, de todos era llamada milagro de esta edad, y la octava maravilla de este tiempo.

No faltando luego ojos atrevidos y deseos codiciosos, que aficionados a sus gracias y honestos desenfados, quisiesen por medio del matrimonio ser dueños de tal joya, y algunos o los más, que viendo que su tío cerraba la puerta a todos, con decir que Aminta había de ser mujer de su hijo, pretendiese rendir por amor el honesto pecho de la dama, la cual contenta de que su tío la emplease tan bien, apartaba cuanto podía sus ojos de estas ocasiones, esperando con mucho gusto la venida de su primo y esposo, que ya le había enviado a llamar, pareciéndole que no había otro bien sino su vista; como mujer que no sabía de amor, ni de otra cosa que de la voluntad y gusto de sus tíos.

Mientras el primo venía, pasaba Aminta una vida alegre, libre y regalada; tanto, que gozando al lado de su tía todas las fiestas y holguras de la ciudad, a pocos meses olvidó la pena de la muerte de su padre, siendo su vista, para los miserables que defraudados de gozarla no se hallaban sino cargados de penas y amorosos deseos, un basilisco que mataba sin dar esperanzas de vida; y con saber que esto era sin remedio, no desmayaban, ni volvían atrás de su pretensión.

Las músicas eran continuas, los paseos ordinarios, y los galanes sin cuenta, pareciendo su calle, en siendo de noche, los montes de Arcadia o las selvas de amor. Aquí sonaban suspiros, y acullá instrumentos, sin que jamás Aminta lo escuchase; y si lo oía, era para hacer burla y reírse de todos.

Mas no se fíe nadie de su libertad ni de sus fuerzas, que tal vez amor gusta más de cazar voluntades libres, que gustar los sujetos, y siempre se ve cautivo el libre, enfermo el sano, y vencido el valiente; pues suele amor empezar burlando, y acabar de veras. Duerman los ojos de Aminta libre y descansadamente; que antes de mucho juzgarán a costa de hartas perlas por verdadera mi opinión.

Fue pues el caso que a negocios importantes vino a Segovia un caballero, a quien llamaremos don Jacinto. Era mozo, galán, y más inclinado a gusto que a penitencia, pues no trataba de ella sino de jueves a jueves santo, como hacen los que tienen las ocasiones dentro de su casa: esta tal, por no hacerla sino a su gusto, jamás apartaba de sí la ocasión de él, que era una dama libre y más desenfadada que es menester que sean las mujeres; pues aunque traten de solo su gusto, parece bien que sean honestas.

Traíala don Jacinto con título de hermana, y de esta suerte le acompañaba siempre, dejando por esto de hacer vida con su legítima mujer, que era tan desdichada como hermosa, la cual se había quedado en Madrid.

Dio don Jacinto en ir a oír misa en un monasterio no lejos de la casa de la discreta Aminta, y donde siempre la hermosa dama acudía con su tía; y como la hermosura, las galas y el acompañamiento fuese para mirar, puso en ella don Jacinto los ojos con tan atento afecto que no paró la hermosa vista hasta el alma.

Empezó don Jacinto a sentirse mal de la penetrante herida que le había dado en el corazón la grande belleza de Aminta, y considerando su nobleza, riqueza y honestidad, que de todo se informó, y ser imposibles sus pensamientos, pues el ser quien era Aminta, y el estado de él lo dificultaba todo, le traía fuera de sí, que no parecía hombre con alma, sino cuerpo o fantasma sin ella.

Vínole a poner en tal cuidado su pasión que del poco comer y mal dormir vino a perder la salud, de suerte que cayó en la cama de melancolía, con que negó a Flora la conversación; siendo su vista tan enfadosa a sus ojos que quisiera, por no verla, no tenerlos.

Sentía Flora la repentina mudanza de don Jacinto con mucha pena; si bien por lo que hizo no se puede juzgar fuese verdadera; y como llegase a preguntarle la causa de su pena, y él se la negase, que no quiero sentir que fuese amor, dio en andar a la mira hasta saberlo.

No la fue dificultoso, porque como amor es ciego, él y ellos hacen las cosas de suerte que pocas veces se encubren, y así un día que don Jacinto estaba rendido a sus cuidados, ya que le pareció que Flora estaba fuera, por haberlo dicho ella así, y como él ya no la amaba, no examinaba sus cosas como solía; antes él mismo la pedía que saliese a pasearse y ver la ciudad, deseando la soledad para darse todo a su Aminta.

Y creyendo estar solo, tomando un laúd, cantó así:

Del fugitivo Eneas llora Dido
el desprecio cruel de su partida;
de rabia ciega en cólera encendida,
maltrata el rostro por vengar su olvido.
Llama a su amante sin razón querido
la mano al pomo de una espada asida,
con que cortando en flor su triste vida,
ganó el laurel a su lealtad debido.
Elisa bella, aunque tu triste suerte
te forzó a darte muerte rigurosa,
yo trocaré mi vida por tu muerte.
Porque si no te amare, es cierta cosa
que imposible le fuera aborrecerte,
y pues te amó, ¿qué suerte más dichosa?
Empresa fue famosa,
con que a la fama tienes envidiosa;
y pues fuiste querida,
no lamentes el ser aborrecida.
Con tan dulce memoria
no hay pena que no sea mayor gloria.
¡Mas ay de una firmeza,
pagada con desdén y con tibieza!
Aquesta sí que es pena,
que la tuya lo fue de gloria llena;
más triste del que muere,
Aminta ingrata, sin que en mal tan grave
jamás espere gloria ni se acabe.

—Ya no será posible, amado don Jacinto —salió diciendo Flora, que escondida estaba—, el negarme la causa de tu tristeza, porque ya la has declarado en tus versos; y si he de decir verdad, días ha que la sospecho, por ver en tu boca tantas alabanzas de Aminta, la sobrina del capitán: ni pienses que me pesa que hayas puesto en ella tus pensamientos, porque no puedo tener por agravio querer mujer que me excede en todo; y así en lugar de enojo te tengo lástima, por ver cuán imposibles han de ser tus deseos si no te vales del engaño; porque si yo te quisiera de burlas, diérasme celos con ese amor, nuevamente en ti nacido; pues cuando fuera posible que pudieras gozar de Aminta, no por eso temo yo que me olvides, que antes viéndome desear y procurar tu gusto, me has de querer más.

Yo siempre he tenido por necedad los celos; y así hice juramento, el día que me alisté debajo de la bandera de amor, de aborrecerlos, y no procurar conocer tan mala cosa como dicen que es.

La dificultad que yo hallo en esta pretensión es que Aminta no se ha de rendir si no es por casamiento, que su desdén es risa, pues si llegase a leer el papel y escuchar tus amorosas razones, ¿quién duda que te ha de querer?

No hay para las mujeres lazo como el del casamiento: déjala tú que vea tu gala y ármasele, y verás si caerá; pues aunque por la ciudad se dice que aguarda a un primo suyo para ser su marido, más hará un amante de tus prendas y talle que su primo ausente y con esperanzas.

Viste galas y envíale joyas, que yo por mi parte tenderé mis redes, haré mis tramoyas, y a título de que soy tu hermana, me haré su amiga, y procuraré hablarla siempre que le viere en la iglesia: y si llega a darme oídos, yo la pintaré de suerte tus amorosas pasiones, y con tales colores que, aunque más en los estribos de su honor vaya, no dejará de caer; y amándote, fácil será el gozarla a título de marido, y si pasare más adelante la voluntad, sacarla de casa de su tío, y llevarla donde no se sepa de ella; y si con gozarla se acabare, con irnos a nuestra casa, ni ella sabrá el autor de su daño, ni osará decirlo, por no verse infamada y quizá muerta de su tío. Y el premio de todo esto que por ti hago, no quiero que sea más que el gusto que has de recibir.

Suspenso estaba don Jacinto oyendo el canto de aquella sirena, y así, o que creyese que lo hacía de amor, por no verle padecer, o que quisiese pasar por ello por lograr su deseo, la respuesta que la dio fue enlazarla al cuello los brazos, llamándola consuelo y remedio suyo y restauradora de su vida, y al fin quedaron de concierto de hacer lo que Flora le aconsejaba; empezando don Jacinto su engaño desde aquel mismo día.

Galán como rico y alentado como galán, seguía su pretensión de día asistía a sus puertas, de noche rondaba su calle: unas veces solo y otras acompañado de Flora, que en hábito de hombre iba cuando había de darle música.

Vivía en una sala baja de la casa de Aminta una mujer entre señora y sierva. Había sido mujer de un mercader, era curiosa y amiga de saber, y no de las que hacen milagros de las cosas que suceden, ni deseaba hacerlos en razón de santidad, si bien los disimulaba con muestras de virtud, tanto que el capitán no extrañaba que entrase en su casa.

Esta, como vio el pájaro nuevo que venía a picar en el cebo de la hermosura de Aminta, una noche que le vio cerca de la puerta, se llegó a él y le preguntó qué buscaba, sabiendo como era público en toda la ciudad que aquella dama era prenda de un primo suyo que estaba en Milán, y le aguardaban por puntos para ser su esposo.

No quiso más don Jacinto que esta ocasión, y asiéndola por el copete, la contó sus amores conforme al engaño que tenían él y

Flora concertado; diola a entender que tenía cuatro mil ducados de renta, prometiéndole cosas imposibles, diciéndola que no quería que hiciese por él otra cosa más que llevarle un papel; y diciendo y haciendo le puso en las manos un bolsillo con cincuenta escudos, con cuyo milagroso encanto se enterneció doña Elena (que es este el nombre de esta señora) más de lo que fuera justo, y así le dijo que fuese a escribir y diese la vuelta con el papel, que ella se lo llevaría a Aminta y cobraría la respuesta.

Volvió don Jacinto a su casa, y contando a Flora su ventura, escribió un papel: y volviendo con él donde le estaba aguardando doña Elena, se le dio, y con él una sortija de un diamante extremado.

—Este —dijo— darás a la hermosa Aminta por prenda y señal de mi amor.

Prometió doña Elena hacerlo, y que otro día le daría la respuesta.

Él se fue y ella se subió al cuarto de Aminta, la cual de noche de ordinario estaba escribiendo a su primo y esposo; y llegándose a ella le puso el papel y sortija en la mano diciendo:

—Léeme, hermosa Aminta, por tu vida este papel, que es de un amante, que, como si yo fuera hermosa, me pretende, y me lo envió con esta joya.

Bien pensó Aminta que el papel y sortija sería de alguno de los muchos que la pretendían; mas llevada de una curiosidad, por no pecar de melindrosa o bien porque su suerte empezaba a perseguirla, solemnizando con risa las palabras de doña Elena, leyó lo que se sigue:

«Cuando la voluntad pelea, el temor se rinde, y por esta causa sin temer de enojarte, y forzado de ella, hermoso dueño mío, me atrevo a decirte mi amor; que cuando diga que nació, no desde que vi tu belleza, sino desde que nací, pues me dicta el corazón que te había de criar el cielo para ser su señora, no diré mentira: bien sé el imposible que intento, pues aguardas para esposo tu venturoso primo, mas por lo menos no quiero morir sin que sepas que eres la causa. Si no eres tan cruel como el mundo dice, sírvete, mientras viene el dichoso que te ha de merecer, de darme la vida, aunque no sea con más que tu vista; y esa sortija no recibas por prenda mía, sino por retrato tuyo.»

—¿Quién es, amiga —replicó Aminta—, el enfermo tan peligroso que pide remedio tan aprisa?

—Quien te merece —respondió doña Elena— mejor que el que aguardas para esposo, por noble, galán, rico y muy discreto; pues aunque tu primo es tu sangre, don Jacinto lo es de lo mejor de España.

¡Ah codicia y bolsillo de escudos, qué presto calificas en la opinión de esta mujer la que apenas se había visto!

—No sé, bellísima Aminta, cómo eres tan ingrata —prosiguió la engañosa mensajera— a lo que es tan favorable; mírate bien en ello y conocerás tu engaño: y di, ¿qué diré a don Jacinto?

—Si no basta decir que me le diste —respondió Aminta algo tierna—, dile que le leí, que no me parece, amiga mía, que le he hecho poca merced.

Y diciendo esto, puso el anillo en el dedo.

Bien quisiera doña Elena hallar luego a don Jacinto para darle las buenas nuevas y pedirle albricias; mas como no aguardaba tan buen despacho, quiso saberlo más tarde, y así se había recogido en su posada.

¿Quién podrá decir los varios pensamientos de Aminta, las veces que leyó el papel, y la suerte con que amor hizo suerte en su libre y descuidado corazón? Pues aunque sabía que había de ser mujer de su primo, hasta aquel punto aún no había tenido lugar en él; y así, deseando el día, pasó la noche más inquieta que fuera justo.

Apenas la luz dio señal de su venida, cuando se vistió, y quizá se adornó con más gala y puntualidad que otras veces, deseando ver la causa de su desasosiego, y pues le desea ver, no está lejos de amar; mas ¡qué mucho, si dio oídos a las asechanzas que amor le puso en las palabras de doña Elena! Oyó Aminta, y dio lugar a ello su cruel condición, y luego cayó en el lazo.

Era día de fiesta y al tiempo de salir de su casa con su tía y criadas a misa, halló en el portal a doña Elena hablando con don Jacinto, con cuya vista, que luego de las acciones de los dos conoció el sujeto, si ya su alma no se lo había dicho, y si alguna parte le había dejado libre a las razones del papel, lo entregó todo a su talle con señales ciertas de rendimiento; porque aunque don Jacinto tenía treinta años, era tan galán y tan despejado, que mirado sin el afecto de su estado, rendía con su gracia cuanto miraba; el cual como discreto, conociendo en el rostro de la dama señales ciertas de amor, se empezó a prometer dichosas esperanzas, porque desde el lugar en que la vio hasta el en que estaba el coche, mudó mil colores, y puso sus ojos en dos mil ocasiones de atrevidos; y más cuando oyó decir a doña Elena:

—Vaya vuesa merced con Dios, señor don Jacinto, que la labor está en estado, que no tardará mucho en acabarse.

Aquí fue cuando la hermosa Aminta tropezó y vino a dar con el cuerpo casi a los pies de su amante, que ya se había despedido de la discreta tercera de sus amores, e iba a darlos a entender a la causa de ellos de todas las maneras que supiese; y como fuese fuerza usar en esta ocasión de la debida cortesía, fue a dar la mano a la muy discreta Aminta diciendo así:

—Paso de esposo, si amor y fortuna están de mi parte.

A quien respondió la dama dándole la suya sin guante, mejor que con palabras, con enseñarle en ella el rico diamante, que bastó para que el galán quedase, sobre contento, pagado.

Agradeció su tía el favor que don Jacinto había hecho a su sobrina, el cual, por recibirle más cumplido, quitando el estribo del coche, dio lugar a que se pusiese el sol entre nubes de seda.

Fuese al punto a contar a Flora sus venturas y decirle cómo Aminta quedaba en la iglesia. Tomó Flora su manto y en compañía de su hermano se fue a la misma iglesia donde estaba Aminta, y sentándose junto a ella, dijo a don Jacinto que la acompañaba:

—Aguarda, hermano, no pasemos de aquí, que ya sabes que tengo el gusto más de galán que de dama, y donde las veo, y más tan bellas como esta hermosa señora, se me van los ojos tras ellas.

No será maravilla que Aminta dé las gracias a Flora en albricias de saber que es hermana de don Jacinto, pues desde que le vio entrar en la iglesia con ella, estaba casi difunta, acabando casi los celos de romper la herida y abrir la puerta del amor, y así la respondió:

—Donde hay tanta hermosura (que es cierto que más puede dar envidia que tenerla) no sé para qué buscáis otra, pues tomando un espejo en las manos, mirándoos en él, satisfaréis vuestros deseos, porque más merecéis que os enamoren, que no que enamoréis; mas por lo menos me pienso estimar desde hoy en adelante en más que hasta aquí, y enriquecerme con la merced que me hacéis, pues de amores tan castos no podrá dejar de sacarse el mismo fruto; y así os suplico me digáis qué es lo que en mí más os agrada y enamora, para que yo lo tenga en más y me precie de ello.

—Toda vos —replicó Flora— porque sois tal que pienso no me engaño en creer por muy cierto que sois la bella y discreta Aminta, cuya gallardía y hermosura es basilisco de toda esta ciudad.

—Aminta soy —replicó la dama—; en lo demás vos, señora, podréis juzgar la poca razón que tienen en darme este nombre.

Diestramente iba la cauta Flora poniendo lazos a la inocente Aminta para traerla a suma perdición, y así de lance en lance le dio a entender todo lo que quiso, diciendo como don Jacinto su hermano había venido desde Valladolid, donde tenía su casa y hacienda, solo a ver si era verdadera la fama que de su hermosura volaba por todas partes, con deseo de hacerla su dueño si fuese tal como se decía, y que como se había informado del intento de su tío, no se había atrevido a tratar nada.

Engrandeciole su amor, su sangre, su renta, y las premisas ciertas que tenía de un hábito para cuando se casase; que asimismo ella le había pedido le trajese consigo para que si acaso no tuviese efecto su solicitud, pudiese con más seguridad tratar con ella estas cosas. Finalmente, Flora pintó a su amante tan enamorado, tan rico y noble, diciéndole por remate que pensaba que si su hermano no la alcanzaba por mujer, sería su vida muy corta.

Disimuló Flora su mentira con tantas muestras de verdad que no fue mucho en Aminta lo creyese, y más como ya amor la tenía rendida. Feneció Flora la plática con suplicarle tuviese compasión de su hermano, pues estaba en tiempo de poder hacerlo, y que no aguardase a que, venido su primo, todo tuviese desdichado fin.

—¡Ay amiga! —dijo Aminta—, ¿cómo puede ya dejar de tenerle, supuesto que aunque yo quiera remediar a tu hermano y hacerme a mí dichosa, casándome con él, mi tío, que ya me tiene para su hijo, no lo ha de consentir? Pues negar yo que desde que anoche me dieron un papel de tu hermano no di con mi honesto pensamiento en tierra, será negar al amor su fortaleza y la obediencia que le he prometido, tanto, que ya si algunos deseos tenía de la vista de mi primo, se han trocado en desear su muerte, o que su ausencia dure hasta que llegue mi remedio o el fin de mi vida: ya tengo lástima de los que me han querido desdeñados, solo de mí no la tengo, pues estoy dispuesta a no mirar honra ni opinión, tal efecto ha hecho en mí la vista de tu hermano. Y pues me he llegado a declarar, dime tú qué haré, pues no amarle es imposible, y remediarle también, que si atrevida no miro lo que pierdo, cuerda temo lo que ha de suceder.

No quiso Flora más que esto, y así respondió:

—Cuando por ser mujer de mi hermano lo dejes de ser de tu primo, no pierdes nada, antes ganas marido que le iguala en nobleza y hacienda. Y si bien tu tío al principio se mostrare enojado, después viendo lo que ganas ha de hacer paces contigo, y para amansar a tu primo, ya que yo no te iguale en hermosura, suplirá esta falta veinte mil ducados que tengo de dote, y el ser tu cuñada. Y cuando suceda tan mal que nada de esto baste, déjales tu hacienda, que mi hermano con sola tu persona se contenta. Y pues dices que no se podrá acabar nada con tu tío, buen remedio: doña Elena, que es la que te dio el papel, es buena amiga, en su casa podrás hablar a mi hermano, pues no se recela de ella, y así se concertará el casarte; y después de iros ante el vicario, te vendrás a mi casa, donde cuando lo sepa tu tío, ya estarás en poder de tu marido, y viendo que es tal como es, será fuerza que se tenga por contento y a ti por venturosa.

Estaba ya Aminta tan ciega, que concedía con todo, y más como temía la venida de su primo, que le aguardaba por puntos. Y así dijo a Flora que a la tarde viniese ella y su hermano al aposento de doña Elena, donde mientras su tío estaba en visita, hablarían más despacio.

Y despidiéndose con señales de eterna amistad, Aminta y su compañía se volvió a su casa, donde aunque su tío la había visto hablar con Flora, no sospechó cosa, conociendo su recato.

Contó Flora a don Jacinto el concierto, si bien de industria le dio algunos picones, alcanzando por las nuevas mil tiernos y amorosos favores; y después de comer se vinieron juntos a la casa de doña Elena, que ya estaba avisada de Aminta de lo sucedido; la cual amaba tan de veras a don Jacinto que ya no miraba sino verse esposa suya, y entre el sí y el no la traían inquieta varios pensamientos del suceso; si bien guardó el secreto en sí misma, sin querer dar parte a ninguna criada, pareciéndole (como es así) que no hay quien descubra los secretos sino ellas; pues cuando más se les encarga el callar, lo publican más.

Pues como vio la mal aconsejada señora a su tía divertida con algunas señoras amigas, y que su tío estaba fuera, fingiendo forzosa ocasión, se entró en otra sala, y de allí, avisando a las criadas que si la llamasen estaba en casa de doña Elena, se fue a buscar los autores de sus desdichas.

Recibiéronse con los brazos Aminta y Flora, dando a don Jacinto justa envidia: el cual después de declararse con razones bien entendidas, ofreciose con promesas, acreditándose con lágrimas, y acrecentando el amor de Aminta con amorosas caricias, le dio la mano de esposo, con cuya seguridad gozó algunos regalados y honestos favores, cogiendo flores y claveles del jardín jamás tocado de persona nacida, que estaba reservado a su ausente primo.

Solemnizaban la fiesta Flora y doña Elena con mil donaires, viendo a don Jacinto tan atrevido como Aminta vergonzosa. Y quedó concertado que otro día, mientras sus tíos dormían la siesta, don Jacinto traería allí una silla donde Aminta iría a casa del vicario, encubriendo su nombre porque no pudiese dar luego cuenta del suceso, y de allí a su posada, donde estaría encubierta hasta que se fuesen a su tierra, desde donde avisarían de todo a su tío; encargando a doña Elena el secreto, a lo cual ella se ofreció de buena voluntad, por el temor que tenía al capitán: del cual pasado el tiempo del enojo sería más fácil alcanzar perdón.

Y así, despidiéndose con mil abrazos, ella se subió a su cuarto, y don Jacinto y Flora se volvieron a su casa muy contentos y satisfechos de lo bien que habían negociado.

¡Oh engañada Aminta!, precipitada en un mal tan grande, sin mirar los grandes inconvenientes que atropellas y en el peligro que te pones, caro te costará tu atrevimiento. ¡Oh engañoso don Jacinto, causa irremediable de la destrucción de esta dama! ¡Oh falsa Flora, en quien el cielo quiso criar la cifra de los engaños! Castigo vendrá sobre ti: de tu amante eres tercera, ¿habrá quien dé crédito a tal maldad? Sí, porque siendo una mujer mala, lleva ventaja a todos los hombres.

Amaneció otro día, que debió de ser martes, si es cierto que tiene algún azar: ya Aminta con el sol estaba vestida, porque el

60

suceso de sus cosas no la daba reposo, habiendo soñado mil impedimentos y disgustos en ellas. Vestida en fin, aquí cayendo y acullá tropezando, y oyendo algunas palabras, pronósticos todos de sus desdichas, aunque ciega y sorda, sujeta a su amor, y embebida toda en sus pensamientos, tomó todas cuantas joyas tenía, púsolas en un lienzo y metiéndolas en la manga, y el manto en la otra, comió con sus tíos inquietamente, y apenas los vio rendidos al primer sueño, cuando se bajó al portal, donde se puso el manto y se metió en la silla que estaba prevenida, encomendando de nuevo a doña Elena el secreto.

Lleváronla en casa del vicario, porque los mozos de la silla, que eran criados de don Jacinto, estaban bien avisados de lo que habían de hacer, y hallando allí a su amante, que por no ser conocido en la ciudad, y ser cada día frecuentada de pasajeros y mercaderes, podía salir y entrar por donde quería, llegaron a la presencia del vicario, encubriéndose Aminta por no ser conocida: donde al tomarles las manos, un rico anillo de una esmeralda que la dama traía en el dedo se partió por medio, dando el pedazo que saltó en el rostro a don Jacinto; el cual aunque vio a su dama turbada, no haciendo caso de agüeros, se volvió con ella a su posada.

Recibió Flora a su cuñada (que así la llamaremos) con los brazos. Y para que don Jacinto, gozando, se arrepintiese, y Aminta acabase de encadenarse en su desdicha, después de una muy bien ordenada cena, los llevó a su cama, donde los dejó, y se retiró a otro aposento en la misma posada, aguardando por premio de estos engaños quedarse con su amante, dejando a Aminta con su deshonor y desventura.

Dejémoslos a todos pasar esta noche, a los unos traidores, y a la otra inocente, y a cada uno amenazando su castigo, estando el cielo por fiscal de todo: y vamos a la casa de Aminta, donde a este tiempo todo era confusión, todo llantos, todo amenazas, y todo sin provecho.

Los extremos que su tío hacía eran de hombre sin juicio. En fin, enterándose de que no parecía, ni nadie la había visto, empezó a hacer algunas diligencias ocultas, por no manifestar su deshonra, mas todo era excusado; porque como solo doña Elena lo sabía, y ella callaba, no se podía dar alcance a nada.

Al fin, los llantos de su tía y las voces de sus criadas publicaron el suceso por la ciudad, tanto que fue necesario que la justicia hiciese algunas diligencias sin fruto; pues aunque el vicario dijo que a las dos de la tarde había desposado una señora y un caballero, y como no supo decir quién fuese, aunque sospechó que fuese Aminta, no sirvió de más que de dar un pregón para que supiesen todos lo que no sabían.

Llegaron otro día estas nuevas a los oídos de don Jacinto, que aplacado el fuego de su apetito pudo considerar su peligro y el mal que había hecho, y temiendo que doña Elena, si le apretasen algo, diría el suceso y su posada, y que se había de ver en peligro su vida y su opinión, la noche siguiente llamó a una reja baja que de su aposento salía a la calle, y estando hablando con ella y contándole lo que pasaba, le apuntó al corazón con un pistolete, con que, sin poder llamar a Dios ni manifestar sus pecados, rindió el alma y llevó el merecido premio de lo que había hecho.

Y como dicen que un yerro sigue a otro, y un mal a otro mal, como el de don Jacinto era tan grande, temeroso del suceso y pareciéndole que si buscaban las posadas, que sería mal caso hallar en la suya a la triste Aminta, teniendo por cierto que la muerte de doña Elena daría motivo a la justicia para hacer esta diligencia, aconsejándose con los temores de Aminta, que estaba con ellos casi muerta, y con las astucias de Flora, y principalmente con su arrepentimiento, salió por acuerdo que mientras don Jacinto negociaba la partida, llevase a Aminta en casa de una principal señora conocida de don Jacinto, que vivía a las postreras casas de la ciudad, dándole a entender a la triste señora, que si fuese hallada, estaría mejor allí, y que entonces se publicaría su casamiento, y que si no la buscasen, él tendría lugar de enviar por un coche a Valladolid para irse, y que una vez allá todo se haría como ellos quisiesen.

Concedió Aminta con todo, y don Jacinto, llevando adelante su engaño, se fue en casa de una señora deuda suya, que era viuda y no tenía sino solo un hijo para heredero de su hacienda. Llamábase el mancebo don Martín, y era de los más gallardos de su tiempo.

Díjole don Jacinto a la señora que mientras él iba a un negocio importante a Valladolid, el cual acabado pensaba dar la vuelta a su tierra, se sirviese de que se quedase en su compañía una dama, merecedora de todo el favor que le hiciese.

Doña Luisa, que este era el nombre de esta señora, como conocía las mocedades de don Jacinto desde que vivía en su tierra, creyendo fuese dama suya, deseosa de darle gusto concedió con el de don Jacinto, y así esta noche la trajo a su casa a Aminta, tan confusa y triste, como él alegre de verse fuera de aquella carga; trayendo la dama, además de sus joyas, otras que su traidor esposo le había dado: el cual como volvió a su posada, sin aguardar más sucesos que los pasados, con la traidora dama se partió a su tierra, sin más cuidado que el de llegar a ella.

Quedó Aminta en casa de doña Luisa con nombre de doña Vitoria, porque el suyo era muy conocido en Segovia, y pudo muy bien disimularse por cuanto doña Luisa había poco que vivía en ella, y hasta aquel punto no habían llegado a sus oídos los sucesos de Aminta, aunque eran públicos en la ciudad, y como su hijo no estaba en ella, que había cuatro días que había ido a caza, no sabía ninguna cosa.

Vino don Martín de su caza, y como luego que llegó se pusiese de rúa y se saliese por la ciudad, supo lo que su madre y los de su casa ignoraban; y así dando la vuelta a ella, sentado a la mesa para cenar, mandó doña Luisa llamar a su huéspeda, que vista por don Martín quedó fuera de sí, pareciéndole tener delante de sus ojos algún ángel.

Cenaron, y don Martín, tan fuera de sí cuanto Aminta descuidada de su nuevo pensamiento y aun de su desdicha, sobre cena contó a su madre lo que había hallado nuevo en la ciudad: y dijo como de casa del capitán don Pedro había faltado el día antes una sobrina suya que había de ser mujer de su hijo, que estaba en Milán, y como dicen ser la más hermosa de toda Castilla y que no se podía saber qué causa o qué motivo la había obligado a tal: porque en cuanto al casamiento, lo llevaba con gusto, y en el recogimiento y cordura era tan virtuosa y discreta como hermosa, y que se había dado un pregón que, pena de la vida, ninguno la encubriese.

Y lo que más espanta (añadió) es que esta mañana amaneció muerta de un pistolete por el corazón cierta doña Elena, que vivía en una sala baja de su casa. Prendieron al capitán y a sus criados, y uno dijo que por una ventana que salía a la calle la había visto esa misma noche hablar con un hombre.

Este, y otro dicho que dice una criada, que su señora Aminta (que así se llama la dama que falta) bajaba muchas veces a su casa, recatándose de que no se supiese, ha dado que sospechar que por la causa de la dicha Aminta la habían muerto, por lo cual se ha quedado preso el capitán y su familia.

Temblando estaba Aminta de oír tales nuevas cuando don Martín preguntó, dejando la plática empezada, de dónde había venido tan linda huéspeda, que a sus ojos creía que del cielo.

—Don Jacinto —replicó doña Luisa— la trajo mientras va a Valladolid a un negocio, el cual acabado volverá por ella para llevarla a su tierra.

—¿Es acaso esta señora su mujer? —preguntó don Martín.

—No lo quiera Dios —respondió doña Luisa—, que por lo que veo en ella me pesara que estuviera tan mal empleada.

—¿Cómo mujer? —dijo Aminta con turbada voz—, ¿es casado, señora mía, don Jacinto, o pretendió serlo?

—¿Qué don Jacinto? —dijo doña Luisa—; el que aquí te trajo, niña, no se llama de este nombre, porque el mismo suyo es don Francisco, y es casado en Madrid.

—¿Sabeislo bien, señora mía? —dijo Aminta.

—Y cómo que lo sé —replicó doña Luisa—, cinco años ha que estando yo en su misma tierra, donde viví desde que me casé, le vi casar con una dama natural de Madrid, de quien se enamoró viéndola en la boda de una prima suya, a cuya fiesta vino con sus padres; si bien dentro de un año no hizo vida con ella. Conocí sus padres y parientes, y sé que es tan rico como vicioso.

—¿No tiene una hermana —tornó a replicar la confusa y engañada dama— que se dice Flora?

—¡Ay amiga —dijo doña Luisa—, y qué engañada vives! Esta mujer ha mucho que es amiga suya y es la que le incita a mil maldades, que si no tuviera los brazos que en la corte tiene de algunos deudos suyos, le hubieran ya quitado la vida por el mal ejemplo que da y ha dado con la publicidad de sus apetitos; vicio en los nobles más mirado que en los de más. Y por tu vida, hermosa doña Vitoria, que me declares estos enigmas, que no son sin causa estas lágrimas que te están haciendo fuerza por salir; y advierte que si te ha dicho que no es casado, miente, que su mujer se llama doña María y por no poder sufrir sus demasías se volvió a casa de sus padres.

—No son mis males —respondió Aminta— de los que se pueden contar sin mucho escándalo: dame ahora licencia para recogerme, que a su tiempo sabrás los mayores engaños y traiciones que de Sinón cuentan las historias.

Era prudente doña Luisa y así no quiso importunarla, casi adivinando lo que podía ser aunque no quién era. Levantose y tomándola por la mano la llevó a su cámara que era una hermosa cuadra, cuyas ventanas con hermosos balcones caían a un jardín junto a otra semejante en que dormía su hijo, con una puerta que se mandaba a ella, si bien cerrada por quitar la ocasión.

Quedó don Martín tan confuso con su madre y tan enamorado de su huéspeda que parecía ya imposible vivir sin ella; y como la vio ir llorosa y por las palabras que le había oído sospechase alguna gran maravilla, sabiendo dónde estaba aposentada doña Vitoria, entró en su aposento, y viendo cerrada la puerta que caía al de la dama, conoció la causa de la prevención de su madre.

Salió fuera, y entre otras llaves que estaban sobre un escritorio tomó la de aquella puerta y se tornó a recoger, dando muestras de acostarse; mas no lo hizo así, antes se puso por el pequeño lugar de la llave a oír lo que decía. Doña Luisa, dejando a Aminta después de haberla dicho algunos consuelos, tan ciegos como su confusión, se fue a su cama.

Quedó la triste Aminta en su aposento tan llena de lágrimas y congojas como ignorante de que nadie la oyese, y así en voz ni baja ni alta empezó a dar lugar a sus quejas, al modo de cuando a una fuente le estorban, poniendo la mano para que no vierta sus pedazos de cristal, que en quitándola sale con más abundancia; así las palabras detenidas en la garganta de Aminta, viéndose a solas, empezaron a dar clara señal de sus pasiones.

—¡Ay! —decía, arrancando las hebras de sus hermosos cabellos y sacando con las perlas de sus dientes pedazos de la nieve de sus manos, a vueltas de arroyos de fino rosicler— Aminta, ¡y qué desdicha ha sido la tuya! Ya puedes ser fábula del mundo y ejemplo de mujeres, y aun escarmiento suyo, si fuesen cuerdas, y no necias como yo he sido. ¡Ay desventurada de mí, y cómo por ser fácil he sido causa de tantos escándalos y desdichas! ¡Ay!, ¿quién me vio tres días ha con honra, gusto y riqueza, adorada de mis tíos, y respetada de toda la ciudad, y me veo hoy ser fábula y asombro de ella? ¡Ay, querido tío, y qué satisfacción podré dar de las penas y deshonras que por mí pasas! ¡Y qué será de ti cuando sepas por entero mi desdicha! ¡Ay, doña Elena, inventora de mis trabajos, castigue el cielo en tu alma, como lo hizo en tu cuerpo, mi perdición! ¡Ay, Flora cruel, más traidora y engañosa que la pasada, por quien en Roma tienen en tan poco las de tu nombre! ¡Ay, don Jacinto, y cómo tuviste corazón para burlar una mujer de mi estado, sin mirar que has de ser causa, no solo de mi muerte, mas de la tuya, pues en sabiendo mi tío lo que has hecho, si su muerte no le ataja, ha de procurar la tuya, y cuando él falte, queda en el mundo mi primo, que en fin ha de tomar por su cuenta mi agravio, no solo como deudo mas también como esposo! Mas ¿cómo podré yo tener paciencia ni aguardar a tal, teniendo manos y valor con que quitarme la vida?

Y diciendo esto, sacó un cuchillo de su estuche para abrir con él las venas de sus brazos, pareciéndole que hasta la mañana habría tiempo para desangrarse y acabar; mas don Martín, que viéndola con tal determinación, admirado de lo que veía, si bien no apercibía bien sus razones, había puesto la llave en la cerradura, y temeroso de algún mal suceso, abrió apriesa la puerta y salió apresuradamente: con cuyo ruido la hermosa Aminta recibió tal turbación que junto con sus pesares se dejó caer de un profundo desmayo, dando a don Martín lugar para que, tomándola en sus brazos, gozase el favor que si estuviera con su sentido fuera muy dificultoso, respecto de su honesto recato, el cual no pudiera ser vencido si no es con el engaño que se ha visto.

Enternecido don Martín con su sol eclipsado en sus brazos, contemplaba las pasiones que la veía padecer, la hermosura, los pocos años, que siendo todo tan igual a su amor le daban ocasión a mil amorosos atrevimientos: componíale el revuelto cabello, enjugábale las lágrimas y recibía a vueltas de penosos suspiros regalados favores, cogiendo claveles de aquel jardín de hermosura.

Tornó desde a poco en sí Aminta, y viéndose en los brazos de don Martín, con un honesto desenfado se cobró a sí misma de poder del amante, y no sé si tan libre como antes; porque la ocasión, la gala y la fuerza de sus agravios la iban trocando el amor de don Jacinto en cruel venganza: viéndose allá burlada y aquí rogada; que no hay tal cebo para cazar a una mujer como el amor del presente cuando se ve despreciada del ausente. Y así, con muestras de algún enojo, le dijo:

—¿A qué venís, don Martín? ¿Por ventura paréceos que ha menester una desdichada más testigo de su muerte que su desventura? Volveos a vuestro aposento, pues con la muerte de solo una mujer se restauran las honras de tantos hombres.

—No lo permita Dios, amado dueño mío —replicó don Martín—, si no es que yo os acompañe en tal ocasión: yo desde que os vi os adoré; y si no queréis que sea yo el que lo pague todo, pues tengo vida, que es vuestra, y esta daga que ejecutará vuestro deseo, merezca yo que me recibáis por vuestro esclavo; con lo cual quedaré más contento que si fuera señor de todo lo que alcanzó Alejandro.

—No me conocéis —dijo Aminta—, pues me decís con tal libertad vuestro deseo, y no penséis que aunque estoy en este lugar dejo de ser lo que soy, y si por los engaños de un traidor os parece que estoy sin honra, lo que a mí me ha sucedido pudiera suceder a la más cuerda y recatada. Mas supuesto que ni vos habéis de ser mi marido ni yo admitiros, solo os suplico que os volváis a vuestra estancia y no me deis ocasión que llame a vuestra madre y a todo el mundo, y publicando a voces mi miseria, me entregue a la espada de los que con mi muerte quedarán satisfechos de la infamia que por mí padecen.

Pareciole a don Martín en la determinación con que Aminta decía esto, que lo iba a hacer, porque la vio acometer a la puerta; y así la detuvo, suplicándola que le escuchase, porque no era justo que creyese que él pretendía ser suyo, menos que siendo su marido, y que si le quería recibir por tal, tendría su suerte por muy dichosa.

Miraba a don Martín la dama con el afecto que le decía estas y otras razones, como era que le dijese cómo y quién la había ofendido. Que si el no tener (como decía) honor, era algún hombre la causa, se declarase y vería cómo la servía: y que hasta que quedase satisfecha no quería que hiciese por él lo que le pedía.

Y casi desesperada de remedio, si bien agradecida de las promesas de su nuevo amante, le respondió:

—Yo soy Aminta, señor don Martín, la misma de quien esta noche dijisteis que era escándalo de esta ciudad. La causa de estar en vuestro poder os quiero contar, y si oída queréis hacer lo que decís, yo estoy puesta a daros gusto.

Contole en breves razones lo que queda escrito, dejando con su historia a don Martín más enamorado que antes, y tan enternecido de ver burlada la ignorancia de Aminta que quisiera a costa de su vida remediarla, con tal que no perdiese él la presa que en su poder tenía: y así dándole de nuevo palabra de vengarle, le dio la mano de esposo, la cual Aminta recibió con gusto por no estar en tiempo de otra cosa.

—No ha de ser así mi venganza —dijo Aminta— porque supuesto que yo he sido la ofendida y no vos, yo sola he de vengarme, pues no quedaré contenta si mis manos no me restauran lo que perdió mi locura. Y así, aunque os doy palabra de esposa, no se ha de conseguir vuestro deseo hasta que yo le quite la vida a este traidor, para lo cual no quiero otra cosa sino que me acompañéis para la seguridad de mi persona, que con vos, y mudando traje (pues el de hombre es más seguro), si me ponéis en su tierra, yo daré traza para engañarle como él me engañó a mí. Y hecho esto nos podremos ir a Madrid, y allí viviremos seguros.

Concedió don Martín con todo, y no es mucho, pues que amaba y aventuraba el gozar tan hermosa dama, tanto que ya disculpaba a don Jacinto.

Al fin con este concierto Aminta, esperando verse presto vengada y don Martín ser su esposo, se despidió de ella, llegando en prendas a sus brazos, dejando ordenado partirse otro día, que venido, se previno don Martín de todo lo necesario para el camino.

Llegó la noche, que al parecer de los nuevos amantes se detenía más de lo justo, y después de recogida la gente, y acostada doña Luisa, don Martín se fue al aposento de Aminta, llevándole un vestido acomodado para lo que había de fingir, y no dejándole de sus hermosos cabellos más de los necesarios, se le puso, quedando tan hermosa, que si alguna parte había dejado libre amor en el alma de don Martín, allí quedó todo rendido.

Y dejando a su madre escrito un papel en que le pedía el secreto de su partida hasta conseguir cierto efecto porque importaba a su vida y a la honra de aquella dama, se pusieron en la calle, y de allí en dos famosas mulas, pareciendo don Martín en su traje el mozo de ellas.

Salieron de Segovia, y otro día al anochecer se hallaron en Madrid, famosa corte del católico rey don Felipe Tercero, y sin querer entrar en ella siguieron sus caminos, que les duró algunos días; tanto era el deseo que Aminta llevaba de su venganza.

Llegaron, como digo, a la ciudad sin nombre, que importa que no le tenga, un sábado en la noche, y tomando posada segura reposaron hasta la mañana, y acordaron entre los dos que don Martín se quedase encubierto en ella, por ser natural de aquella tierra y tenía en ella algunos amigos, si bien no se quiso descubrir a ninguno y que Aminta saliese a entablar su pretensión.

Suplicábale don Martín que le dejase a él la satisfacción de aquel agravio, pues podía fiar de su amor mayores ocasiones sin que se pusiese ella en ningún disgusto; mas no fue posible acabarlo con Aminta, diciendo que si había de ser suya, que la dejase serlo con honra.

—Yo soy —decía Aminta— la que siendo fácil, la perdí, y así he de ser la que con su sangre la he de cobrar: ya sabéis que las mujeres, en aprendiendo una cosa, tarde se arrepienten; pues siendo esto así, como lo es, dejadme que os merezca por mí misma, que si vos por vuestras manos vengáis mi afrenta, poco tendréis que agradecerme.

Tanto le supo decir, y él la escuchaba tan tierno, que hubo de condescender con ella, aunque no sin celos, y así entre burlas y veras le dijo que si lo hacía por ver a don Jacinto.

—El suceso lo dirá —dijo Aminta, y apartándose de él con más cuidado que don Martín quisiera, porque como empezaba a temer, empezaba a penar, se fue a buscar a su enemigo, seguida y celada de su amante, que la amaba más tierno que quisiera.

Llegó Aminta a la iglesia mayor, y como entrase en ella, antes que tuviese lugar de mirarla ni hacer la acostumbrada oración, vio en su fingido don Jacinto y verdadero don Francisco, con otros caballeros: conociole al punto, y es de creer que fue necesario el ánimo que el traje varonil le iba dando para no mostrar su sobresalto y flaqueza.

Tomó aliento, y esforzándose lo más que pudo, acercándose a ellos, dio lugar a ser vista, y aunque le dijese don Jacinto si mandaba alguna cosa, casi mudada la color, por darle algún aire de quien era Aminta, con más esfuerzo que el que su flaqueza requería le dijo que si había entre sus mercedes quien necesitase de un criado.

—¿De dónde sois? —replicó don Jacinto.

—De Valladolid —dijo Aminta—. Juguele a mi padre algunos cuartos, y mientras se le pasa el enojo me he puesto en fuga, para que con mi ausencia, en sintiendo mi falta, me perdone y busque.

—Mucho sabéis para ser tan mozo.

—No supe sino muy poco, pues estoy donde veis.

—Paréceme que os he visto —replicó don Jacinto—: o es que os parecéis a una persona que yo quise veinte y cuatro horas.

—Harto cuidado os debe esa persona —dijo Aminta—, y no me espantaría que tuviese deseos de pagaros.

—Eso es quimera, pues cuando yo ignorase quien soy, hay muchos inconvenientes para ello; mas porque tú le pareces tanto, quiero que me sirvas, por verme servir de un retrato de quien yo serví. ¿Cómo te llamas?, que pues has de estar conmigo, menester es saber tu nombre.

—Jacinto —replicó Aminta—, y si por ser retrato de esa persona me recibes en tu servicio, tengo que agradecer a naturaleza que me ha hecho a su estampa; porque de mí te digo que desde el punto que te vi te quise bien.

—¿Pasaste por Segovia? —dijo don Jacinto.

—Sí, señor —respondió la dama—, mas no quise detenerme allí, por el grande escándalo que andaba en ella por falta de una dama, que dicen se llamaba Aminta, que piensan se la tragó la tierra, porque no parece muerta ni viva. Una doña Elena, que se creía sabía de ella, amaneció una mañana muerta, y por eso están presos muchos caballeros.

—¿No se sabe —dijo don Jacinto— si la llevó alguno?

—No se sospechaba tal —dijo Aminta—; lo que se piensa es que ella misma huyó por no casarse con un primo suyo, con quien estaban hechos los conciertos.

—Ahora bien, Jacinto, vamos a casa.

—Eso mismo digo yo —respondió Aminta—, vamos donde mandáredes, y en sabiendo la casa, volveré a mi posada por una maleta en que traigo mi limpieza.

¿Quién duda que estaría en esta ocasión Aminta reventando? Mas como no era necia, disimulaba: y así fue con su nuevo amo y antiguo enemigo a su casa, donde le dio por ama y señora a la falsa Flora, diciéndola que la regalase, y al fingido Jacinto que la sirviese con mucho cuidado.

Mirábale Flora y tornábale a mirar, sintiendo cada vez una alteración y desmayo que parecía acabársele la vida, mas no se atrevía a decir lo que sentía, aunque siempre le parecía que veía a la engañada Aminta, no osando en ninguna manera decírselo a su amante, por no traerle a la memoria, viéndole tan olvidado de ella.

Tomó Aminta la posesión en su nueva casa y volvió luego a dar aviso a su amante don Martín de su buena y presta ventura, asegurándole con mil caricias de los celos que tenía de verla en ella, prometiéndole abreviar con sus deseos, y se volvió con sus nuevos amos; a los cuales empezó a servir con tanto agrado, que se tenían por muy contentos de él.

Mostró sus gracias, como era leer, escribir y contar, y otras muchas. Y sobre todo cantar y tañer, tanto, que ni don Jacinto ni Flora sabían estar sin él un punto.

Y así un día que estaban comiendo, por mandado de Flora tomó una guitarra, y cantó así:

> Si a tu hermosa Celia adoras,
>   y su imagen reverencias,
>   sacrificando tu gusto
>   a su adorada belleza;
>   si sus bellísimos ojos,
>   como soles los respetas,
>   como luceros los miras,
>   como cielos los celebras;
>   si conoces que su boca
>   es caja de hermosas perlas,

y sus cabellos dorados
madejas de Arabia bellas;
si sabes que son sus manos
blancas y nevadas sierras,
y de otra divina Venus,
su gracia talle y presencia:
si a tu perfecta hermosura,
y alabada gentileza,
la manzana hermosa ofrecen,
que a Troya tan caro cuesta;
    y finalmente, si tienes
alma, sentidos, potencias,
la memoria y voluntad
presos en sus rubias hebras:
¿para qué, Jacinto ingrato,
causa de mi eterna pena,
con falso y fingido amor
engañaste mi inocencia?

Suspenso estaba el engañado don Jacinto, no admirando la voz, aunque era muy buena, sino sintiendo las razones del romance, como si viera quejarse a Aminta. Y así le dijo:

—Enternecida está esa dama, amigo Jacinto.

—Tal la trataba yo —replicó Aminta—, pues cuando creyó tener marido, gozó de mi ausencia.

—¿Luego has querido? —dijo don Jacinto.

—¿Tan necio te parezco? —respondió la dama—: pues cree que he sabido querer y aborrecer, y que también sé dar disgustos y fingir cuidados, porque soy más hombre de lo que mis barbas dan muestra; pues aunque Flora mi señora dice que le parezco capón o mujer, algún día he de ser gallo, a pesar del bellaco que me ganó mi caudal y me puso en el estado en que estoy: mas pues gustas de ver quejas de mujer, oye estos madrigales, que se hicieron al mismo sujeto.

Al tiempo que a Diana
Febo sus rayos ofrecer quería,
y ella hermosa y lozana,
de visitar los indios se venía,
porque el pastor amado
fuese en su ausencia consolado;
Matilde diligente
salió a buscar a su Jacinto ausente.
Con paso apresurado
las flores del florido prado pisa;
el semblante turbado,

porque ya el corazón su mal le avisa,
a un valle hermoso llega,
que un manso y cristalino arroyo riega,
adonde entretenido
vio a Jacinto en Isbella divertido.
Detuvo un poco el paso,
y oyó cómo Jacinto le decía:
zagala, yo me abraso,
sosiegue tu favor la pena mía;
las manos le tomaba
y con tiernos suspiros la besaba,
e Isbella le decía:
si te viese Matilde, ¿qué diría?
Deja, Isbella divina,
esas quimeras, mira mis pasiones,
que sola tú eres digna
de rendir los soberbios corazones,
pues si Apolo te viera,
tras Dafne fugitivo no corriera,
y a Venus, sacra diosa,
ganaras la manzana por hermosa.
Tú de Júpiter fueras
la Europa que cual Toro conquistara,
si en su tiempo nacieras,
en cisne transformado te gozara,
y como lluvia de oro
bajara a verte de su eterno coro,
y cual Calixto tuvieras
asiento celestial en las esferas.
No gozara de Egina
como pastor en el ameno prado,
menos a Proserpina,
porque de tu belleza enamorado,
solo en ti se empleara,
y a todas las del mundo despreciara:
ni Juno se ofendiera
aunque gozarte de su esposo viera.
Dijo, y determinado,
cuando Isbella del todo ya rendida,
a su cuello ha enlazado
los brazos, y tomando la medida
con su boca a su boca,
dejó a Matilde con sus celos loca,
que de rabia perdida,
salió cual cierva del venablo herida.
Desleal, atrevido,

ingrato y falso más que los nacidos,
yo os quitaré la vida,
dijo, y con pasos atrevidos
quiso llegar a ellos,
Huyó Morfeo de sus ojos bellos,
que cual ríos estaban,
creyendo ser verdad lo que soñaban.
que si como dormida,
despierta este suceso le pasara,
entre sus tiernas manos los matara,
que, aunque niño, Cupido
es (si celos le ayudan) atrevido.

Alabáronle con grandes encarecimientos y mostraron estimar sus donaires con darle don Jacinto un vestido y Flora una sortija, lo que recibió Aminta con muestras de alegría, porque respecto de vengarse, pasaba plaza de bufón, no descuidándose de visitar a don Martín y contarle lo que pasaba, ni él de suplicarla abreviase o que le dejase a él hacerlo, porque no podía sufrir verse encerrado en casa ni a ella en la de un hombre que había sido su primer amor.

Enojose Aminta de verle tan desconfiado, y así le dijo que si se cansaba se volviese a su casa, pues ni le debía ni la debía; pues el acompañarla acción de caballero había sido, y así le dejó sin querer hacer amistades, de que don Martín quedó apasionadísimo.

Llegó Aminta algo tarde a su casa y halló a sus dueños cenando, que le riñeron la tardanza. A poco rato llegó don Martín a la puerta, haciendo cierta seña que acostumbraba otras noches. Salió Aminta, y después de ruegos y enojos, quedando amigos, se volvió a su posada y ella se entró a reposar.

Un mes estuvo Aminta en casa de su amo, en cuyo tiempo había escrito don Martín a Segovia a un amigo suyo para que le avisase lo que pasaba: el cual le avisó de todo, pues encareciéndole la pena con que su madre estaba le contó cómo el capitán don Pedro salió en fiado de la cárcel, y que entrando en su casa se había caído muerto; y que a los demás presos había sacado de la cárcel don Luis su hijo, que había venido de Italia, el cual andaba haciendo grandes diligencias por saber de su prima y esposa, de la cual no sabían nuevas ningunas.

Doblósele a la hermosa Aminta la pasión y la rabia con las nuevas de la muerte de su tío y venganza que prometía la cólera de su primo don Luis, y más viendo a don Jacinto gozar tan libremente de Flora, el uno y el otro causa de su desdicha. No tenía celos, mas sentía agravios, que quien quiere saber si ha querido, aunque aborrezca, vea lo que ha querido en otros brazos; así viendo la valerosa Aminta que no era tiempo de quejas sino de venganzas, apercibió a su querido amante don Martín para aquella noche, el cual avisado de lo que había de hacer, se puso en espera del suceso.

Aguardó Aminta tiempo y lugar, y viéndolos a todos dormidos, y la ciudad en silencio, entró en la cuadra de sus enemigos, no siendo de nuevo en ella por entrar todas las noches por los vestidos de su amo para limpiarlos; y sacando la daga, se la metió a don Jacinto por el corazón, de suerte que el quejarse y rendir el alma todo fue uno.

Al ruido despertó Flora, y queriendo dar voces, no la dio lugar Aminta, que la hirió por la garganta, diciendo:

—Traidora, Aminta te castiga y venga su deshonra.

Y volviéndola a dar otras tres puñaladas, envió su alma a acompañar la de su amante; y cerrando la puerta a la cuadra, tomó su capa y maleta, y valiéndose de una llave que había mandado hacer, por haber perdido la de la puerta de la calle, de industria, dejándola cerrada, se salió y fue a la posada de don Martín, el cual sabido el suceso y viendo que era forzoso ponerse en camino, tomando sus mulas y ropa, se partieron, caminando con toda prisa hasta el primer lugar donde descansaron, vistiéndose Aminta de dama y don Martín asimismo de caballero.

Sosegaron allí dos días, donde confirmando los dos la palabra que se habían dado, y con ella el amor, no pudo Aminta negarle a don Martín, como a su esposo, ningún favor que le pidiese.

Allí recibió don Martín dos criados y una criada, y tomando el carruaje necesario, se pusieron en camino para Madrid.

Pues como viniese la mañana que se siguió a la triste noche para los desventurados que estaban en el infierno, pues la vida era conforme a la muerte, y la muerte lo fue a la vida, como los demás criados viesen que Jacinto no parecía, ni su amo ni Flora se levantaban, entraron en la cuadra y viendo el desgraciado suceso, dieron gritos, alzando las criadas el alarido; a las cuales se juntaron todos cuantos había en la ciudad y la justicia con ellos, tomando sus confesiones a todos; y no habiendo otro indicio más que la falta de Jacinto, y haber llevado su maleta, los llevaron a todos presos, y visitando las casas de posadas, vinieron a dar en la que habían estado los autores del daño; si bien no sabían dar razón de nombres, ni tierra; ni pudieron saber más de que a las doce habían partido; y como se llamaban hermanos, siempre se encerraban para hablar.

Con estos indicios salieron tras de ellos algunos alguaciles y aun el mismo corregidor, mas aunque encontraron con don Martín y su dama, que iban la vuelta de Madrid, como los vieron ir con tanta autoridad y reposo, y conocieron a don Martín por uno de los nobles de aquella ciudad y sabían que vivía en Segovia, no cayeron en sospecha alguna, y más habiendo entendido de él que iba con aquella señora y que la traía para su esposa de un lugar de allí cerca; antes le contaron lo que buscaban y ellos se hicieron muy maravillados del caso; y no hay que espantar, porque si buscando un mozo de mulas y un pajecillo, hallaron un caballero tan principal y una dama tan hermosa, ¿quién no se diera por vencido?

Comió don Martín y el corregidor, porque aunque en el campo, iban proveídos; y no hallando rastro de lo que buscaban, se volvieron a la ciudad, y ellos siguieron su camino.

Y viendo la justicia la poca culpa de los presos, los soltaron y confiscaron la hacienda, parte para el rey y parte para la viuda, mujer de don Jacinto.

Don Martín y su esposa llegaron a Madrid, tomando casa y aderezos para ella, y sacando licencia del nuncio, se desposaron, corriendo después los términos de las amonestaciones.

Hecho esto, envió don Martín por su madre, la cual con su casa y hacienda se vino a Madrid, contenta de tener tal nuera, que sabiendo quién era, se tenía por dichosa, donde hoy viven, llamándose Aminta doña Vitoria, la más querida y contenta de su esposo don Martín, que solo le falta a esta buena señora tener hijos para del todo ser dichosa.

Su primo vive, y por su respecto no goza doña Vitoria la hacienda que le dejó su padre, aunque es muy gruesa, solo por no darse a conocer a su primo, ni don Martín quiere tratar de eso, por estar el secreto de este caso entre los tres; que si ella misma no lo manifestara, para que con nombres supuestos se escribiera, nadie pudiera dar noticia de ello.

Apenas dio la bella y discreta Matilde fin a su maravilla, dicha con tanto donaire y discreción que a todos los caballeros y damas que la escuchaban tenía elevados y absortos, cuando don Diego, nuevo amante de Lisis, haciendo seña a los músicos y dando aviso a dos criados suyos que eran diestros en danzar, a un mismo tiempo atajaron las alabanzas que para la bella Matilde se prevenían, pareciéndole que habiendo de quedar cortos en ellas, era más acertado pasarlas en silencio; y dándolo así a entender a todos aquellos caballeros y damas, aprobando su parecer, emplearon la vista en las graciosas vueltas y airosas cabriolas que los dos criados de don Diego hacían.

Y después de haber dado fin a la danza, dieron principio a una suntuosísima colación que Lisis tenía prevenida para sus convidados, donde en competencia las ensaladas de los dulces, y los dulces de muchas suertes de frutas, que en la mesa sirvieron, como en tales noches es costumbre, se mostró el buen gusto del dueño; y Lisis dándole a don Juan mil desdeñosas muestras, acompañadas de un gracioso ceño, con que al desaire le miraba; y por el contrario a don Diego mil honestos favores, de que don Juan se abrasaba; porque aunque quería a Lisarda, gustaba de ser querido de Lisis, y así haciendo mil regalos a Lisarda por picar a

Lisis, y Lisis a don Diego por desesperar a don Juan, y los demás caballeros y damas, unos a otros, tocaron a maitines en el Carmen, y determinando oírlos con la misa del gallo, para dormir descuidados, avisados para la segunda noche, se despidieron de Lisis y su madre, que no quisieron oírlos; desocuparon la casa, acompañando todos aquellos caballeros a las hermosas damas en esta piadosa ocasión, si bien don Diego, llegándose a Lisis, se le ofreció por esclavo, agradeciendo la dama el favor, con que se dio fin a la fiesta de la primera noche.

NOCHE SEGUNDA

Ya Febo se recogía debajo de las celestes cortinas, dando lugar a la noche que con su manto negro cubriese el mundo, cuando todos aquellos caballeros y damas se juntaron en casa de la noble Laura siendo recibidos de la discreta señora y su hermosa hija con mil agrados y cortesías. Y así por la misma orden que en la pasada noche se fueron sentando, avisados de don Diego que sus criados habían de dar principio a la fiesta con algunos graciosos bailes y un sazonado entremés que de repente quisieron hacer. Y viendo aquellas señoras que les tocaba danzar aquella noche, se acomodaron por su orden.

Estaba Lisis vestida de una lama de plata morada y al cuello una firmeza de diamantes con una cifra del nombre de don Diego, joya que aquel mismo día le envió su nuevo amante en cambio de una banda morada que ella le dio para que pendiese la verde cruz que traía; dando esto motivo a don Juan para algún desasosiego, si bien Lisarda con sus favores le hacía que se arrepintiese de tenerle.

Ya se prevenía la bella Lisis de su instrumento y de un romance que aquel día había hecho, y puesto todo, cuando los músicos le suplicaron los dejase aquella noche, guardando para la tercera fiesta sus versos, porque el señor don Juan los había prevenido de lo que habían de cantar; que por ser parto de su entendimiento era razón lograrlos.

A todos pareció bien, porque sabían que don Juan era en esto muy acertado, y dándoles lugar cantaron así:

> A la cabaña de Menga
> Antón un disanto fue;
> Ya está rostrituerta Gila,

Celos debe de tener.
De ella se queja el zagal,
Bien justa su queja es,
Que sospechas sin razón
Son desaires de la fe.
Sin culpa le da desvíos,
¿Cómo no se ha de ofender,
Que ella los da tan de balde,
Costándole tanto a él?
Hablar a Menga agradable,
No es culpa, que bien se ve,
Si no hay querer con agrados,
No hay agrados sin querer.
Quisiera que huyese Antón
De Menga, ¡rigor cruel!
Darle lo favorecido
A precio de descortés.
No es la misma permisión
En el hombre y la mujer,
Que en ellos es grosería
Lo que en ellas es desdén.
No hay quien se ponga a razones
Con los celos, y pardiez,
Gente que razón no escucha,
Muy necia debe de ser.
Los vanos recelos, Gila,
No aseguran, que tal vez
Temer donde no hay tropiezos,
Dispone para caer.
Vedarle que mire a Menga,
Si es cordura no lo sé,
Que una hermosura vedada,
Dicen que apetito es.
Sujeciones hay civiles,
Bastaba, Antón, a mi ver,
Estar sujeto a unos ojos,
Sin que a su engaño lo estés.
Esto es amor en los hombres,
Ser su lisura doblez,
Sus inocencias delitos;
Mal haya el amor, amén.

Quien mirara a la bella Lisis mientras cantó este romance, conociera en su desasosiego la pasión con que le escuchaba; viendo cuán al descubierto don Juan reprendía en él las sospechas que de Lisarda tenía, y a estarle bien respondiera: mas cobrándose de su descuido, viendo a don Diego melancólico de verla inquieta, alegró el rostro y serenó el semblante: mandó como presidente de esta fiesta a don Álvaro que dijese su maravilla; el cual obedeciendo dijo así:

Es la miseria la más perniciosa costumbre que se puede hallar en un hombre, pues en siendo miserable luego es necio, enfadoso y cansado. Esto se verá claramente en mi maravilla, la cual es de esta suerte:

NOVELA TERCERA

EL CASTIGO DE LA MISERIA

A SERVIR a un grande de esta corte vino de un lugar de Navarra un hijodalgo, tan alto de pensamientos como humilde de bienes de fortuna; pues no le concedió esta madrastra de los nacidos más riqueza que una pobre cama, en la cual se recogía a dormir y se sentaba a comer: este mozo, a quien llamaremos don Marcos, tenía un padre viejo, y tanto, que sus años le servían de renta para sustentarse, pues con ellos enternecía los más empedernidos corazones.

Era don Marcos cuando vino a este honroso entretenimiento de doce años, habiendo casi los mismos que perdió a su madre de un repentino dolor de costado, y mereció en casa de este príncipe la plaza de paje y con ella los usados atributos, picardía, porquería, sarna y miseria; y aunque don Marcos se graduó en todas, en esta última echó el resto, condenándose él mismo de su voluntad a la mayor lacería que pudo padecer un padre del yermo, gastando los diez y ocho cuartos que le daban con tanta moderación, que si podía, aunque fuese a costa de su estómago y de la comida de sus compañeros, procuraba que no se disminuyesen, o ya que algo gastase, no de suerte que se viese mucho su falta.

Era don Marcos de mediana estatura, y con la sutileza de la comida se vino a transformar de hombre en espárrago. Cuando sacaba de mal año su vientre era el día que le tocaba servir la mesa de su amo, porque quitaba de trabajo a los mozos de plata llevándoles lo que caía en sus manos más limpio que ellos lo habían puesto en la mesa, proveyendo sus faltriqueras de todo aquello que sin peligro se podía guardar para otro día.

Con esta miseria pasó la niñez, acompañando a su dueño en muchas ocasiones dentro y fuera de España, donde tuvo principales cargos. Vino a merecer don Marcos pasar de paje a gentilhombre, haciendo en esto su amo con él lo que no hizo el cielo. Trocó pues los diez y ocho cuartos por cinco reales y tantos maravedís: pero ni mudó de vida, ni alargó la ración a su cuerpo, antes como tenía más obligaciones, iba dando más nudos a su bolsa.

Jamás se encendió en su casa luz, y si alguna vez se hacía esta fiesta, era el que le concedía su diligencia y el descuido del repostero, algún cabo de vela, el cual iba gastando con tanta cordura, que desde la calle se iba desnudando, y en llegando a casa dejaba caer los vestidos y al punto le daba la muerte.

Cuando se levantaba por la mañana, tomaba un jarro que tenía sin asa, y salía a la puerta de la calle, y al primero que veía le pedía remediase su necesidad, y esto le duraba dos o tres días, porque lo gastaba con mucha estrechez. Luego se llegaba donde jugaban los muchachos y por un cuarto llevaba uno que le hacía la cama, y si tenía criado, se concertaba con él que no le había de dar ración más de dos cuartos y un pedazo de estera en que dormir; y cuando estas cosas le faltaban, llevaba un pícaro de cocina que lo hacía todo y le virtiese una extraordinaria vasija en que hacía las inexcusables necesidades; era al modo de un arcaduz de noria, porque había sido en un tiempo jarro de miel, que hasta en verter sus excrementos guardó la regla de la observancia.

Su comida era un panecillo de un cuarto, media libra de vaca, un cuarto de zarandajas y otro que daba al cocinero porque tuviese cuidado de guisarlo limpiamente; y esto no era cada día sino solo los feriados, que lo ordinario era un cuarto de pan y otro de queso.

Entraba en el estrado donde comían sus compañeros, y llegaba al primero y decía:

—Buena debe de estar la olla, que da un olor que consuela, en verdad que la he de probar.

Y diciendo y haciendo sacaba una presa; y de esta suerte daba la vuelta de uno en uno a todos los platos: que hubo día que, en viéndole venir, el que podía se comía de un bocado lo que tenía delante; y el que no, ponía la mano sobre su plato.

Con el que tenía más amistad era con un gentilhombre de casa, que estaba aguardando verle entrar a comer o cenar, y luego con su pan y queso en la mano entraba diciendo:

—Por cenar en conversación os vengo a cansar —y con esto se sentaba en la mesa y alcanzaba de lo que había.

Vino en su vida lo compró, aunque lo bebía algunas veces en esta forma: poníase a la puerta de la calle y, como iban pasando las mozas y muchachos con el vino, les pedía en cortesía se lo dejasen probar; obligándoles lo mismo a hacerlo. Si la moza o muchacho eran agradables, les pedía licencia para otro traguillo.

Viniendo a Madrid en una mula, y con un mozo que por venir en su compañía se había aplicado a servirle por ahorrar de gasto, le envió en un lugar por un cuarto de vino, y mientras que fue por él se puso a caballo y se partió, obligando al mozo a venir pidiendo limosna.

Jamás en las posadas le faltó un pariente que, haciéndose gorra con él, le ahorraba la comida. Vez hubo que dio a su mula paja del jergón que tenía en la cama, todo a fin de no gastar.

Varios cuentos se decían de don Marcos, con que su amo y sus amigos pasaban tiempo, tanto que ya era conocido en la corte por el hombre más regalado de los que se conocían en el mundo.

Vino don Marcos de esta suerte, cuando llegó a los treinta años, a tener nombre y fama de rico; y con razón, pues vino a juntar, a costa de su opinión y hurtándoselo al cuerpo, seis mil ducados, los cuales se tenía siempre consigo, porque temía mucho las retiradas de los genoveses; pues cuando más descuidado ven a un hombre le dan manotada como zorro.

Y como don Marcos no tenía fama de jugador ni de amancebado, cada día se le ofrecían varias ocasiones de casarse, aunque lo regateaba, temiendo algún mal suceso: parecíales bien a las señoras que lo deseaban para marido y quisieran más fuese gastador que guardoso, que con este nombre calificaron su miseria.

Entre muchas que desearon ser suya fue una señora que no había sido casada, si bien estaba en opinión de viuda, mujer de buen gusto y de alguna edad, aunque lo encubría con las galas, adornos e industria; porque era viuda galán, con su monjil de tercianela, tocas de reinas y su poquito de moño.

Era buena señora, cuyo nombre es doña Isidora, muy rica en hacienda, según decían todos los que la conocían, y su modo de tratarse lo mostraba. Y en esto siempre se adelantaba el vulgo más de lo que era razón.

Propusiéronle a don Marcos este matrimonio, pintándole a la novia con tan perfectos colores y asegurándole que tenía más de catorce o quince mil ducados, diciéndole haber sido su difunto consorte un caballero de lo mejor de Andalucía, que asimismo decía serlo la señora, dándole por patria a la famosa ciudad de Sevilla; con la cual nuestro don Marcos se dio por casado.

El que trataba el casamiento era un gran socarrón, tercero no solo de casamientos sino de todas mercaderías, tratante en grueso de buenos rostros y mejores bolsas, pues jamás ignoraba lo malo y lo bueno de esta corte, y era la causa haberle prometido buena recompensa: ordenó llevar a don Marcos a vistas, y lo hizo la misma tarde que se lo propuso porque no hubiese peligro en la tardanza.

Entró don Marcos en casa de doña Isidora, casi admirado de ver la casa, tantos cuadros, tan bien labrada y con tanta hermosura; y mirola con atención, porque le dijeron que era su dueño la misma que lo había de ser de su alma, a la cual halló entre tantos damascos y escritorios, que más parecía casa de señora de título que de particular, con un estrado tan rico y la casa con tanto aseo, olor y limpieza, que parecía no tierra sino cielo, y ella tan aseada y bien prendida, como dice un poeta amigo, que pienso que por ella se tomó este motivo de llamar así a los aseados.

Tenía consigo dos criadas, una de labor y otra de todo y para todo, que a no ser nuestro hidalgo tan compuesto y tenerle el poco comer tan mortificado, por solo ellas pudiera casarse con su ama, porque tenían tan buenas caras como desenfado, en particular la fregona, que pudiera ser reina si se dieran los reinos por hermosura.

Admirole sobre todo el agrado y discreción de doña Isidora, que parecía la misma gracia, tanto en donaire como en amores, y fueron tantas y tan bien dichas las razones que dijo a don Marcos que no solo le agradó, mas le enamoró, mostrando en sus agradecimientos el alma, que la tenía el buen señor bien sencilla y sin doblez.

Agradeció doña Isidora al casamentero la merced que le hacía en querer emplearle tan bien, acabando de hacer tropezar a don Marcos en una aseada y costosa merienda, en la cual hizo alarde de la vajilla rica y olorosa ropa blanca, con las demás cosas que en una casa tan rica como la de doña Isidora era fuerza hubiese.

Hallose a la merienda un mozo galán, desenvuelto y que de bien entendido picaba en pícaro, al cual doña Isidora regalaba a título de sobrino, cuyo nombre era Agustinico, que así le llamaba su señora tía.

Servía a la mesa Inés, porque Marcela, que así se llamaba la doncella, por mandado de su señora tenía ya en las manos un instrumento, en el cual era tan diestra que no se le ganara el mejor músico de la corte, y esto acompañaba con una voz que más parecía ángel que mujer, y a la cuenta era todo. La cual con tanto donaire como desenvoltura, sin aguardar a que la rogasen, porque estaba cierta que lo haría bien, o fuese acaso o de pensado, cantó así:

> Claras fuentecillas,
>   pues murmuráis,
> murmurad a Narciso
>   que no sabe amar.
> Murmurad que vive
>   libre y descuidado,
>   y que mi cuidado,
>   en el agua escribe;
>   que pena recibe
>   si sabe mi pena,
>   que es dulce cadena
>   de mi libertad:
> murmurad a Narciso
>   que no sabe amar.
> Murmurad que tiene
>   el pecho de hielo,
>   y que por consuelo
>   penas me previene:
>   responde que pene
>   si favor le pido,
>   y se hace dormido
>   si pido piedad:
> murmurad a Narciso

que no sabe amar.
Murmurad que llama
cielos otros ojos,
más por darme enojos,
que porque los ama,
que mi ardiente llama
paga con desdén,
y quererle bien
con quererme mal:
murmurad a Narciso
que no sabe amar.
Y si en cortesía
responde a mi amor,
nunca su favor
duró más de un día,
do la pena mía
ríe lisonjero,
y aunque ve que muero,
no tiene piedad:
murmurad a Narciso
que no sabe amar.
Murmurad que ha días
tiene la firmeza,
y que con tibieza
paga mis porfías:
mis melancolías
le causan contento,
y si mudo intento,
muestra voluntad:
murmurad a Narciso
que no sabe amar.
Murmurad, que he sido
eco desdichada,
aunque despreciada,
siempre le he seguido;
y que si le pido
que escuche mi queja,
desdeñoso deja
mis ojos llorar:
murmurad a Narciso
que no sabe amar.
murmurad que altivo,
libre y desdeñoso
vive, y sin reposo,
por amarle, vivo,
que no da recibo

a mi eterno amor,
antes con rigor
me intenta matar:
murmurad a Narciso
que no sabe amar.
Murmurad sus ojos
graves y severos,
aunque bien ligeros
para darme enojos,
que rinde despojos
a su gentileza,
cuya altiva alteza
no halla su igual:
murmurad a Narciso
que no sabe amar.
Murmurad que ha dado
con alegre risa
la gloria a Belisa,
que a mí me ha quitado,
no de enamorado,
sino de traidor,
que aunque finge amor
miente en la mitad:
murmurad a Narciso
que no sabe amar.
Murmurad mis celos
y penas rabiosas,
hay fuentes hermosas,
a mis ojos cielos,
y mis desconsuelos,
penas y disgustos,
mis perdidos gustos,
fuentes murmurad;
y también a Narciso
que no sabe amar.

No me atreveré a determinar en qué halló nuestro don Marcos más gusto, si en las empanadas y hermosas tortadas, lo uno picante y lo otro dulce, si en el sabroso pernil y fruta fresca y gustosa, acompañado todo con el licor del santo remedio de los pobres, que a fuerza de brazos estaba *virtiendo* hielo, siendo ello mismo fuego, que por eso llamaba un aficionado a las cantimploras remedio contra el fuego; o en la dulce voz de Marcela, porque al son de su letra él no hacía sino comer, tan regalado de doña Isidora y de Agustinico que no lo pudiera ser más si él fuera el rey, porque si en la voz hallaba gusto para los oídos, en la merienda recreo para su estómago, tan ayuno de regalos como de sustento.

Regalaba también doña Isidora a don Agustín, sin que don Marcos, como poco escrupuloso, reparase en nada más de sacar de mal año sus tripas; porque creo, sin levantarle testimonio, que sirvió la merienda de aquella tarde de ahorro de seis días de ración, y más con los buenos bocados que doña Isidora y su sobrino atestaban y embutían en el baúl vacío del buen hidalgo, provisión bastante para no comer en mucho tiempo.

Feneciose la merienda con el día, y estando ya prevenidas cuatro bujías en sus hermosos candeleros, a la luz de las cuales y al dulce son que Agustinico hizo en el instrumento que Marcela había tocado, bailaron ella e Inés lo rastreado y soltillo, sin que se quedase la capona olvidada, con tal donaire y desenvoltura que se llevaba entre los pies los ojos y el alma del auditorio, y tornando Marcela a tomar la guitarra, a petición de don Marcos, que como estaba harto quería bureo, feneció la fiesta con este romance:

Fuese Bras de la cabaña:
    sabe Dios si volverá,
por ser firmísima Menga,
    y ser muy ingrato Bras.
Como no sabe ser firme,
    desmayole el verse amar,
que quien no sabe querer,
    tampoco sabe estimar.
No le ha dado Menga celos,
    que no se los pudo dar,
porque si supiera darlos,
    supiera hacerse estimar.
Es Bras de condición libre,
    no se quiere sujetar,
    y así viéndose querido,
supo el modo de olvidar.
No solo a sus gustos sigue,
    más sábelos publicar,
que quiere a fuerza de penas
    hacerse estimar en más.
Que no volverá es muy cierto,
    que es cosa la voluntad,
que cuando llega a trocarse
    no vuelve a su ser jamás.
Por gustos ajenos muere,
    pero no se morirá,
que sabe fingir pasiones
    hasta que llega a alcanzar.

Desdichada la serrana
que en él se viene a emplear,
pues aunque siembre afición,
solo penas cogerá.
De ser poco lo que pierde,
certísima Menga está,
pues por mal que se aventure,
no puede tener más mal.
Es franco de disfavores,
de tibieza liberal,
pródigo de demasías,
escaso de voluntad.
Dice Menga que se alegra,
no sé si dice verdad,
que padecer despreciada
es dudosa enfermedad.
Suelen publicar salud
cuando muriéndose están,
mas no niego que es cordura
el saber disimular.
Esconderse por no verla,
ni de sus cosas hablar,
ni tarde de su alabanza,
indicios de salud da.
Pero de vivir contenta,
y ella en secreto llorar,
llevar mal que mire a otras,
de amor parece señal.
Lo que por mi teología
he venido a pergeñar
es que aquel que dice injurias
cerca está de perdonar.
Préciase Menga de noble:
no sé si querrá olvidar,
que una vez elección hecha,
no es noble quien vuelve atrás.
Mas ella me ha dicho a mí
que en llegando a averiguar
injurias, celos y agravios,
afrenta el verle será.

Al dar fin al romance se levantó el corredor de desdichas y le dijo a don Marcos que era hora de que la señora doña Isidora reposase, y así se despidieron los dos de ella y de Agustinico, y de las otras damiselas, y dieron la vuelta a su casa, yendo por la calle tratando lo bien que le había parecido doña Isidora, y descubriendo enamorado don Marcos, más del dinero que de la dama, el deseo que tenía de verse ya su marido, y así le dijo que diera un dedo de la mano por verlo ya hecho, porque era sin duda que le estaba muy bien, aunque no pensaba tratarse después de casado con tanta ostentación y grandeza, pues que aquello era bueno para un príncipe y no para un hidalgo particular como él era, pues con su ración y alguna cosa más había para el gasto; y que seis mil ducados que tenía, y otros tantos que más podía hacer de cosas excusadas que había en casa de doña Isidora; pues bastaba para la casa de un escudero de un señor cuatro cucharas, un jarro, una salvilla y una buena cama, y a este modo cosas que no se pueden excusar: todo lo demás era cosa sin provecho, que mejor estaría en dineros, y puestos en renta, vivirían como un príncipe, y podían dejar a sus hijos, si Dios se los diese, con qué pasar muy honradamente, y cuando no los tuviesen, pues doña Isidora tenía aquel sobrino, para él sería todo, si fuese tan obediente que quisiese respetarle como a padre.

Hacía estos discursos don Marcos tan en su punto que el casamiento lo dio por concluido, y así le respondió que él hablaría otro día a doña Isidora y se efectuaría el negocio, porque en estos casos de matrimonio tantos tienen deshechos las dilaciones como la muerte.

Con esto se despidieron, y él se volvió a contar a doña Isidora lo que con don Marcos había pasado, codicioso de las albricias; y este a casa de su amo, donde hallándolo todo en silencio, por ser muy tarde, sacando un cabo de vela de la faltriquera, se llegó a una lámpara que estaba en la calle alumbrando una cruz, y puesta la vela en la punta de la espada, la encendió, y después de haberle suplicado con una breve oración que fuese la que se quería echar a cuestas para bien suyo, se entró en su posada y se acostó, aguardando impaciente el día, pareciéndole que se le había de despintar tal ventura.

Dejémosle dormir y vamos al casamentero, que vuelto a casa de doña Isidora le contó lo que pasaba y cuán bien le estaba. Ella que lo sabía mejor que no él, como adelante se dirá, dio luego el sí y cuatro escudos al tratante por principio, y le rogó que luego por la mañana volviese a don Marcos y le dijese como ella tenía a gran suerte el ser suya, que no le dejase de la mano, antes gustaría que se le trajese a comer con ella y su sobrino, para que se hiciesen las escrituras y se sacasen los recados.

¡Qué dos nuevas para don Marcos: convidado y novio! Y con ellas por ser tan buenas, madrugó el casamentero y dio los buenos días a nuestro hidalgo don Marcos, al cual halló ya vistiéndose (que amores de blanca niña no le dejaban reposar). Recibió con los brazos a su buen amigo, que así llamaba al procurador de pesares, y con el alma la resolución de su ventura, y acabándose de vestir de las más costosas galas que su miseria le consentía, se fue con su norte de desdichas a casa de su dueño, su señora, donde fue recibido de aquella sirena con la agradable música de sus caricias, y de don Agustín, que se estaba vistiendo, con mil modos de cortesías y agrados; donde en buena conversación y agradecimiento de su ventura y sumisiones del cauto mozo, en agradecimiento del lugar que de hijo le daba, pasaron hasta que fue hora de comer, que de la sala del estrado se entraron a otra cuadra más adentro donde estaba puesta la mesa y aparador, como pudiera en casa de un gran señor.

No tuvo necesidad doña Isidora de gastar muchas arengas para obligar a don Marcos a sentarse a la mesa, porque antes él rogó a los demás que lo hiciesen, sacándolos de esta penalidad, que no es pequeña.

Satisfizo el señor convidado su apetito en la bien sazonada comida y sus deseos en el compuesto aparador, tornando en su memoria a hacer otros tantos discursos como la noche pasada, y más como veía a doña Isidora tan liberal y cumplida, como aquella que había de ser suya, le parecía aquella grandeza vanidad excusada y dinero perdido.

Acabose la comida y preguntaron a don Marcos si quería, en lugar de dormir la siesta, por no haber en aquella casa cama para huéspedes, jugar al hombre. A lo cual respondió que servía a un señor tan virtuoso y cristiano, que si supiera que criado suyo jugaba, ni aun al quince, no estuviera una hora en su casa, y que como él sabía esto, había tomado por regla el darle gusto; demás de ser su inclinación buena y virtuosa, pues no tan solamente no sabía jugar al hombre, mas que no conocía ni una carta, y que verdaderamente hallaba por su cuenta que valía el no saber jugar muchos ducados por año.

—Pues el señor don Marcos —dijo doña Isidora— es tan virtuoso que no sabe jugar (¡qué bien le digo yo a Agustinillo, que es lo que está mejor al alma y a la hacienda!), ve, niño, y dile a Marcela que se dé prisa a comer, y traiga su guitarra e Inesita sus castañuelas, y en eso entretendremos la siesta hasta que venga el notario que el señor Gamarra (que así se llamaba el casamentero) tiene prevenido para hacer las capitulaciones.

Fue Agustinico a lo que su señora tía le mandaba, y mientras venía prosiguió don Marcos, y asiendo la plática desde arriba:

—Pues en verdad, dijo, que puede Agustín, si pretende darme gusto, no tratar de jugar ni salir de noche, y con eso seremos amigos: de hacerlo habría mil rencillas, porque soy muy amigo de recogerme temprano la noche que no hay que hacer: y que en entrando, no solo se cierre la puerta más se clave, no porque soy celoso, que harto ignorante es el que lo es, teniendo mujer honrada; más porque las casas ricas nunca están seguras de ladrones, no quiero que me lleven con sus manos lavadas lo que a mí me costó tanto afán y fatiga el ganarlo; y así yo le quitaré el vicio, y sobre esto sería el diablo.

Vio doña Isidora tan colérico a don Marcos que fue menester mucho de su despejo para desenojarle, y así le dijo que no se disgustase, que el muchacho haría todo lo que fuese de su gusto, porque era el mozo más dócil que en su vida había tratado, que al tiempo daba por testigo.

—Esto le importa —replicó don Marcos, y atajó la plática don Agustín y las damiselas, que venían cada una con su instrumento, y la desenvuelta Marcela dio principio a la fiesta con estas décimas:

Lauro, si cuando te amaba
y tu rigor me ofendía,
triste de noche y de día,
tu ingrato trato lloraba;
si en ninguna parte hallaba
remedio de mi dolor,
pues cuando solo un favor
era paz de mis enojos,
siempre en tus ingratos ojos
hallé crueldad por amor.
si cuando pedí a los cielos
la muerte por no mirarte,
y maltratarme y culparte
eran todos mis desvelos:
supe seguida de celos,
mereciendo ser querida,
quise quitarme la vida:
dime, ¿cómo puede haber
otro mayor mal, que ser
cruelmente aborrecida?
Yo lo tengo por mayor
que no vivir olvidada,
que siéndolo, no te enfada
como otras veces mi amor:
tengo el verte por favor,
que tu descuido me ofrece
la paz que aquel que aborrece
niega al que adorando está;
luego el olvido será
mayor daño que parece.
Y así a pedirte favor,
con disfavor me convidas,
porque al fin como me olvidas,
no te ofendas de mi amor:

que alguna vez tu rigor
vendrá a tomar por partido
amar en lugar de olvido;
y si has de aborrecer,
más quiero, Lauro, no ser,
que aborrecida haber sido.

No sabré decir si lo que más agradó a los oyentes fue la suave voz de Marcela o los versos que cantó: finalmente, a todo dieron alabanza, pues aunque las décimas no eran las más cultas, ni más acendradas, el donaire de Marcela les dio tanta sal que supliera mayores faltas; y porque mandaba doña Isidora a Inés que bailase con Agustín, le previno don Marcos que fenecido el baile volviese a cantar, pues lo hacía divinamente, lo cual Marcela hizo con mucho gusto, dándosele al señor don Marcos con este romance:

Ya de mis desdichas
el colmo veo,
y en ajenos favores
miro mis celos.
Ya no tengo que esperar
de tu amor, ingrato Ardenio,
aunque tus muchas tibiezas
mida con mi sufrimiento.
Que ya en mi fuego te hieles,
ni que me encienda en tu hielo,
que mueran mis esperanzas,
ni que viva en mi tormento.
Como en mi confusa pena
no hay alivio ni remedio,
ni le busco, ni le pido,
desesperada padezco.
Pues de mis desdichas
el colmo veo,
y en ajenos favores
miro mis celos.
¿Qué tengo ya que esperar,
ni cómo obligar pretendo
a quien de solo matarme
atrevido lleva intento?
A los hermanos imito,
que por pena en el infierno,
tienen trabajo sin fruto,
y servir fuera de tiempo.
Acaba, saca la espada,
pasa mi constante pecho,

acabaré de penar,
si no es mi tormento eterno.
Pues de mis desdichas
el colmo veo,
y en ajenos favores
miro mis celos.
Quiérote bien, ¡qué delito
para castigo tan fiero!
Pero tú te desobligas,
cuando ya obligarte pienso.
¿Quién creyera que mis partes,
que alguno estimó por cielos,
son infiernos a tus ojos,
pues de ellas andas huyendo?
Siempre decís que buscáis
los hombres algún sujeto,
que sea en aquesta edad
de constancia claro ejemplo.
Y si acaso halláis alguno,
le hacéis tal tratamiento,
que aventura por vengarse,
no una honra, sino ciento.
Míralo en ti y en mi amor,
no quieras más claro espejo,
y verás cómo hay mujeres
con amor y sufrimiento.
Pues de mis desdichas
el colmo veo,
y en ajenos favores
miro mis celos.
Hasta aquí pensé callar,
tus sinrazones sufriendo,
mas pues voluntad públicas,
¿cómo callaré con celos?
Sepa el mundo que te quise,
sepa el mundo que me has muerto,
y sépalo esa tirana
de mi gusto y de mi dueño.
Poco es brasas, como Porcia,
poco es como Elisa, acero,
más es morir de sospechas,
fuego que en el alma siento.
Pues de mis desdichas
el colmo veo,
y en ajenos favores
miro mis celos.

Poco puedo, Ardenio ingrato,
y hoy pienso que puedo menos,
pues sufriendo no te obligo,
ni te obligué padeciendo.
Yo gusto que tengas gustos,
pero tenlos con respeto,
de que me llamaste tuya,
o de veras, o fingiendo.
Cuando en tus ojos me miro,
en ellos miro otro dueño,
¿pues qué has menester decirme
lo que yo tengo por cierto?
Pues de mis desdichas
el colmo veo,
y en ajenos favores
miro mis celos.
Ingrato, si ya tus glorias
no te caben en el pecho,
guárdalas, que para mí
son más que gloria, veneno.
Mas tú debes de gustar
de verme vivir muriendo,
que el querer y aborrecer
en ti viene a ser extremo.
Y si de matarme gustas,
acaba, mátame presto;
pero si celosa vivo,
¿para qué otra muerte quiero?
Pues de mis desdichas
el colmo veo,
y en ajenos favores
miro mis celos.

Como era don Marcos de los sanos de Castilla y sencillo como un tafetán de la China, no se le hizo largo este romance, antes quisiera que durara mucho más, porque la llaneza de su ingenio no era como los fileteados de la corte, que en pasando de seis estancias, se enfadan.

Dio las gracias a Marcela, y le pidiera que pasara adelante si a este punto no entrara el buen Gamarra con un hombre que dijo ser notario; si bien más parecía lacayo que otra cosa, y se hicieron las escrituras y conciertos, poniendo doña Isidora en la dote doce mil ducados y aquellas casas; y como don Marcos era hombre tan sin malicia, no se metió en más averiguaciones, con lo que el buen hidalgo estaba tan contento que posponiendo su autoridad, bailó con su querida esposa, que así llamaba a doña Isidora.

Cenaron aquella noche con el mismo aplauso y ostentación que habían comido, si bien todavía el tema de don Marcos era la moderación del gasto: pareciéndole, como dueño de aquella casa y hacienda, que si de aquella suerte iba, no había dote para cuatro días; mas hubo de callar hasta mejor ocasión.

Llegó la hora de recogerse, y por excusar trabajo de ir a su posada, quiso quedarse con su señora, mas ella con muy honesto recato dijo que no había de poner hombre el pie en el casto lecho que fue de su difunto señor mientras no tuviese las bendiciones de la iglesia, con lo que tuvo por bien don Marcos de irse a dormir a su casa (que no sé si diga que más fue velar, supuesto que el cuidado de sacar las amonestaciones le tenía ya vestido a las cinco).

En fin se sacaron, y en tres días de fiesta que la fortuna trajo de los cabellos, que a la cuenta sería el mes de agosto, que las trae de dos en dos, se amonestaron, dejando para el lunes, que en las desgracias no tuvo que envidiar al martes, el desposar y el velarse todo junto, a uso de grandes: lo cual se hizo con grande aparato y grandeza, así de galas como en lo demás, porque don Marcos, humillando su condición, y venciendo su miseria, sacó fiado, por no descabalar los seis mil ducados, un rico vestido y faldellín para su esposa, haciendo cuenta que con él y la mortaja cumplía, no porque se le vino al pensamiento la muerte de doña Isidora sino por parecerle que poniéndosele solo de una Navidad a otra, habría vestido hasta el día del juicio.

Trajo asimismo de casa de su amo padrinos que todos alababan su elección y engrandecían su ventura, pareciéndoles acertamiento haber hallado una mujer de tan buen parecer y tan rica, pues aunque doña Isidora era de más edad que el novio, contra el parecer de Aristóteles y otros filósofos antiguos, lo disimulaba de suerte que era milagro verla tan bien aderezada.

Pasada la comida, y estando ya sobre tarde alegrando con bailes la fiesta, en los cuales Inés y don Agustín mantenían la tela, mandó doña Isidora a Marcela que la engrandeciese con su divina voz, a la cual no haciéndose de rogar, con tanto desenfado como donaire cantó así:

Si se ríe el alba,
de mí se ríe,
porque adoro tibiezas,
y muero firme.
Cuando el alba miro,
con alegre risa
mis penas me avisa,
mis males suspiro;
pero no me admiro

de verla reír,
ni de presumir
que de mí se ríe:
porque adoro tibiezas,
y muero firme.
Ríese de verme
con cien mil pesares,
los ojos dos mares,
viendo aborrecerme;
cuando ingrato duerme
mi querido dueño,
mi dolor el sueño
triste despide:
porque adoro tibiezas,
y muero firme.
Ríe el ver que digo
que no tengo amor,
cuando su rigor
de secreto sigo,
por haber sido obligado
a tratarme bien,
al mismo desdén
que en matarme vive:
porque adoro tibiezas,
y muero firme.
Ríe que me alejo
de aquello que sigo;
llamado enemigo
por lo que me quejo,
que pido consejo,
amando sin él;
despido cruel
lo que no me sigue:
porque adoro tibiezas,
y muero firme.
Ríe el ver mis ojos
publicar tibieza,
cuando mi firmeza
les da mil enojos,
ofrecer despojos
y encubrir pasión,
mirar a traición
unos ojos libres:
porque adoro tibiezas,
y muero firme.
ríe el que procura

encubrir mis celos,
que estoy sin desvelos
cuando miento y juro,
el descuido apuro,
lo que me da pena,
porque amor ordena
mi muerte triste:
porque adoro tibiezas,
y muero firme.

Llegose en estos entretenimientos la noche, principio de la posesión de don Marcos, y más de sus desdichas, pues antes de tomarla empezó la fortuna a darle con ellas en los ojos, y así fue la primera darle a don Agustín un accidente: no me atrevo a decir si le causó el ver casada a su señora tía; solo digo que puso la casa en alboroto, porque doña Isidora empezó a desconsolarse, acudiendo más tierna que fuera razón a desnudarle para que se acostase, haciéndole tantas caricias y regalos que casi dio celos al desposado, el cual viendo ya al enfermo algo sosegado, mientras su esposa se acostaba, acudió a prevenir con cuidado que se cerrasen las puertas y echasen las aldabas a las ventanas; cuidado que puso en las desenvueltas criadas de su querida mujer la mayor confusión y aborrecimiento que se puede pensar, pareciéndoles achaque de celoso; y no lo era cierto, sino de avaro; porque como el buen señor había traído su ropa y con ella sus seis mil ducados, que aun apenas habían visto la luz del cielo, quería acostarse seguro de que lo estaba su tesoro.

En fin, él se acostó con su esposa; las criadas en lugar de acostarse se pusieron a murmurar y llorar, exagerando la prevenida y cuidadosa condición de su dueño. Empezó Marcela a decir:

—¿Qué te parece, Inés, a lo que nos ha traído la fortuna, pues de acostarnos a las tres y a las cuatro, oyendo músicas y requiebros, ya en la puerta de la calle, ya en las ventanas, rodando el dinero en nuestra casa, como en otras la arena, hemos venido a ver a las once cerradas las puertas y clavadas las ventanas, sin que haya atrevimiento en nosotras para abrirlas?

—Mal año abrirlas —dijo Inés—; Dios es mi Señor, que tiene traza nuestro amo de echarles siete candados como a la cueva de Toledo: ya, hermana, esas fiestas que dices se acabaron, no hay sino echarnos dos hábitos, pues mi ama ha querido esto: ¿qué poca necesidad tenía de haberse casado, pues no le faltaba nada, y no ponernos a todas en esta vida?, que no sé cómo no la ha enternecido ver al señor don Agustín cómo ha estado esta noche, que para mí esta higa si no es la pena de verla casada el accidente que tiene: y no me espanto, que está enseñado a holgarse y regalarse, y viéndose ahora enjaulado como jilguerillo, claro está que lo ha de sentir como yo lo siento: que malos años para mí, que me pudieran ahogar con una hebra de seda cendalí.

—Aun tú, Inés —replicó Marcela—, que sales fuera por todo lo que es menester, no tienes que llorar; mas triste de quien por llevar adelante este mal afortunado nombre de doncella, ya que en lo demás haya tanto engaño, ha de estar padeciendo todos los infortunios de un celoso, que las hormiguillas la parecen gigantes; mas yo lo remediaré, supuesto que por mis habilidades no me ha de faltar la comida. Mala pascua para el señor don Marcos si yo tal sufriere.

—Yo, Marcela —dijo Inés—, será fuerza que sufra, porque si te he de confesar verdad, don Agustín es la cosa que más quiero; si bien hasta ahora mi ama no me ha dado lugar de decirle nada, aunque conozco de él que no me mira mal, mas de aquí adelante será otra cosa, que habrá de dar más tiempo acudiendo a su marido.

En estas pláticas estaban las criadas, y era el caso que el señor don Agustín era galán de doña Isidora, y por comer, vestir y gastar a título de sobrino, no solo llevaba la carga de la vieja mas otras muchas, como eran las conversaciones de damas y galanes, juegos y bailes y otras cosillas de este jaez, y así pensaba sufrir la del marido, aunque la mala costumbre de dormir acompañado le tenía aquella noche con alguna pasión; pues como Inés le quería, dijo que quería ir a ver si había menester algo mientras se desnudaba Marcela, y fue tan buena su suerte, que como don Agustín era muchacho, tenía miedo, y así la dijo:

—Por tu vida, Inés, que te acuestes aquí conmigo, porque estoy con el mayor asombro del mundo, y si estoy solo, en toda la noche podré sosegar de temor.

Era piadosísima Inés, y túvole tanta lástima que al punto le obedeció, dándole las gracias de mandarle cosas de su gusto.

Llegose la mañana, martes al fin, y temiendo Inés que su señora se levantase y la cogiese con el hurto en las manos, se levantó más temprano que otras veces y fue a contar a su amiga sus venturas; y como no hallase a Marcela en su aposento, fue a buscarla por toda la casa, y llegando a una puertecilla falsa que estaba en un corral, algo a trasmano, la halló abierta, y era que Marcela tenía cierto requiebro, para cuya correspondencia tenía llave de la puertecilla, por donde se había ido con él, quitándose de ruidos; y aposta, por dar a don Marcos tártago, la había dejado abierta: y visto esto, fue dando voces a su señora, a las cuales despertó el miserable novio, y casi muerto de congoja saltó de la cama, diciendo a doña Isidora que hiciese lo mismo y mirase si le faltaba alguna cosa, abriendo a un mismo tiempo la ventana; y pensando hallar en la cama a su mujer, no halló sino una fantasma o imagen de la muerte, porque la buena señora mostró las arrugas de la cara por entero, las cuales encubría con el afeite, que tal vez suele ser encubridor de años, que a la cuenta estaban más cerca de cincuenta y cinco que de treinta y seis, como había puesto en la carta de dote, porque los cabellos eran pocos y blancos por la nieve de muchos inviernos pasados.

Esta falta no era mucha, merced a los moños y a su autor, aunque en esta ocasión se la hizo a la pobre dama, respecto de haberse caído sobre las almohadas con el descuido del sueño, bien contra la voluntad de su dueño: los dientes estaban esparcidos por la cama, porque, como dijo el príncipe de los poetas, daba perlas de barato, a cuya causa tenía don Marcos uno o dos entre los bigotes, demás de que parecían tejado con escarcha, de lo que habían participado de la amistad que con el rostro de su mujer habían hecho.

Cómo se quedaría el pobre hidalgo se deja a la consideración del pío lector, por no alargar pláticas en cosa que pueda la imaginación suplir cualquiera falta; solo digo que doña Isidora, que no estaba menos turbada de que sus gracias se manifestasen tan a letra vista, asió con una presurosa congoja su moño, mal enseñado a dejarse ver tan de mañana, y atestósele en la cabeza, quedando peor que sin él; porque con la prisa no pudo ver cómo le ponía, y así se le acomodó cerca de las orejas. ¡Oh maldita Marcela, causa de tantas desdichas, no te lo perdone Dios, amén!

En fin, más alentada, aunque con menos razón, quiso tomar un faldellín para salir a buscar su fugitiva criada, mas ni él ni el vestido rico con que se había casado, ni los chapines con viras, ni otras joyas que estaban en una sala; porque esto y el vestido de don Marcos, con una cadena que valía doscientos escudos que había traído puesta el día antes, la cual había sacado de su tesoro para solemnizar su fiesta, no pareció, porque la astuta Marcela no quiso ir desapercibida.

Lo que haría don Marcos en esta ocasión, ¿qué lengua bastará a decirlo, ni qué pluma a escribirlo? Quien supiere que a costa de su cuerpo lo había ganado, podrá ver cuán al de su alma lo sentiría, y más no hallando consuelo en la belleza de su mujer, porque bastaba a desconsolar al mismo infierno. Si ponía los ojos en ella, veía una estantigua; si los apartaba, no veía sus vestidos y cadena, y con este pesar se paseaba muy aprisa, así en camisa por la sala, dando palmadas y suspiros.

Mientras él andaba así, doña Isidora se fue al Jordán de su retrete y arquilla de baratijas; se levantó Agustín, a quien Inés había ido a contar lo que pasaba, riéndose los dos de la visión de doña Isidora y la bellaquería de Marcela, y a medio vestir salió a consolar a su tío, diciéndole los consuelos que supo fingir y encadenar más a lo socarrón que a lo necio.

Animole con que se buscaría la agresora del hurto, y obligole a paciencia el decirle que eran bienes de fortuna, con lo que cobró fuerzas para volver en sí y vestirse; y más como vio venir a doña Isidora tan otra de lo que había visto, que casi creyó que se había engañado y que no era la misma.

Salieron juntos don Marcos y don Agustín a buscar por dicho de Inés las guaridas de Marcela, y en verdad que si no fueran, los tuviera por más discretos, a lo menos a don Marcos; que don Agustín para mí pienso que lo hacía de bellaco más que de bobo, que bien se deja entender que no se había puesto en parte donde fuese hallada. Mas viendo que no había remedio, se volvieron a casa, conformándose con la voluntad de Dios a lo santo, y con la de Marcela a lo de no poder más, y mal de su grado hubo de cumplir nuestro miserable con las obligaciones de la tornaboda, aunque el más triste del mundo porque tenía atravesada en el alma su cadena.

Mas como no estaba contenta la fortuna, quiso seguir en la prosecución de su miseria. Y fue de esta suerte: que sentándose a comer, entraron dos criados del señor almirante, diciendo que su señor besaba las manos de la señora Isidora y que se sirviese enviar la plata, que para prestada bastaba un mes, que si no lo hacía la cobraría de otro modo.

Recibió la señora el recado, y la respuesta no pudo ser otra que entregarle todo cuanto había, platos, fuentes y lo demás que lucía en casa, y que había colmado las esperanzas de don Marcos, el cual se quiso hacer fuerte diciendo que era hacienda suya y que no se había de llevar, y otras cosas que le parecían a propósito, tanto que fue menester que un criado fuese a llamar al mayordomo y el otro se quedase en resguardo de la plata.

Al fin la plata se llevó y don Marcos se quebró la cabeza en vano, el cual ciego de pasión y de cólera empezó a decir y hacer cosas como hombre fuera de sí: quejábase de tal engaño y prometía la había de poner pleito de divorcio; a lo cual doña Isidora con mucha humildad le dijo, por amansarle, que advirtiese que antes merecía gracias que ofensas, que por granjear un marido como él cualquiera cosa, aunque tocase en engaño, era cordura y discreción, y que pues el pensar deshacerlo era imposible, lo mejor era tener paciencia.

Húbolo de hacer el buen don Marcos, aunque desde aquel día no tuvieron paz ni comían bocado con gusto. A todo esto don Agustín comía y callaba, metiendo las veces que se hallaba presente paz y pasando muy buenas noches con Inés, con la cual reía las gracias de doña Isidora y desventuras de don Marcos.

Con estas desdichas, si la fortuna le dejara en paz, con lo que le había quedado se diera por contento y lo pasara honradamente. Mas como se supo en Madrid el casamiento de doña Isidora, un alquilador de ropa, dueño del estrado y colgadura, vino por tres meses que le debía de su ganancia, y asimismo a llevarlo; porque mujer que había casado tan bien, coligió que no lo habría menester, pues lo podía comprar y tenerlo por suyo.

A este trago acabó don Marcos de rematarse: llegó a las manos con su señora, andando el moño y los dientes de por medio, no con poco dolor de su dueño, pues le llegaba el verse sin él tan a lo vivo. Esto, y la injuria de verse maltratar tan recién casada, la dio ocasión de llorar y hacer cargos a don Marcos por tratar así a una mujer como ella, y por bienes de fortuna, que ella los da y los quita; pues aun en casos de honra era demasiado castigo.

A esto respondió don Marcos que su honra era su dinero, mas con todo esto no sirvió de nada para que el dueño del estrado y colgadura no lo llevase, y con ello lo que le debía un real sobre otro, que se pagó del dinero de don Marcos, porque la señora, como ya había cesado su trato, no sabía de qué color era.

A las voces y gritos bajó el señor de la casa, la cual nuestro hidalgo pensaba ser suya, porque la mujer le había dicho que era huésped y que le tenía alquilado aquel cuarto por un año. Le dijo pues que si cada día había de haber aquellas voces, que buscasen casa y fuesen con Dios, que era amigo de quietud.

—¿Cómo ir? —respondió don Marcos—, él es el que se ha de ir, que esta casa es mía.

—¿Cómo vuestra? —dijo el dueño—; loco atreguado, idos con Dios, que yo os juro que si no mirara que lo sois, la ventana fuera vuestra puerta.

Enojose don Marcos, y con la cólera se atreviera si no se metieran de por medio doña Isidora y don Agustín, desengañando al pobre don Marcos y apaciguando al señor de la casa, con prometerle desembarazarla a otro día.

¿Qué podía don Marcos hacer aquí? O callar, o ahorcarse; porque lo demás, ni él tenía ánimo para otra cosa, y con tantos pesares estaba como atónito y fuera de sí. Y de esta suerte tomó su capa y se salió de casa, y don Agustín por mandado de su tía con él, para que le reportase.

En fin, los dos buscaron un par de aposentos cerca de palacio, por estar cerca de la casa de su amo; y dando señal, quedó la mudanza para otro día, y así le dijo a don Agustín que se fuese a comer, porque él no estaba por entonces para volver a ver aquella engañadora de su tía. Hízolo así el mozo, dando la vuelta a su casa y contando lo sucedido a doña Isidora, entre ambos trataron el modo de mudarse.

Vino el miserable a acostarse rostrituerto y muerto de hambre; pasó la noche y a la mañana le dijo doña Isidora que se fuese a la casa nueva para que recibiese la ropa, mientras Inés traía un carro en que llevarla.

Hízolo así, y apenas el buen necio salió cuando la traidora doña Isidora, y su sobrino y criada, tomaron cuanto había y lo metieron en un carro, y ellos con ello se partieron de Madrid la vuelta de Barcelona, dejando en casa las cosas que no podían llevar, como platos, ollas y otros trastos.

Estuvo don Marcos hasta cerca de las doce esperando, y viendo la tardanza dio la vuelta a su casa, y como no los halló preguntó a una vecina si eran idos. Ella respondió que rato había. Con lo que pensando ya estarían allá, tornó a toda prisa porque no aguardasen, llegó sudado y fatigado, y como no los halló se quedó medio muerto, temiendo lo mismo que era, y sin parar tornó donde venía, y dando un puntapié a la puerta que habían dejado cerrada, y como la abrió y entró dentro, y viese que no había más de lo que nada valía, acabó de tener por cierta su desdicha; y empezó a voces y carreras por las salas, dándose de camino algunas calabazadas por las paredes, diciendo:

—Desdichado de mí; mi mal es cierto, en mal punto hice este desdichado casamiento que tan caro me cuesta. ¿Adónde estás, engañosa sirena y robadora de mi bien y de todo cuanto yo, a costa de mí mismo, tengo granjeado para pasar la vida con algún descanso?

Estas y otras cosas decía, a cuyos extremos entró alguna gente de la casa: y uno de los criados, sabiendo el caso, le dijo que tuviese por cierto el haberse ido, porque el carro en que iba la ropa y su mujer, sobrino y criada, era de camino y no de mudanza, y que él preguntó que dónde se mudaba y que le habían respondido que fuera de Madrid.

Acabó de rematarse don Marcos con esto; mas como las esperanzas animan en mitad de las desdichas, salió con propósito de ir a los mesones a saber para qué parte había ido el carro donde iba su corazón entre seis mil ducados que llevaban en él, lo cual hizo; mas su dueño no era cosario, sino labrador de aquí de Madrid, que en eso eran los que le habían alquilado más astutos que era menester, y así no pudo hallar noticia de nada, pues querer seguirlo era negocio cansado, no sabiendo el camino que llevaban, ni hallándose con un cuarto si no lo buscaba prestado, y más hallándose cargado con la deuda del vestido y joyas de su mujer, que ni sabía cómo ni de dónde pagarlo. Dio la vuelta, marchito y con mil pensamientos, a casa de su amo: y viniendo por la calle Mayor encontró sin pensar con la cauta Marcela, y tan cara a cara, que aunque ella quiso encubrirse, fue imposible, porque habiéndola conocido don Marcos, asió de ella, descomponiendo su autoridad, diciendo:

—Ahora, ladrona, me daréis lo que me robasteis la noche que os salisteis de mi casa.

—¡Ay señor mío! —dijo Marcela llorando—, bien sabía yo que había de caer sobre mí la desdicha desde el punto que mi señora me obligó a esto. Óigame por Dios antes que me deshonre, que estoy en buena opinión y concertada de casar, y sería grande mal que tal se dijese de mí, y más estando como estoy inocente: entremos aquí en este portal y óigame despacio, y sabrá quién tiene su cadena y vestidos, que ya había yo sabido cómo usted sospechaba su falta sobre mí, y lo mismo le previne a mi señora aquella noche, pero son dueños y yo criada.

¡Ay de los que sirven, y con qué pensión ganan un pedazo de pan!

Era don Marcos, como he dicho, poco malicioso, y así dando crédito a sus lágrimas, se entró con ella en el portal de una casa grande, donde le contó quién era doña Isidora, su trato y costumbres, y el intento con que se había casado con él, que era engañándole, como ya don Marcos lo experimentaba bien a su costa: díjole asimismo como don Agustín no era sobrino suyo, sino su galán: y que era un bellaco vagamundo, que por comer y holgar estaba como le veía amancebado con una mujer de tal trato y edad, y que ella había escondido su vestido y cadena, para dársele junto con el suyo y las demás joyas; que le había mandado que se fuese y pusiese en parte donde él no la viese, dando fuerza a su enredo con pensar que ella se lo había llevado.

Pareciole a Marcela ser don Marcos hombre poco pendencioso, y así se atrevió a decir tales cosas sin temor de lo que podía suceder; o ya lo hizo por salir de entre sus manos, y no miró en más, o por ser criada, que era lo más cierto. En fin, concluyó su plática la traidora con decirle que viviese con cuenta, porque le habían de llevar, cuando menos se pensase, su hacienda.

—Yo le he dicho a usted lo que me toca y mi conciencia me dicta; ahora —repetía Marcela—, haga usted lo que fuere servido, que aquí estoy para cumplir todo lo que fuere su gusto.

—A buen tiempo —replicó don Marcos— cuando no hay remedio, porque la traidora y el ingrato mal nacido se han ido, llevándome cuanto tenía; y luego juntamente él contó todo lo que había pasado con ellos desde el día que se había ido de su casa.

—¡Es posible! —dijo Marcela—. ¡Ay tal maldad! ¡Ay señor de mi alma! y cómo no en balde le tenía yo lástima, mas no me atrevía a hablar, porque la noche que mi señora me envió de su casa quise avisar a usted viendo lo que pasaba, mas temí; que aun entonces, porque le dije que no escondiese la cadena, me trató de palabra y obra cual Dios sabe.

—Ya, Marcela —decía don Marcos—, he visto lo que dices, y es lo peor que no lo puedo remediar ni saber dónde o cómo puedo hallar rastro de ellos.

—No le dé eso pena, señor mío —dijo la fingida Marcela—, que yo conozco un hombre, y aun pienso, si Dios quiere, que ha de ser mi marido, que le dirá a usted dónde los hallará como si los viera con los ojos, porque sabe conjurar demonios, y hacer otras admirables cosas.

—¡Ay Marcela!, y cómo te lo serviría yo, y agradecería si hicieses eso por mí: duélete de mis desdichas, pues puedes.

Es muy propio de los malos en viendo a uno de caída, ayudarle a que se despeñe más presto, y de los buenos creer luego: así creyó don Marcos a Marcela; y ella se determinó a engañarle y estafarle lo que pudiese, y con este pensamiento le respondió que fuese luego, que no era muy lejos la casa.

Yendo juntos encontró don Marcos otro criado de su casa, a quien pidió cuatro reales de a ocho para dar al astrólogo, no por señal, sino de paga; y con esto llegaron a casa de la misma Marcela, donde estaba con un hombre que dijo ser el sabio, y a la cuenta era su amante.

Habló con él don Marcos y concertáronse en ciento y cincuenta reales, y que volviese de allí a ocho días, que él haría que un demonio le dijese dónde estaban, y los hallaría; más que advirtiese que si no tenía ánimo que no habría nada hecho, que mejor era no ponerse en tal, o que viese en qué forma lo quería ver, si no se atrevía que fuese en la misma suya.

Pareciole a don Marcos, con el deseo de saber de su hacienda, que era ver un demonio ver un plato de manjar blanco. Y así respondió que en la misma que tenía en el infierno, en esa se le enseñase, que aunque le veía llorar la pérdida de su hacienda como mujer, que en otras cosas era muy hombre.

Con esto y darle los cuatro reales de a ocho se despidió de él y Marcela, y se recogió en casa de un amigo, si los miserables tienen alguno, a llorar su miseria.

Dejémosle aquí, y vamos al encantador (que así le nombraremos), que para cumplir lo prometido y hacer una solemne burla al miserable, que ya por la relación de Marcela conocía el sujeto, hizo lo que diré. Tomó un gato y encerrole en un aposentillo, al modo de despensa, correspondiente a una sala pequeña, la cual no tenía más ventana que una del tamaño de un pliego de papel, alta cuanto un estado de hombre, en la cual puso una red de cordel que fuese fuerte; y entrábase donde tenía el gato, y castigábalo con un azote, teniendo cerrada una gatera que hizo en la puerta, y cuando le tenía bravo, destapaba la gatera y salía el gato corriendo, y saltaba la ventana, donde cogido en la red, le volvía a su lugar. Hizo esto tantas veces que ya sin castigarle, en abriéndole, iba derecho a la ventana. Hecho esto, avisó al miserable que aquella noche en dando las once le enseñaría lo que deseaba.

Había (venciendo su inclinación) buscado nuestro engañado lo que faltaba para los ciento y cincuenta reales prestados, y con ellos vino a casa del encantador, al cual puso en las manos el dinero para animarle a que fuese el conjuro más fuerte; el cual después de haberle apercibido el ánimo y valor, se sentó de industria en una silla debajo de la ventana, la cual tenía ya quitada la red.

Era como se ha dicho después de las once, y en la sala no había más luz que la que podía dar una lamparilla que estaba a un lado, y dentro de la despensilla, todo lleno de cohetes, y con el mozo avisado de darle a su tiempo fuego y soltarle a cierta seña que entre los dos estaba puesta. Marcela se salió fuera porque ella no tenía ánimo para ver visiones.

Y luego el astuto mágico se vistió una ropa de bocací negro y una montera de lo mismo, y tomando un libro de unas letras góticas en la mano, algo viejo el pergamino para dar más crédito a su burla, hizo un cerco en el suelo y se metió dentro con una varilla en las manos, y empezó a leer entre dientes, murmurando en tono melancólico y grave, y de cuando en cuando pronunciaba algunos nombres extravagantes y exquisitos, que jamás habían llegado a los oídos de don Marcos, el cual tenía abiertos (como dicen) los ojos de un palmo, mirando a todas partes si sentía ruido para ver el demonio que le había de decir todo lo que deseaba. El encantador hería luego con la vara en el suelo, y en un brasero que estaba junto a él con lumbre echaba sal, azufre y pimienta, y alzando la voz decía:

—Sal aquí, demonio Calquimorro, pues eres tú el que tienes cuidado de seguir a los caminantes, y les sabes sus designios y guaridas, y di aquí en presencia del señor don Marcos y mía, qué camino lleva esta gente, y dónde y qué modo se tendrá de hallarlos; sal presto o guárdate de mi castigo; estás rebelde y no quieres obedecerme, pues aguarda que yo te apretaré hasta que lo hagas.

Y diciendo esto, volvía a leer en el libro: a cabo de rato tornaba a herir con el palo en el suelo, refrescando el conjuro dicho y sahumerio, de suerte que ya el pobre don Marcos estaba ahogándose. Y viendo ya ser hora de que saliese, dijo:

—Oh tú que tienes las llaves de las puertas infernales, manda al Cerbero que deje salir al Calquimorro, demonio de los caminos, para que nos diga dónde están estos caminantes, o si no te fatigaré cruelmente.

A este tiempo, ya el mozo que estaba por guardián del gato había dado fuego a los cohetes, y abierto el agujero, que como vio arder, salió dando aullidos y truenos, brincos y saltos, y como estaba enseñado a saltar en la ventana, quiso escaparse por ella, y sin tener respeto a don Marcos, que estaba sentado en la silla, pasó por encima de su cabeza, abrasándole de camino las barbas y cabellos, y parte de la cara, y dio consigo en la calle, con cuyo suceso, pareciéndole que no había visto un diablo, sino todos los del infierno, dando muy grandes gritos se dejó caer desmayado en el suelo sin tener lugar de oír una voz que se dio en aquel punto, que dijo:

—En Granada los hallarás.

A los gritos de don Marcos y aullidos del gato, viéndole dar bramidos y saltos por la calle respecto de estarse abrasando, acudió gente, y entre ellos la justicia; y llamando, entraron y hallaron a Marcela y su amante procurando a fuerza de agua volver en sí al desmayado, lo cual fue imposible hasta la mañana.

Informose del caso el alguacil, y no satisfaciéndose aunque le dijeron el enredo, echaron sobre la cama del encantador a don Marcos, que parecía muerto, y dejando con él y Marcela dos guardas, llevaron a la cárcel al embustero y su criado, que hallaron en la despensilla, dejándolos con un par de grillos a cada uno a título de hombre muerto en su casa. Dieron a la mañana noticia a los señores alcaldes de este caso, los cuales mandaron salir a visita los dos presos, y que fuesen a ver si el hombre había vuelto en sí, o si había muerto.

A este tiempo don Marcos había vuelto en sí y sabía de Marcela el estado de sus cosas, y se confirmaba el hombre más cobarde del mundo. Llevoles el alguacil a la sala, y preguntado por los señores de este caso dijo la verdad, conforme lo que sabía, trayendo al juicio el suceso de su casamiento, y como aquella moza le había traído a aquella casa, donde le dijo que sabría los que llevaban su hacienda, dónde los hallaría, y que él no sabía más sino que después de largos conjuros que aquel hombre había hecho leyendo en un libro que tenía, había salido por un agujero un demonio tan feo y tan horrible que no había bastado su ánimo a escuchar lo que decía entre dientes y los grandes aullidos que iba dando; y que no solo esto, más que había embestido con él y puéstole como veían; más que él no sabía qué se hizo, porque se le cubrió el corazón, sin volver en sí hasta la mañana.

Admirados estaban los alcaldes hasta que el encantador los desencantó, contándoles el caso como se ha dicho, confirmando lo mismo el mozo y Marcela, y gato que trajeron de la calle, donde estaba abrasado y muerto; y trayendo también dos o tres libros que en su casa tenía, dijeron a don Marcos conociese cuál de ellos era el de los conjuros.

Él tomó el mismo y le dio a los señores alcaldes, y abierto vieron que era el de Amadís de Gaula, que por lo viejo y letras antiguas había pasado por libro de encantos: con lo que enterados del caso fue tanta la risa de todos que en gran espacio no se sosegó la sala, estando don Marcos tan corrido que quiso matar al encantador y luego hacer lo mismo de sí; y más cuando los alcaldes le dijeron que no se creyese de ligero ni se dejase engañar a cada paso.

Y así los enviaron a todos con Dios, saliendo tal el miserable que no parecía el que antes era, sino un loco. Fuese a casa de su amo, donde halló un cartero que le buscaba con una carta, que abierta, vio que decía de esta manera:

«A don Marcos Miseria, salud. Hombre que por ahorrar no come, hurtando a su cuerpo el sustento necesario, y por solo interés se casa, sin más información que si hay hacienda, bien merece el castigo que usted tiene y el que le espera andando el tiempo. Vuesa merced, señor, no comiendo sino como hasta aquí, ni tratando con más ventaja que siempre hizo a sus criados, y como ya sabe, la media libra de vaca, un cuarto de pan y otros dos de ración al que sirve y limpia la estrecha vasija en que hace sus necesidades, vuelva a juntar otros seis mil ducados y luego me avise, que vendré de mil amores a hacer con usted vida maridable; que bien lo merece marido tan aprovechado.

DOÑA ISIDORA VENGANZA.»

Fue tanta la pasión que don Marcos recibió, que le dio una calentura que en pocos días le acabó los suyos miserablemente.

A doña Isidora, estando en Barcelona aguardando galeras en que embarcarse para Nápoles, una noche don Agustín y su Inés la dejaron durmiendo, y con los seis mil ducados de don Marcos y todo lo demás que tenía, se embarcaron, y llegados que fueron a Nápoles, él asentó plaza de soldado, y la hermosa Inés puesta en paños mayores se hizo dama cortesana, sustentando con este oficio en galas y regalos a su don Agustín.

Doña Isidora se volvió a Madrid, donde renunciando el moño y las galas anda pidiendo limosna, la cual me contó más por entero esta maravilla, y me determiné a escribirla para que vean los miserables el fin que tuvo este, y viéndolo, no hagan lo mismo, escarmentando en cabeza ajena.

Con grandísimo gusto oyeron todos la maravilla que don Álvaro dijo, viendo castigado a don Marcos. Y viendo que don Alonso se prevenía para la suya, trocando su asiento con don Álvaro, hizo don Juan señas a los músicos, los cuales cantaron así:

> Visitas de Antón a Menga,
> y en su cabaña también,
> a fe si se ofende Gila,
> que tiene mucho por qué.
>   El anticipar sus quejas,
> señal sospechosa es,
> que quien con darlas previene,

quiere que no se las den.
　Para mostrarse ofendida
sobrada la causa fue,
que es basilisco un agravio,
y no ha de llegarse a ver.
　Agradose, y sin amor,
zagales, pero creed
que conversación y agrado
son amigos de querer.
　descuidado del indicio,
no es poco, que ya se ve,
que lo que es hablarse hoy,
fue diligencia de ayer.
　Mal fuego en su cortesía,
que saben los hombres bien,
para desmentir lo falso,
valerse de lo cortés.
No hay temer, si no hay tropiezos,
mas Menga le busca a él,
los dos solos, ella hermosa,
si es tropiezo no lo sé.
Necios llaman a los celos,
mal los conocen pardiez,
que antes el celoso peca
de advertido y bachiller.
　Esos aullidos, Antón,
solo con Gila han de ser,
porque un crédito en balanzas
muy lejos anda del fiel.
¡Oh cuán bien saben los hombres
con disculpas ofender!
Mas pues amor los descubre,
bien haya el amor. Amén.

No sé si temeroso don Juan de la indignación de Lisis, quiso con este segundo romance disculparse de los agravios que le hacía en el primero; aunque a costa de los enojos de Lisarda, que enfadada de este cuanto gloriosa del otro, le mostró en un gracioso ceño con que miró a don Juan de lo que el falso amante se holgaba, porque a no ser así, tratara con más secreto y cordura esta voluntad, y no tan a descubierto, que él mismo se preciaba de amante de Lisarda, y mal correspondiente de Lisis. Prestaron luego todos muy grande atención y cuidado a don Alonso, que empezó su maravilla de esta suerte:

—Ya suele suceder, auditorio ilustre, a los más avisados, y que van más en los estribos de una malicia, caer en lo mismo que

temen, como lo veréis en mi maravilla, para que ninguno se confíe
de su entendimiento ni se atreva a probar a las mujeres, sino que
teman lo que les puede suceder, estimando y poniendo en su lugar
a cada una, pues al fin una mujer discreta no es manjar de un
necio ni una necia empleo de un discreto: y para certificación y
prueba de esto mismo, digo de esta suerte:

NOVELA CUARTA

EL PREVENIDO ENGAÑADO

Tuvo la ilustre ciudad de Granada (milagroso asombro de las grandezas de la Andalucía) por hijo a don Fadrique, cuyo apellido y linaje no será justo que se diga, por los nobles deudos que en ella tiene; solo se dice que su nobleza y riqueza corrían parejas con su talle, siendo en lo uno y lo otro el de más nombre, no solo en su tierra sino en otras muchas donde era conocido, no dándole otro que el del rico y galán don Fadrique.

Murieron sus padres, quedando este caballero muy mozo, mas él se gobernaba con tanto acuerdo que todos se admiraban de su entendimiento, porque no le parecía de tan pocos años como tenía; y como los mozos sin amor dicen algunos que son jugadores sin dinero o danzantes sin son, empleó su voluntad en una gallarda y hermosa dama de su misma tierra cuyo nombre era Serafina, y un serafín en belleza, aunque no tan rica como don Fadrique.

Apasionose tanto por ella cuanto ella desdeñosa le desfavorecía, por tener ocupado el deseo en otro caballero de la ciudad (lástima por cierto bien grande que llegase un hombre de las cualidades de don Fadrique a querer donde tenga otro tomada la posesión); no ignoraba don Fadrique el amor de Serafina, mas parecíale que con su riqueza vencería mayores inconvenientes, y más siendo el galán que la dama amaba ni de los más ricos ni de los más principales.

Seguro estaba don Fadrique de que apenas pediría a Serafina a sus padres, cuando la tendría; mas Serafina no estaba de ese parecer, porque esto del casarse tras el papel, el desdén hoy, y mañana el favor, tiene no sé qué sainete que enamora y embelesa el alma y hechiza el gusto.

Y por esta misma causa procuró don Fadrique granjear primero la voluntad de Serafina que la de sus padres, y más viendo competidor favorecido, si bien no creía de la virtud y honestidad de su dama, que se extendía a más su amor que amar y desear.

Empezó con estas esperanzas a regalar a Serafina y a sus criadas, y ella a favorecerle más que hasta allí, porque aunque quería a don Vicente (que así se llamaba su amado) no quería ser aborrecida de don Fadrique; y las criadas a fomentar sus esperanzas, por cuanto creía el amante que era cierto su pensamiento en cuanto a alcanzar más que el otro galán; y con este contento, una noche que las astutas criadas habían prometido tener a su ama en un balcón, cantó al son de un laúd este soneto:

> Que muera yo, tirana, por tus ojos,
> y que gusten tus ojos de matarme,

que quiera con tus ojos consolarme,
y que me den tus ojos mil enojos.
Que rinda yo a tus ojos por despojos
mis ojos, y ellos en lugar de amarme,
pudiendo en mis enojos alegrarme,
las flores me conviertan en abrojos.
Que me maten tus ojos con desdenes,
con rigores, con celos, con tibiezas,
cuando mis ojos por tus ojos mueren.
¡Ay dulce ingrata, que en los ojos tienes
tan grande ingratitud como belleza
contra unos ojos que a tus ojos quieren!

Agradecieron y engrandecieron a don Fadrique las que escuchaban la música la gracia y destreza con que había cantado, mas no se diga que Serafina estaba a la ventana, porque desde aquella noche se negó de suerte a los ojos de don Fadrique, que por diligencias que hizo no la pudo ver en muchos días, ni por papeles que la escribió pudo alcanzar respuesta, y la que le daban las criadas a sus importunas quejas era que Serafina había dado en una melancolía tan profunda que no tenía una hora de salud.

Sospechoso don Fadrique que sería el mal de Serafina el verse defraudada de las esperanzas que quizá tenía de verse casada con don Vicente, porque no le veía pasear la calle como solía, creyó que por su causa se había retirado. Y pareciéndole que estaba obligado a restaurarle a su dama el gusto que le había quitado, fiado en que con su talle y riqueza le granjearía la perdida alegría, la pidió a sus padres por mujer.

Ellos que (como dicen) vieron el cielo abierto, no solo le dieron un sí acompañado de infinitos agradecimientos, mas se ofrecieron a ser esclavos suyos. Y tratando con su hija este negocio, ella que era discreta, dio a entender que se holgaba mucho y que estaba presta para darles gusto si su salud le ayudase; que les pedía entretuviesen a don Fadrique algunos días hasta que mejorase, que luego se haría cuanto mandaban en aquel caso.

Tuvieron los padres de la dama esta respuesta por bastante, y a don Fadrique no le pareció mala; y así pidió a sus suegros que regalasen mucho a su esposa para que cobrase más presto salud, ayudando él por su parte con muchos regalos, paseando su calle aún con más puntualidad que antes, tanto por el amor que la tenía cuanto por los recelos con que le hacía vivir don Vicente.

Serafina tal vez se ponía a la ventana, dando con su hermosura aliento a las esperanzas de su amante, aunque su color y tristeza daban claros indicios de su mal, y por esto estaba lo más del tiempo en la cama; y las veces que la visitaba su esposo, que con este título lo hacía algunas, le recibía en ella y en presencia de su madre, por quitarle los atrevimientos que este nombre le podía dar.

Pasáronse algunos meses, al cabo de los cuales don Fadrique, desesperado de tanta enfermedad y resuelto a casarse, estuviese con salud o sin ella, una noche, que como otras muchas estaba a una esquina velando sus celos y adorando las paredes de su enferma señora, vio a más de las dos de la noche abrir la puerta de su casa y salir una mujer, que en el aire y hechura del cuerpo le pareció ser Serafina.

Admirose, y casi muerto de celos se fue acercando más, donde claro conoció ser la misma, y sospechando que iba a buscar la causa de su temor, la siguió y vio entrar en una como corraliza en que se solía guardar madera, y por estar sin puertas, solo servía de esconder y guardar a los que por algunas travesuras amorosas entraban dentro.

Aquí pues entró Serafina; y don Fadrique, ya cierto de que dentro estaría don Vicente, irritado a una colérica acción como a quien le parecía que le tocaba aquella venganza, dio la vuelta por la otra parte, y entrando dentro vio como la dama se había bajado a una parte en que estaba un aposentillo derribado, y que tragándose unos gemidos sordos, parió una criatura, y los gritos desengañaron al amante de lo mismo que estaba dudando.

Pues como Serafina se vio libre de tal embarazo, recogiéndose un faldellín, se volvió a su casa, dejándose aquella inocencia a lo que sucediese.

Mas el cielo, que a costa de la opinión de Serafina y de la pasión de don Fadrique, quiso que no muriese sin bautismo por lo menos, llegó donde estaba llorando en el suelo, y tomándola, la envolvió en su capa, haciéndose mil cruces de tal caso, coligiendo que el mal de Serafina era este y que el padre era don Vicente, por cuyo hecho se había retirado, y dando infinitas gracias a Dios que le había sacado de su desdicha por tal modo, se fue con aquella prenda a casa de una comadre y la dijo que pusiese aquella criatura como había de estar y le buscase una ama, que importaba mucho que viviese.

Hízolo la comadre, y mirándola con grande atención vio que era una niña tan hermosa que más parecía ángel del cielo que criatura humana. Buscose el ama, y don Fadrique luego el siguiente día habló con una señora deuda suya para que en su propia casa se criase Gracia, que aqueste era el nombre que se le puso en el bautismo.

Dejémosla criar, que a su tiempo se tratará de ella como de la persona más importante de esta historia, y vamos a Serafina, que ya guarecida de su mal, dentro de quince días, viéndose restaurada en su primera hermosura, dijo a sus padres que cuando gustasen se podía efectuar el casamiento con don Fadrique, el cual temeroso y escarmentado de tal suceso, se fue a la casa de su parienta, la que tenía en su poder a Gracia, y la dijo que a él le había dado deseo de ver algunas tierras de España y que en esto quería gastar algunos años, y que la quería dejar poder para que gobernase su hacienda, que hiciese y deshiciese en ella, y que solo la suplicaba tuviese grandísimo cuidado con doña Gracia, haciendo cuenta que era su hija, porque en ella había un grandísimo secreto, y que si Dios la guardaba hasta que tuviese tres años, que la pedía encarecidamente la pusiese en un convento donde se criase, sin que llegase a conocer las cosas del mundo, porque llevaba cierto designio que andando el tiempo le sabría.

Y hecho esto, haciendo llevar toda su ropa en casa de su tía, tomó grandísima cantidad de dineros y joyas, y escribiendo este soneto se le envió a Serafina, y con solo un criado se puso a caballo, guiando su camino a la muy noble y riquísima ciudad de Sevilla.

Recibió Serafina el papel, que decía:

Si cuando hacerme igual a ti podías,
ingrata, con tibiezas me trataste;
y a fuerza de desdenes procuraste
mostrarme el poco amor que me tenías;
  si a vista de ojos, de glorias mías,
el premio con engaño me quitaste,
y en todas ocasiones me mostraste
montes de nieve en tus entrañas frías;
ahora que no puedes, ¿por qué quieres
buscar el fuego entre cenizas muertas?
Déjale estar, ten lástima a mis años.
  Imposibles me ofreces, falsa eres,
no avives estas llamas que no aciertas,
que a tu pesar ya he visto desengaños.

Este papel, si bien tan ciego, dio mucho que temer a Serafina, y más que aunque hizo algunas diligencias por saber qué se había hecho la criatura que dejó en la corraliza, no fue posible, y confirmando dos mil sospechas con la repentina partida de don Fadrique, y más sus padres, que decían que en algo se fundaba, viendo que Serafina gustaba de ser monja, ayudaron su deseo, y así se entró en un monasterio, harto confusa y cuidadosa de lo que había sucedido, y más del desalumbramiento que tuvo en dejar allí aquella criatura, creyendo que se habría muerto o la habrían comido perros, cargando su conciencia con tal delito, motivo para que procurase con su vida y penitencia no solo alcanzar perdón de su pecado sino el nombre de santa, y así era tenida por tal en Granada.

Llegó don Fadrique a Sevilla, tan escarmentado en Serafina que por ella ultrajaba a todas las demás mujeres, no haciendo excepción de ninguna: cosa tan contraria a su entendimiento, pues para una mala hay ciento buenas.

Mas, en fin, él decía que no había de fiar de ellas, y más de las discretas, porque de muy sabias y entendidas daban en traviesas y viciosas, y que con sus astucias engañaban a los hombres; pues una mujer no había de saber más de hacer su labor y rezar, gobernar su casa y criar sus hijos, y lo demás eran bachillerías y sutilezas, que no servían sino de perderse más presto.

Con esta opinión, como digo, entró en Sevilla y se fue a posar en casa de un deudo suyo, hombre principal y rico, con intento de estarse allí algunos meses, gozando de las grandezas que se cuentan de esta ciudad, y como muchos días la pasease en compañía de aquel su deudo, vio en una de las más principales calles de ella, a la puerta de una hermosísima casa, bajar de un coche una dama en hábito de viuda, la más bella que había visto en toda su vida: era, sobre hermosa, muy moza y de gallardo talle, y tan rica y principal, según dijo aquel su deudo, que era de lo mejor y más ilustre de Sevilla; y aunque don Fadrique iba escarmentado del suceso de Serafina, no por eso rehusó el dejarse vencer de la belleza de doña Beatriz, que este es el nombre de la bellísima viuda.

Pasó don Fadrique la calle, dejando en ella el alma, y como la prenda no era para perder, pidió a su camarada que diesen otra vuelta. A esta acción le dijo don Mateo (que así se llamaba):

—Pienso, amigo don Fadrique, no dejaréis a Sevilla tan presto, pues sois demasiado tierno. A fe que lo ha puesto bueno la vista de esta dama.

—Yo siento de mí lo mismo —respondió don Fadrique—, aun gustaría, si pensase ser suyo, los años que el cielo me diese de vida.

—Conforme fuera vuestra pretensión —dijo don Mateo—, porque la hacienda, nobleza y virtud de esta dama no admite si no es la del matrimonio, aunque fuera el pretendiente el mismo rey, porque ella tiene veinte y cuatro años; cuatro estuvo casada con un caballero igual, y dos ha que está viuda; y en este tiempo no ha merecido ninguno sus paseos doncella, ni su vista casada, ni su voluntad viuda, con haber muchos pretendientes de este bien. Mas si vuestro amor es de la calidad que me significáis y queréis que yo le proponga vuestras prendas, pues para ser su marido no os faltan las que ella puede desear, lo haré, y podrá ser que entre los llamados seáis el escogido. Ella es deuda de mi mujer, a cuya causa la hago algunas visitas, y ya me prometo buen suceso, porque veisla allí, se ha puesto en el balcón, que no es poca dicha haber favorecido vuestros deseos.

—¡Ay, amigo! —dijo don Fadrique—, ¡y cómo me atreveré yo a pretender lo que a tantos caballeros de Sevilla ha negado, siendo forastero! Mas si he de morir a manos de mis deseos, sin que ella lo sepa, muera a manos de sus desengaños y desdenes; habladla, amigo, y demás de decir mi nobleza y hacienda le podréis decir que muero por ella.

Con esto dieron los dos vuelta a la calle, haciéndola al pasar una cortés reverencia; a la cual la bellísima doña Beatriz, que al bajar del coche vio con el cuidado que la miró don Fadrique, pareciéndole forastero y viéndole en compañía de don Mateo, con cuidado, luego que dejó el manto, ocupó la ventana, y viéndose ahora saludar con tanta cortesía, habiendo visto que mientras hablaban la miraban, hizo otra no menos cumplida.

Dieron con esto la vuelta a su casa muy contentos de haber visto a doña Beatriz tan humana, quedando de acuerdo que don Mateo la hablase otro día en razón del casamiento; mas don Fadrique estaba tal que quisiera que luego se tratara.

Pasó la noche, y no tan presto como el enamorado caballero quisiera; dio prisa a su amigo para que fuese a saber las nuevas de su vida o muerte; y así lo hizo.

Habló en fin a doña Beatriz, proponiéndole todas las calidades del novio; a lo cual respondió la dama que le agradecía mucho la merced que le hacía, y a su amigo el desear honrarla con su persona; mas que ella había propuesto el día que enterró a su dueño no casarse hasta que pasasen tres años, por guardar más el decoro que debía a su amor, que por esta causa despedía cuantos le trataban de esto; mas que si este caballero se atrevía a aguardar el año que le faltaba, que ella le daba su palabra de que no sería otro su marido; porque si había de tratar verdad, le había agradado su talle sin afectación, y sobre todo las relevantes prendas que le había propuesto, porque ella deseaba que fuese así el que hubiese de ser su dueño.

Con esta respuesta volvió don Mateo a su amigo, no poco contento, por parecerle que no había negociado muy mal.

Don Fadrique cada hora se enamoraba más, y si bien le desconsolaba la imaginación de haber de aguardar tanto tiempo, determinó estarse aquel año en Sevilla, pareciéndole buen premio la hermosa viuda, si llegaba a alcanzarla: y como iba tan bien abastecido de dineros, aderezó un cuarto en la casa de su deudo, recibió criados y empezó a echar galas para despertar el ánimo de su dama; a la cual visitaba tal vez en compañía de don Mateo, que menos que con él no se le hiciera tanto favor.

Quiso regalarla, mas no le fue permitido, porque doña Beatriz no quiso recibir un alfiler: el mayor favor que le hacía, a ruegos de sus criadas (que no las tenía el granadino mal dispuestas, porque lo que su ama regateaba el recibir ellas lo hicieron costumbre, y así no le desfavorecían en este particular su cuidado), era, cuando ellas le decían que estaba en la calle, salir al balcón, dando luz al

112

mundo con la belleza de sus ojos; y tal vez acompañarlas de noche por oír cantar a don Fadrique, que lo hacía diestramente.

Y una, entre muchas, que le dio música, cantó este romance que él mismo había hecho, porque doña Beatriz no había salido aquel día al balcón, enojada de que le había visto en la iglesia hablar con una dama.

En fin, él cantó así:

Alta torre de Babel,
edificio de Nembrot,
que pensó subir al cielo,
y en un grande abismo dio.
  Parecen mis esperanzas,
que según atendí yo,
al cielo de mis deseos,
llegará su pretensión.
Mas como fue su cimiento
el rapacillo de Amor,
sin méritos, para ser
reverenciado por dios.
  Mudó como niño al fin
su traviesa condición,
siendo ciego para ver
de mi firmeza el valor.
  ¡Ay mal logrados deseos,
caídos como Faetón,
porque quisisteis subiros
al alto carro del sol!
  Esperanzas derribadas,
marchitas como la flor,
horas alegres, que ahora
seréis horas de dolor.
  ¿Dónde pensabas subir,
gallarda imaginación,
si tus alas son de cera,
y este signo es de León?
Bien pensaste que te diera
manos y brazos afición;
vano fue tu pensamiento,
si en eso se confió.
  en el balcón del oriente
hoy ha salido mi sol,
encubriendo con nublados
la luz de su perfección.
Caros vende amor sus gustos,
  y si los da es con pensión,

que son censos al quitar,
que es la desdicha mayor.
Mueras quemado en mi fuego,
ciego lince, niño dios,
mas, perdona, Amor, mi ofensa,
que humilde a tus pies estoy.

El favor que alcanzó don Fadrique esta noche fue oír a doña Beatriz, que dijo a sus criadas que ya era hora de recoger, dando a entender con esto que le había oído, con lo que fue más contento que si le hubieran hecho señor del mundo.

En esta vida pasó nuestro amante más de seis meses sin que jamás pudiese alcanzar de doña Beatriz licencia para verla a solas, cuyos honestos recatos le tenían tan enamorado que no tenía punto de reposo.

Y así una noche que se halló en la calle de su dama, viendo la puerta abierta, por mirar de más cerca su hermosura se atrevió con algún recato a entrar en su casa, y sucediole tan bien que sin ser visto de nadie llegó al cuarto de doña Beatriz, y desde la puerta de un corredor la vio sentada en su estrado con sus criadas, que estaban velando, y dando muestras de querer desnudarse para irse a la cama, le pidieron ellas (como si estuvieran cohechadas de don Fadrique) que cantase un poco.

A lo que doña Beatriz se excusó con decir que no estaba de humor, que estaba melancólica; mas una de las criadas, que era más desenvuelta que las demás, se levantó y entró en una cuadra, de donde salió con una arpa diciendo:

—A fe, señora, que si hay melancolía, este es el mejor alivio; cante usted un poco y verá cómo se halla más aliviada.

Decir esto y ponerle la arpa en las manos fue todo uno; y ella por darlas gusto cantó así:

Cuando el alba muestra
su alegre risa,
cuando quita alegre
la negra cortina
al balcón de oriente,
porque salga el día:
cuando muestra hermosa
la madeja rica,
derramando perlas
sobre clavellinas;
y, en fin, cuando el campo
vierte alegría,
llora ausente de Albano
Celos Marfisa.

114

Cuando alegre apresta
la carroza rica,
a Febo que viene
de las playas indias:
cuando entre cristales,
claras fuentecillas
murmuran de engaños,
aljófar destilan:
cuando al son del agua
cantan las ninfas,
llora ausente de Albano
Celos Marfisa.
Cuando entre claveles
con claras linfas,
guarnición de plata
en sus ojos pinta:
cuando dan las aves,
con sonoras liras,
norabuena a Febo
de su hermosa vista:
cuando en los serranos
mil gustos se miran,
llora ausente de Albano
Celos Marfisa.
Fue aquesta zagala
monstruo de la villa,
de los ojos muerte,
de la muerte vida.
Fiero basilisco,
causa de desdichas,
porque con sus desdenes
veneno tenía:
cuando a sus donaires,
que eran sal decían,
llora ausente de Albano
Celos Marfisa.
Rindió sus desdenes
a la bizarría
de un serrano ingrato,
que ausente la olvida:
y cuando él alegre,
nueva prenda estima,
bellezas defiende,
finezas publica:
hermosuras rinde,
y a glorias aspira,

llora ausente de Albano
Celos Marfisa.

Dejó con esto la arpa diciendo que la viniesen a desnudar, dejando a don Fadrique (que le tenía embelesado el donaire, la voz y dulzura de la música) como en tinieblas. No tuvo sospecha de la letra, porque como tal vez se hacen para agradar a un músico, pinta el poeta como quiere.

Y viendo que doña Beatriz se había entrado a acostar, se bajó al portal para irse a su casa, mas fue en vano, porque el cochero, que posaba allí en un aposentillo, había cerrado la puerta de la calle, seguro de que no había quien entrase ni saliese, y se había acostado.

Pesole mucho a don Fadrique, mas viendo que no había remedio se sentó en un poyo para aguardar la mañana, porque aunque fuera fácil llamar que le abriese, no quiso, por no poner en opinión ni en lenguas de criadas la honra de doña Beatriz, pareciéndole que mientras el cochero abría, siendo de día, se podía esconder en una entrada de cueva.

Dos horas habría que estaba allí, cuando sintiendo ruido en la puerta del cuarto de su dama, que desde donde estaba sentado se veía la escalera y corredor, puso los ojos donde sintió el rumor y vio salir a doña Beatriz, nueva admiración para quien creía que estaba durmiendo.

Traía la dama sobre la camisa un faldellín de vuelta de tabí encarnado cuya plata y guarnición parecían estrellas, sin traer sobre sí otra cosa más que un rebocillo del mismo tabí, aforrado en felpa azul, puesta tan al desgaire que dejaba ver en la blancura de la camisa los bordados de hilo de pita: sus dorados cabellos cogidos en una redecilla de seda azul y plata, aunque por algunas partes descompuestos, para componer con ellos la belleza de su rostro; en su garganta dos hilos de gruesas perlas, conformes a las que llevaba en sus hermosas muñecas, cuya blancura se veía sin embarazo por ser la manga de la camisa suelta, a modo de manga de fraile.

De todo pudo el granadino dar muy bastantes señas; porque doña Beatriz traía en una de sus blanquísimas manos una bujía de cera encendida, en un candelero de plata, a la luz de la cual estuvo contemplando en tan angélica figura, juzgándose por dichoso si fuere él el sujeto que iba a buscar. En la otra mano traía una salva de plata, y en ella un vidrio de conserva, y una limetilla con vino, y sobre el brazo una toalla blanquísima.

—¡Válgame Dios! —decía entre sí don Fadrique, mirándola desde que salió de su aposento, hasta que la vio bajar por la escalera—, ¿quién será el venturoso a quién va a servir tan hermosa la maestresala? ¡Ay si yo fuera, y cómo diera en cambio cuanto vale mi hacienda!

Diciendo esto, como la vio que habiendo acabado de bajar, enderezaba sus pasos hacia donde estaba, se fue retirando hasta la caballeriza, y en ella por estar más encubierto, se entró; mas viendo que doña Beatriz encaminaba sus pasos a la misma parte, se metió detrás de uno de los caballos del coche.

Entró en fin la dama en tan indecente lugar para tanta belleza, y sin mirar en don Fadrique, que estaba escondido, enderezó hacia un aposentillo que al fin de la caballeriza estaba. Creyó don Fadrique de tal suceso que algún criado enfermo despertaba la caridad y piadosa condición de doña Beatriz a tal acción; aunque más competente era para alguna de las muchas criadas que tenía, que no para tal señora: mas atribuyéndolo todo a cristiandad, quiso ver el fin de todo; y saliendo de donde estaba caminó tras ella, hasta ponerse en parte que veía todo el aposento, por ser tan pequeño que apenas cabía una cama.

Grande fue el valor de don Fadrique en tal caso, porque así como llegó cerca y descubrió todo lo que en el aposento se hacía, vio a su dama en una ocasión tan terrible para él que no sé cómo tuvo paciencia para sufrirla.

Es el caso que en una cama que estaba en esta parte que he dicho estaba echado un negro tan atezado que parecía su rostro hecho de un bocací. Parecía en la edad de hasta veinte y ocho años, mas tan feo y abominable, que no sé si fue pasión, o si era la verdad, le pareció que el demonio no podía serlo tanto. Parecía asimismo en su desflaquecido semblante que le faltaba poco para acabar la vida, con lo que parecía más abominable.

Sentose doña Beatriz en entrando sobre la cama, y poniendo sobre una mesilla la vela y lo demás que llevaba, le empezó a componer la ropa, pareciendo en la hermosura ella un ángel y él un fiero demonio. Puso tras esto una de sus hermosísimas manos sobre la frente y con enternecida y lastimada voz le empezó a decir:

—¿Cómo estás, Antón? ¿No me hablas, mi bien? Oye, abre los ojos, mira que está aquí Beatriz; toma, hijo mío, come un bocado de esta conserva, anímate por amor de mí, si no quieres que yo te acompañe en la muerte como te he querido en la vida: ¿óyesme, amores? ¿No quieres responderme ni mirarme?

Diciendo esto, derramando por sus ojos gruesas perlas, juntó su rostro con el del endemoniado negro, dejando a don Fadrique, que la miraba, más muerto que él, sin saber qué hacerse ni qué decirse, unas veces determinándose a perderse y otras considerando que lo más acertado era apartarse de aquella pretensión.

Estando en esto abrió el negro los ojos, y mirando a su ama, con voz debilitada y flaca la dijo, apartándola con las manos el rostro que tenía junto con el suyo:

—¿Qué me quieres, señora? Déjame ya, por Dios; ¿qué es esto? ¿Que aun estando yo acabando la vida me persigues? ¿No basta que tu viciosa condición me tiene como estoy, sino que quieres que cuando estoy ya en el fin de mi vida, acuda a cumplir tus viciosos apetitos? Cásate, señora, cásate y déjame ya a mí, que ni te quiero ver, ni comer lo que me das.

Y diciendo esto se volvió del otro lado sin querer responder a doña Beatriz, aunque más tierna y amorosa le llamaba, o fuese que se murió luego, o no quisiese hacer caso de sus lágrimas y palabras. Doña Beatriz cansada ya, volvió a su cuarto, la más llorosa y triste del mundo.

Don Fadrique aguardó a que abriesen la puerta, y apenas la vio abierta, cuando salió huyendo de aquella casa, tan lleno de confusión y aborrecimiento cuanto primero de gusto y gloria. Acostose en llegando a su casa, sin decir nada a su amigo, y saliendo a la tarde dio una vuelta por la calle de la viuda por ver qué rumor había, a tiempo que vio sacar a enterrar al negro.

Volviose a su casa, siempre guardando secreto; y en tres o cuatro días que volvió a pasear la calle, ya no por amor sino por enterarse más de lo que aún no creía, nunca vio a doña Beatriz: tan sentida la tenía la muerte de su negro amante. Al cabo de los cuales, estando sobre mesa hablando con su amigo, entró una criada de doña Beatriz, y en viéndole, con mucha cortesía le puso en las manos un papel que decía así:

«Donde hay voluntad, poco sirven los terceros; de la vuestra estoy satisfecha y de vuestras finezas pagada: y así no quiero aguardar lo que falta del año para daros la merecida posesión de mi persona y hacienda, y así cuando quisiéredes se podrá efectuar nuestro casamiento, con las condiciones que fuéredes servido, porque mi amor y vuestro merecimiento no me dejan reparar en nada. Dios os guarde.

DOÑA BEATRIZ.»

Tres o cuatro veces leyó don Fadrique este papel y aún no acababa de creer tal; y así no hacía más que darle vueltas y en su corazón admirarse de lo que le sucedía, que ya dos veces había estado a pique de caer en tanta afrenta, y tantas le había descubierto el cielo secretos tan importantes.

Y como viese claro que la determinada resolución de doña Beatriz nacía de haber faltado su negro amante, en un punto hizo la suya y se resolvió a una determinación honrada: y diciendo a la criada que se aguardase, salió a otra sala, y llamando a su amigo, dijo estas breves razones:

—Amigo, a mí me importa la vida y la honra salir dentro de una hora de Sevilla, y no me ha de acompañar más que el criado que traje de Granada. Esa ropa que ahí queda venderéis después de haberme partido, y pagaréis con el dinero que dieren por ella a los demás criados: el porqué no os puedo decir, porque hay opiniones de por medio; y ahora, mientras escribo un papel, buscadme dos mulas y no queráis saber más.

Y luego, escribiendo un papel a doña Beatriz y dándole a la criada que le llevase a su ama, y habiéndole ya traído las mulas se puso de camino, y saliendo de Sevilla tomó el de Madrid con su antiguo tema de abominar de las mujeres discretas, que fiadas en su saber, procuran engañar a los hombres.

Dejémosle ir hasta su tiempo y volvamos a doña Beatriz, que en recibiendo el papel, vio que decía así:

«La voluntad que yo he tenido a usted ha sido solo con deseo de poseer su belleza; porque he llevado la mira a su honra y opinión, como lo han dicho mis recatos. Yo, señora, soy algo escrupuloso, y haré cargo de conciencia en que usted, viuda anteayer, se case hoy; aguarde usted siquiera otro año a su negro malogrado, que a su tiempo se tratará de lo que usted dice, cuya vida guarde el cielo.»

Pensó doña Beatriz perder con este papel su juicio, mas viendo que don Fadrique era ido, dio el sí a un caballero que le habían propuesto, remediando con el marido la falta del muerto amante.

Por sus jornadas contadas (como dicen) llegó don Fadrique a Madrid y fuese a posar a los barrillos del Carmen, en casa de un tío suyo que tenía allí casas propias.

Era este caballero rico y tenía para heredero de su hacienda un solo hijo, llamado don Juan, gallardo mozo, y demás de su talle, discreto y muy afable.

Teníale su padre desposado con una prima suya muy rica, aunque el matrimonio se dilataba hasta que la novia tuviese edad, porque la que en este tiempo alcanzaba era diez años.

Con este caballero tomó don Fadrique tanta amistad que pasaba el amor del parentesco, que en pocos días se trataban como hermanos. Andaba don Juan muy melancólico, en lo cual reparando don Fadrique, después de haberle obligado con darle cuenta de su vida y sucesos, sin nombrar parte, por parecerle que no es verdadera amistad la que tenía reservado algún secreto a su amigo, le rogó le dijese de qué procedía aquella tristeza. Don Juan, que no deseaba otra cosa, por sentir menos su mal comunicándole, le respondió:

—Amigo don Fadrique, yo amo tiernamente una dama de esta corte, a la cual dejaron sus padres mucha hacienda con obligación de que se casase con un primo suyo que está en Indias.

No ha llegado nuestro honesto amor a más que una conversa, reservando el premio de él para cuando venga su esposo, porque ahora ni su estado ni el mío dan lugar a más amorosas travesuras; pues aunque no gozo de mi esposa, me sirve de cadena para no disponer de mí.

Deciros su hermosura será querer cifrar la misma belleza a breve suma, pues su entendimiento es tal que en letras humanas no hay quien la aventaje: finalmente, doña Ana (que este es su nombre) es el milagro de esta edad, porque ella y doña Violante su prima son las sibilas de España, entrambas bellas, discretas, músicas y poetas. En fin, en las dos se halla lo que en razón de belleza y discreción está repartido en todas las mujeres.

Hanle dicho a doña Ana que yo galanteo una dama, cuyo nombre es Nise, porque el domingo pasado me vieron hablar con ella en San Ginés, donde acude. En fin, muy celosa me dijo ayer que me estuviese en mi casa y no volviese a la suya. Porque sabe que me abraso de celos cuando nombra a su esposo, me dijo enojada que en solo él adora y que le espera con mucho gusto y cuidado.

Escribile sobre esto un papel, y en su respuesta me envió otro, que es este, porque en hacer versos es tan extremada como en lo demás.

Esto dijo, sacando un papel, el cual tomándole don Fadrique, vio que era de versos, a que naturalmente era aficionado, y que decía así:

Tus sinrazones, Lisardo,
son tantas, que ya me fuerza
mi agravio a darte la culpa,
y quedarme con la pena.
mas no me quiero poner
con tu ingratitud en cuentas,
porque siempre los ingratos
ceros por números dejan.
Preside apetito solo,
Lisardo, y es bien que tema,
que cuentas de obligaciones,
a todas horas las niega.
y así no quiero traerte
a la memoria mis penas;
pues jamás diste recibo
de cosa que tanto pesa.
Vayan al aire suspiros,
pues lo son, y no se metan
en contar, pues no los llaman,
cuántos sus millares sean.

Las lágrimas a la mar,
los cuidados a mis quejas,
y mi afición a tu hielo,
para que quede sin fuerzas.
Decir, Lisardo, que ya,
por entretener ausencias,
esfuerzo mi voluntad,
engáñante tus quimeras.
Si quisiera entretenerme,
pastores tiene la aldea,
que aunque les doy disfavores,
mis pobres partes celebran,
en quien pudiera escoger
alguno que me tuviera
con amor entretenida,
y con interés contenta.
Y tú, Lisardo, aunque alcanzas
favores que otros desean,
tan solo no los estimas,
sino que ya los desprecias.
Lisardo, creyera yo
que la mujer de mis prendas
con solo un mirar suave,
favor y premio te diera.
Mas como siempre quisiste
ser ingrato a mis finezas,
ni estimas mi voluntad,
ni con la tuya me premias.
Que no sabes qué es amor,
tengo por cosa muy cierta;
no has entrado en los principios,
y ya los fines deseas.
Lo que da lugar mi estado
te favorezco, no quieras
que me alargue a más, si el tuyo
tiene a mi gusto la rienda.
Y temas que el mayoral,
que ha de ser mi dueño, venga:
si tu remedio aborreces,
Lisardo, ¿de qué te quejas?
Pides salud, y si aplico
el remedio, desesperas;
eso es querer que te sangren,
sin que te rompan la vena.
Lo cierto es que ya, Lisardo,
te mata nueva nobleza,

y haces mi amor achacoso,
ya lo entiendo, no soy necia.
Maldiga, Lisardo, el cielo,
a quien con gracias ajenas,
a lo que adora enamora,
tal como a mí le suceda.
Canta el músico en la calle,
hace versos el poeta,
apasiónase la dama,
y olvida al que la requiebra.
Ya conozco tus engaños,
ya conozco tus cautelas,
mas pues yo te alabé a Nise,
¿qué mucho que tú la quieras?
Goces, ingrato Lisardo,
mil años de su belleza,
tantos favores te rinda,
como a mí me matan penas.
Bebe sus dulces engaños,
los míos amargos deja,
que yo al tiempo de mi fe
pienso colgar la cadena.
Desde allí estaré mirando,
como el que mira al que juega,
al naipe en que aventuras
tu verdad y tu cautela.
No me quejo de este agravio,
Lisardo, porque mis quejas
no te volverán amante,
y es darte venganza en ellas.
Tú estás muy bien empleado,
porque sus tinadas hebras
es ébano en que se engasta
su hermosura y sus finezas.
Sus ojos, negros luceros,
en cuyas niñas traviesas
hallará tu guerra paz,
y bonanza tu tormenta.
Tú vestirás sus colores,
con que saldrás, aunque negras,
más galán que con las mías,
pues con gusto las desprecias.
Podrás tomar por devoto,
para alivio de tus penas,
al glorioso san Ginés,
que es de tu Nise la iglesia.

Con esto pido al amor,
de tu inconstancia se duela.
Dios te guarde. De mi casa,
la que tu gusto desea.

—No hay mucho que temer a este enemigo —dijo acabando de leer el papel don Fadrique—, porque muestra estar más rendida que furiosa. La mujer escribe bien, y si como decís es tan hermosa, hacéis mal en no conservar su amor hasta coger el premio de él.

—Este es —respondió don Juan— una tilde, una nada, conforme a lo que hay en belleza y discreción, porque ha sido muchas veces llamada la sibila española.

—Por Dios, primo —replicó don Fadrique—, que temo a las mujeres que son tan sabias más que a la muerte, que quisiera hallar una que ignorara las cosas del mundo, al paso que esta las comprende, y si la hallara, vive Dios que me había de emplear en servirla y amarla.

—¿Lo decís de veras? —dijo don Juan—, porque no sé qué hombre apetece una mujer necia, no solo para aficionarse, mas para comunicarla un cuarto de hora, pues dicen los sabios que en el mundo son más celebrados que el entendimiento es manjar del alma, pues mientras los ojos se ceban en la blancura, en las bellas manos, en los lindos ojos y en la gallardía del cuerpo, y finalmente, en todo aquello digno de ser amado en la dama, no es razón que el alma no solo esté de balde, sino que no se mantenga de cosas tan pesadas y enfadosas como las necedades; pues siendo el alma tan pura criatura, no la hemos de dar manjares groseros.

—Ahora dejemos esta disputa —dijo don Fadrique—, que en eso hay mucho que decir, que yo sé lo que en este caso me conviene; y respondamos a doña Ana, aunque mejor respuesta era ir a verla, pues no la hay más tierna y de más sentimiento que la misma persona, y más que deseo ver si me hace sangre su prima, para entretenerme con ella el tiempo que he de estar en Madrid.

—Vamos allá —dijo don Juan—, que si os he de confesar verdad, por Dios que lo deseo; mas advertid que doña Violante no es necia, y si es que por esta parte os desagradan las mujeres, no tenéis que ir allá.

—Acomodareme con el tiempo —respondió don Fadrique.

Con esto, de conformidad se fueron a ver las hermosas primas; de las cuales fueron recibidos con mucho gusto, si bien doña Ana estaba como celosa zahareña, aunque tuvo muy poco que hacer don Juan en quitarle el ceño.

Vio don Fadrique a doña Violante, pareciéndole una de las más hermosas damas que hasta entonces había visto, aunque entrasen en ellas Serafina y doña Beatriz. Estábase retratando (curiosidad usada en la corte), y para esta ocasión estaba tan bien aderezada que parece que de propósito para rendir a don Fadrique se había vestido con tanta curiosidad y riqueza. Tenía puesta una saya entera negra, cuajada de lentejuelas y botones de oro, cintura y collar de diamantes, y un apretador de rubíes.

A cuyo asunto, después de muchas cortesías, tomando don Fadrique una guitarra, cantó este romance:

Zagala, cuya hermosura
Mata, enamora y alegra,
Siendo del cielo milagro,
Y gloria de nuestra aldea.
¿Qué pincel habrá tan sabio,
Supuesto que Apeles sea
El que le gobierna y rige,
Para imitar tu belleza?
¿Qué rayos, aunque el sol
Nos dé los de su madeja,
Que igualen a la hermosura
De esas tus castañas trenzas?
¿Qué luces a las que miro
En esas claras estrellas;
Vislumbres que a los diamantes
Eclipsan sus luces bellas?
¿Qué azucenas a tu frente,
Qué arcos de amor a tus cejas,
De viras a tus pestañas,
A tu vista qué saetas?
¿Qué rosas Alejandrinas
A tus mejillas, pues quedan
A su encarnado vencidas,
A su hermosura sujetas?
¿Qué rubíes con esos labios?
Sin duda, zagala, que eran
Con los fines de tu boca
Falsos los de tu cabeza.
Tus palabras son claveles,
Y tus blancos dientes perlas,
De las que llorando el alba,
Borda los campos con ellas.
Cristal tu hermosa garganta,
Columna en que se sustenta
Un cielo donde amor vive,
Si como dios se aposenta.
¿Qué nieve iguala a esas manos,
En cuyas nevadas sierras
Los atrevidos se pierden

Cuando pasarlos intentan?
De lo que encubre el vestido,
Zagala hermosa, quisiera
Decir muchas alabanzas,
Mas no se atreve mi lengua.
Que si cual otra Campaspe,
Mostráis tan divinas prendas;
¡Ay del Apeles que os mira,
Y sin esperanzas de ellas!
Decid, zagala, al Apeles,
Cuyos pinceles se emplean
En trasladar de este cielo
Vuestra hermosura a la tierra,
Que él y yo seremos cortos,
Pincel y plumas se quedan
Sin saber sacar la estampa,
Que al natural se parezca.
Pues el molde en que os formó
La sabia naturaleza,
Ya el mundo no lo posee,
Porque otra cual vos no tenga.
Diamantes, oro, cristal,
Luceros, rosas, azucenas,
Cielos, estrellas, rubíes,
Claveles, jazmines, perlas:
Todo en vuestra presencia
Pierde el valor,
Y sin belleza queda.
¿Qué pincel ni qué pluma
Harán de tal belleza
Breve suma?

Encarecieron doña Ana y su prima la voz y los versos de don Fadrique; y más doña Violante, que como se sintió alabar, empezó a mirar al granadino, dejando desde esta tarde empezado el juego de la mesa de Cupido, y don Fadrique tan aficionado y perdido que por entonces no siguió la opinión de aborrecer las discretas y temer las astutas, porque otro día antes de ir con don Juan a la casa de las bellas primas, envió a doña Ana este papel:

Por cuerda os tiene amor en su instrumento,
Bella y divina prima; y tanto estima
Vuestro suave son, que ya de prima
Os levanta a tercera, y muda intento.
Discreto fue de amor el pensamiento,
Y con vuestro valor tanto se anima,

Que siendo prima, quiere que se imprima
En vuestro ser tan soberano acento.
   Bajar a prima suele una tercera,
Mas siendo prima el ser tercera es cosa
Divina, nueva, milagrosa y rara;
   Y digo que si Orfeo mereciera
Hacer con vos su música divina,
A los que adormecía enamorara.
Mas, pluma mía, para, que en esta prima bella,
   Amor que lo posee canta de ella.
   Lo que yo le suplico es que, siendo tercera,
   Diga a su bella prima que me quiera.

La respuesta que doña Ana dio a don Fadrique fue decirle que en eso tenía ella muy poco que hacer, porque doña Violante estaba muy aficionada a su valor. Con esto quedó tan contento, que ya estaba olvidado de los sucesos de Serafina y Beatriz.

Pasáronse muchos días en esta voluntad, sin extenderse a más los atrevimientos amorosos que a solo aquello que sin riesgo del honor se podía gozar, teniendo estos impedimentos tan enamorado a don Fadrique que casi estaba determinado a casarse, aunque Violante jamás trató nada acerca de esto, porque verdaderamente aborrecía el casarse, temerosa de perder la libertad que entonces gozaba.

Sucedió pues que un día, estándose vistiendo los dos primos para ir a ver las dos primas, fueron avisados por un recado de sus damas cómo el esposo de doña Ana era venido tan de secreto que no habían sido avisadas de su venida, y que esta acción las tenía tan espantadas, creyendo ellas que no sin causa venía así, sino que le había obligado algún temeroso designio; que era fuerza hasta asegurarse vivir con recato; que le suplicaban, que armándose de paciencia, como ellas hacían, no solo no las visitasen, mas que excusasen el pasar por la calle hasta tener otro aviso.

Nueva fue esta para ellos pesadísima y que la recibieron con muestras de mucho sentimiento, y más cuando supieron dentro de cuatro días cómo se había desposado doña Ana, poniendo el dueño tanta clausura y recato en la casa, que ni a la ventana era posible verlas ni ellas enviaron a decirles más palabra, ni aun a saber de su salud, doña Ana por la ocupación de su esposo y doña Violante por lo que se dirá a su tiempo.

Aguardando nuevo aviso con impacientes ansias y penosos pensamientos pasaron don Juan y don Fadrique un mes, bien desesperados; y viendo que no había memoria de su pena, se determinaron a todo riesgo a pasear la calle y procurar ver a sus damas o alguna criada de su casa. Anduvieron en fin un día y otro en los cuales veían entrar al marido de doña Ana en su casa, y con él un hermano suyo estudiante, mozo, y muy galán: mas no fue posible verlas, ni aun una sombra que pareciese mujer; algunos criados sí: mas como no eran conocidos, no se atrevían a decirles nada.

Con estas ansias madrugaban y trasnochaban, y un domingo muy de mañana fue su ventura tal que vieron salir una criada de doña Violante, que iba a misa, a la cual don Juan llegó a hablar, y ella con mil temores, mirando a una parte y a otra, después de haberles contado el recato con que vivían y la celosa condición de su señor, tomando un papel que don Juan llevaba escrito para cuando hallase alguna ocasión, se fue con la mayor priesa del mundo: solo les dijo que anduviesen por allí otro día, que ella procuraría la respuesta.

Ella le llevó a su señora, y leído decía así:

«Más siento el olvido que los celos, porque ellos son mal sin remedio y él le pudiera tener si dura la voluntad: la mía pide misericordia, si hay alguna centella del pasado fuego, úsese de ella en caso tan cruel.»

Leído el papel por las damas, dieron la respuesta a la misma criada, que como vio a los caballeros se le arrojó por la ventana, y abierto decía estas palabras:

«El dueño es celoso y recién casado, tanto que aún no ha tenido lugar de arrepentirse ni descuidarse. Mas él ha de ir dentro de ocho días a Valladolid a ver unos deudos suyos, entonces pagaré deudas y daré disculpas.»

Con este papel, a quien los dos primos dieron mil besos, haciéndole mil devotas recomendaciones, como si fuera oráculo, se entretuvieron algunos días: mas viendo que ni se les avisaba de lo que en él les prometía, ni había más novedad que hasta allí en casa de sus señoras, porque ni en la calle ni en la ventana era posible verlas, tan desesperados como antes de haberle recibido empezaron a rondar de día y de noche.

Pues un día que acertó don Juan a entrar en la iglesia del Carmen a oír misa vio entrar a su querida doña Ana (vista para él harto milagrosa), y como viese que se entró en una capilla a oír misa la fue siguiendo los pasos, y a pesar de un escudero que la acompañaba se arrodilló a su mismo lado, y después de pasar entre los dos largas quejas y breves disculpas, conforme lo que da lugar la parte donde estaban, le respondió doña Ana que su marido, aunque decía que se había de ir a Valladolid, no lo había hecho, mas que ella no hallaba otro remedio para hablarle un rato despacio, si no era que aquella noche viniese, que le abriría la puerta, mas que había de venir con él su primo don Fadrique, el cual se había de acostar con su esposo, en su lugar, y que para esto hacía mucho al caso el estar enojada con él, tanto que había muchos días que no le hablaba: y que demás de que el sueño se apoderaba bastantemente de él, era tanto el enojo que sabía muy cierto que no echaría de ver la burla: y que aunque su prima pudiera suplir la falta, era imposible, respecto de que estaba enferma, y que si no era de esta suerte, que no hallaba modo de satisfacer sus deseos.

Quedó con esto don Juan más confuso que jamás: por una parte veía lo que perdía y por otra temía que don Fadrique no había de querer venir en tal concierto. Fuese con esto a su casa, y después de largas peticiones y encarecimientos le contó lo que doña Ana le había dicho. A lo cual don Fadrique le respondió que si estaba loco, porque no podía creer que si tuviera juicio dijera tal disparate.

Y en estas demandas y respuestas, suplicando el uno y excusándose el otro, pasaron algunas horas: mas viéndole don Fadrique tan rematado que sacó la espada para matarle, bien contra su voluntad, concedió con él en ocupar el lugar de doña Ana al lado de su esposo; y así se fueron juntos a su casa y como llegasen a ella, la dama que estaba con cuidado, conociendo de su venida que don Fadrique había aceptado el partido, les mandó abrir, y entrando en fin en una sala, antes de llegar a la cuadra donde estaba la cama, mandó doña Ana desnudar a don Fadrique, y obedecía de mal talante: ya descalzo y en camisa, estando todo sin luz, se entró en la cuadra y poniéndole junto a la cama le dijo paso que se acostase, y en dejándole allí muy alegre se fue con su amante a otra cuadra.

Dejémosla y vamos a don Fadrique, que así como se vio acostado al lado de un hombre, cuyo honor estaba ofendiendo él con suplir la falta de su esposa, y su primo gozándola, considerando lo que podía suceder, estaba tan temeroso y desvelado que diera cuanto le pidieran por no haberse puesto en tal estado; y más cuando suspirando entre sueños el ofendido marido, dio vuelta hacia donde creyó que estaba su esposa, y echándole un brazo al cuello, dio muestras de querer llegarse a él; si bien como esta acción la hacía dormido, no prosiguió adelante: mas don Fadrique, que se vio en tanto peligro, tomó muy paso el brazo del dormido y quitándole de sí se retiró a la esquina de la cama, no culpando a otro que a sí de haberse puesto en tal ocasión por solo el vano antojo de dos amantes locos.

Apenas se vio libre de esto cuando el engañado marido, extendiendo los pies, los fue a juntar con los del temeroso compañero, siendo para él cada acción de estas la muerte.

En fin, el uno procurando llegarse, y apartarse el otro, se pasó la noche, hasta que ya la luz empezó a mostrarse por los resquicios de las puertas, poniéndole en cuidado el ver que en vano había de ser lo padecido, si acababa de amanecer antes que doña Ana viniese: pues considerando que no le iba en salir de allí menos que la vida, se levantó lo más presto que pudo y se fue atentando hasta dar con la puerta, que como llegase a intentar abrirla encontró con doña Ana, que a este punto la abría, y como le vio con voz alta le dijo:

—¿Dónde vais tan aprisa, señor don Fadrique?

—¡Ay, señora! —respondió con voz baja—, ¿cómo os habéis descuidado tanto, sabiendo mi peligro? Dejadme salir por Dios, que si despierta vuestro dueño, no lo libraremos bien.

—¿Cómo salir? —replicó la astuta dama—, por Dios que ha de ver mi marido con quien ha dormido esta noche, para que vea en qué han parado sus celos y sus cuidados.

Y diciendo esto, sin poder don Fadrique estorbarlo, respecto de su turbación y ser la cuadra pequeña, se llegó a la cama, y abriendo una ventana tiró las cortinas diciendo:

—Mirad, señor marido, con quién habéis pasado la noche.

Puso don Fadrique los ojos en el señor de la cama, y en lugar de ver el esposo de doña Ana vio a su hermosísima doña Violante, porque el marido de doña Ana ya caminaba más había de seis días. Parecía la hermosa dama al alba cuando sale alegrando los campos.

Quedó con la burla de las hermosas primas tan corrido don Fadrique que no hablaba palabra ni la hallaba a propósito, viéndolas a ellas celebrar con risa el suceso, contando Violante el cuidado con que le había hecho estar.

Mas como el granadino se cobrase de su turbación, dándoles lugar doña Ana, cogió el fruto que había sembrado gozando con su dama muy regalada vida, no solo estando ausente el marido de doña Ana sino después de venido, que por medio de una criada entraba a verse con ella, con harta envidia de don Juan, que como no podía gozar de doña Ana, le pesaba de las dichas de su primo.

Pasados algunos meses que don Fadrique gozaba de su dama con las mayores muestras de amor que pensar se puede, tanto que se determinó a hacerla su esposa si viera en ella voluntad de casarse; mas tratando de mudar estado, lo atajaba con mil forzosas excusas.

Al cabo de este tiempo, cuando con más descuido estaba don Fadrique de tal suceso, empezó Violante a aflojar en su amor, tanto que excusaba lo más que podía el verle: y él celoso, dando la culpa a nuevo empleo, se hacía más enfadoso y desesperado de verse caído de su dicha cuando más en la cumbre de ella estaba.

Cohechó con regalos y acarició con promesas una criada, y supo lo que diera algo por no saberlo, porque la traidora le dijo que se fingiese malo y que ella daría a entender a su señora que estaba en la cama, porque descuidada de su venida no estuviese apercibida como otras noches, y que viniese aquella, que dejaría la puerta abierta.

Podía hacerse eso con facilidad, respecto que Violante desde que se casó su prima posaba en un cuarto apartado, donde estaba sin intervenir con doña Ana ni con su marido, cuya condición llevaba mal doña Violante, que ya enseñada a su libertad no quería tener a quien guardar decoro, si bien tenía puerta por donde se correspondía con ellos y comía muchas veces, obligando su agrado a desear el esposo de doña Ana su conversación.

Es el caso que el hermano del marido de doña Ana, como todo lo demás del tiempo asistía con él y su cuñada, se aficionó de doña Violante: ella, obligada de la voluntad de don Fadrique, no había dado lugar a su deseo; mas ya, o cansada de él o satisfecha de las joyas y regalos de su nuevo amante, dio al través con las obligaciones del antiguo, cuyo nuevo entretenimiento fue causa para que le privase de todo punto de su gloria, no dando lugar a los deseos y afectos de don Fadrique: pues esta noche que le pareció que por su indisposición estaba seguro, avisó a su amante, y él vino al punto a gozar de la ocasión. Pues como don Fadrique hallase la puerta abierta y no le sufriese el corazón esperar, oyendo hablar, llegó a la de la sala y entrando halló a la dama ya acostada y al mozo que se estaba descalzando para hacer lo mismo.

No pudo en este punto la cólera de don Fadrique ser tan cuerda que no le obligase a entrar con determinación de molerle a palos, por no ensuciar la espada en un mozuelo de tan pocos años; mas el amante, que vio entrar aquel hombre tan determinado y se vio desnudo y sin espada, se bajó al suelo y tomando un zapato le encubrió en la mano, como si fuese un pistolete, y diciéndole que si no se tenía afuera le mataría, cobró la puerta, y en poco espacio la calle, dejando a don Fadrique temeroso de su acción.

Pues como Violante, ya resuelta a perder de todo punto la amistad de don Fadrique, le viese quedar como helado mirando a la puerta por donde había salido su competidor, empezó a reír muy de propósito la burla del zapato.

De esto más ofendido el granadino que de lo demás, no pudo la pasión dejar de darle atrevimiento, y llegándose a Violante la dio de bofetadas que la bañó en sangre, y ella perdida de enojo le dijo que se fuese con Dios, que llamaría a su cuñado y le haría que le costase caro. Él, que no reparaba en amenazas, prosiguió en su determinada cólera, asiéndola de los cabellos y trayéndola a mal traer, tanto que la obligó a dar gritos, a los cuales doña Ana y su esposo se levantaron y vinieron a la puerta que pasaba a su posada.

Don Fadrique, temeroso de ser descubierto, se salió de aquella casa, y llegando a la de don Juan, que era también la suya, le contó todo lo que había pasado y ordenó su partida para el reino de Sicilia donde supo que iba el duque de Osuna a ser virrey, y acomodándose con él para este pasaje, se partió dentro de cuatro días, dejando a don Juan muy triste y pesaroso de lo sucedido.

Llegó don Fadrique a Nápoles, y aunque salió de España con ánimo de ir a Sicilia, la belleza de esta ciudad le hizo que se quedase en ella algún tiempo, donde le sucedieron varios y diversos casos, con los cuales confirmaba la opinión de todas las mujeres que daban en discretas, destruyendo con sus astucias la opinión de los hombres.

En Nápoles tuvo una dama que todas las veces que entraba su marido le hacía parecer una artesa arrimada a una pared. De Nápoles pasó a Roma donde tuvo amistad con otra, que por su causa mató a su marido una noche y le llevó a cuestas metido en un costal a echarle en el río.

En estas y otras cosas gastó muchos años, habiendo pasado diez y seis que salió de su tierra. Pues como se hallase cansado de caminar, falto de dineros, pues apenas tenía los bastantes para volver a España, lo puso por obra: y como desembarcase en Barcelona, después de haber descansado algunos días y hecho cuenta con su bolsa, compró una mula para llegar a Granada, en que partió una mañana solo, por no haber ya posibilidad para criado.

Poco más habría caminado de cuatro leguas cuando pasando por un hermoso lugar de quien era señor un duque catalán casado con una dama valenciana, el cual por ahorrar gastos estaba retirado en su tierra, al tiempo que don Fadrique pasó por este lugar, llevando propósito de sestear y comer en otro que estaba más adelante, estaba la duquesa en un balcón, y como viese aquel caballero caminante pasar algo de prisa y reparase en su airoso talle, llamó un criado y le mandó que fuese tras él y de su parte le llamase.

Pues como a don Fadrique le diesen este recado y siempre se preciase de cortés, y más con las damas, subió a ver qué le mandaba la hermosa duquesa; ella le hizo sentar y preguntó con mucho agrado de dónde era y por qué caminaba tan aprisa; encareciendo el gusto que tendría en saberlo, porque desde que le había visto se había inclinado a amarle, y así estaba determinada que fuese su convidado porque el duque estaba en caza.

Don Fadrique, que no era nada corto, después de agradecerle la merced que le hacía le contó quién era y lo que le había sucedido en Granada, Sevilla, Madrid, Nápoles y Roma, con los demás sucesos de su vida, feneciendo la plática con decir que la falta de dinero y cansado de ver tierras, le volvía a la suya, con propósito de casarse, si hallase mujer a su gusto.

—¿Cómo ha de ser —dijo la duquesa— la que ha de ser de vuestro gusto?

—Señora —dijo don Fadrique—, tengo más que medianamente lo que he menester para pasar la vida, y así, cuando la mujer que hubiera de ser mía no fuera muy rica, no me dará cuidado, como sea hermosa y bien nacida: lo que más me agrada en las mujeres es la virtud, esa procuro, que los bienes de fortuna Dios los da y Dios los quita.

—Al fin —dijo la duquesa—, si hallásedes mujer noble, hermosa, virtuosa y discreta, presto rindiérades el cuello al amable yugo del matrimonio.

—Yo os prometo, señora —dijo don Fadrique—, que por lo que he visto, y a mí me ha sucedido, vengo tan escarmentado de las astucias de las mujeres discretas que de mejor gana me dejaré vencer de una mujer necia, aunque sea fea, que no de las demás partes que decís. Si ha de ser discreta una mujer, no ha menester saber más que amar a su marido, guardarle su honor y criarle sus hijos, sin meterse en más bachillerías.

—¿Y cómo —dijo la duquesa—, sabrá ser honrada la que no sabe en qué consiste el serlo? ¿No advertís que el necio peca, y no sabe en qué; y siendo discreta, sabrá guardarse de las ocasiones? Mala opinión es la vuestra, que a toda ley una mujer bien entendida es gusto para no olvidarse jamás, y alguna vez os acordaréis de mí. Mas dejando esto aparte, yo estoy tan aficionada a vuestro talle y entendimiento que he de hacer por vos lo que jamás creí de mí.

Y diciendo esto se entró con él a su cámara, donde por más recato quiso comer con su huésped, de lo cual estaba él tan admirado que ninguno de los sucesos que había tenido le espantaba tanto. Después de haber comido y jugado un rato, convidándoles la soledad y el tiempo caluroso, pasaron con mucho gusto la siesta, tan enamorado don Fadrique de las gracias y hermosura de la duquesa que ya se quedara de asiento en aquel lugar si fuera cosa que sin escándalo lo pudiera hacer.

Ya empezaba la noche a tender su manto sobre las gentes cuando llegó una criada y le dijo cómo el duque era venido. No tuvo la duquesa otro remedio sino abrir un escaparate dorado que estaba en la misma cuadra, en que se conservaban las aguas de olor, y entrarle dentro, y cerrando después con la llave ella se recostó sobre la cama.

Entró el duque, que era hombre de más de cincuenta años, y como la vio en la cama la preguntó la causa. A lo cual la hermosa dama respondió que no había otra más de haber querido pasar la calurosa siesta con más silencio y reposo.

Venía el duque con alientos de cenar, y diciéndoselo a la duquesa, pidieron que les trajesen la vianda allí donde estaban, y después de haber cenado con mucho espacio y gusto, la astuta duquesa, deseosa de hacerle una burla a su concertado amante, le dijo al duque si se atrevía a decir cuántas cosas se hacían del hierro: y respondiendo que sí, finalmente, entre la porfía del sí y no, apostaron entre los dos cien escudos, y tomando el duque la pluma, empezó a escribir todas cuantas cosas se pueden hacer del hierro: y fue la ventura de la duquesa tan buena, para lograr su deseo, que jamás el duque se acordó de las llaves.

La duquesa que vio este descuido y que el duque, aunque ella le decía mirase si había más, se afirmaba no hacerse más cosas, logró en esto su esperanza, y poniendo la mano sobre el papel le dijo:

—Ahora, señor, mientras se os acuerda si hay más que decir, os he de contar un cuento el más donoso que habréis oído en vuestra vida. Estando hoy en esa ventana, pasó un caballero forastero, el más galán que mis ojos vieron, el cual iba tan de prisa que me dio deseo de hablarle y saber la causa: llamele, y venido, le pregunté quién era; díjome que era granadino y que salió de su tierra por un suceso que es este —y contole cuanto don Fadrique la había dicho y lo que había pasado en las tierras que había estado—, feneciendo la plática con decirme que se iba a casar a su tierra si hallase una mujer boba, porque venía escarmentado de las discretas. Yo, después de haberle persuadido a dejar tal propósito, y él dádome bastantes causas para disculpar su opinión, pardiez, señor, que comió conmigo y durmió la siesta, y como me entraron a decir que veníades, le metí en ese cajón en que se ponen las aguas destiladas.

Alborotose el duque, empezando a pedir aprisa las llaves. A lo que respondió la duquesa con mucha risa:

—Paso, señor, paso, que esas son las que se os olvidaron decir que se hacen del hierro, que lo demás fuera ignorancia vuestra creer que había de haber hombre que tales sucesos le hubiesen pasado ni mujer que tal dijese a su marido. El cuento ha sido porque os acordéis, y así, pues habéis perdido, dadme luego el dinero, que en verdad que lo he de emplear en una gala, para que lo que os ha costado tanto susto y a mí tal artificio, juzguéis como es razón.

—¡Hay tal cosa! —respondió el duque—; demonio sois; miren por qué modo me ha advertido en mi olvido, yo me doy por vencido.

Y volviendo al tesorero que estaba delante le mandó que diese luego a la duquesa los cien escudos. Con esto se salió fuera a recibir algunos de sus vasallos que venían a verle y saber cómo le había ido en la caza.

Entonces la duquesa, sacando a don Fadrique de su encerramiento, que estaba temblando la temeraria locura de la duquesa, le dio los cien escudos ganados y otros ciento suyos, y una cadena con un retrato suyo, y abrazándole y pidiéndole la escribiese, le mandó sacar por una puerta falsa, que cuando don Fadrique se vio en la calle, no acababa de hacerse cruces de tal suceso.

No quiso quedarse aquella noche en el lugar sino pasar a otro, dos leguas más adelante, donde había determinado ir a comer si no le hubiera sucedido lo que se ha dicho. Iba por el camino admirando la astucia y temeridad de la duquesa con la llaneza y buena condición del duque, y decía entre sí:

—Bien digo yo que a las mujeres el saber las daña. Si esta no se fiara en su entendimiento, no se atreviera a agraviar a su marido ni a decírselo: yo me libraré de esto si puedo, o no casándome, o buscando una mujer tan inocente que no sepa amar ni aborrecer.

Con estos pensamientos entretuvo el camino hasta Madrid, donde vio a su primo don Juan ya heredero, por muerte de su padre, y casado con su prima, de quien supo cómo Violante se había casado y doña Ana ídose con su marido a las Indias.

De Madrid partió a Granada, en la cual fue recibido como hijo, y no de los menos ilustres de ella. Fuese en casa de su tía, de la cual fue recibido con mil caricias; supo todo lo sucedido en su ausencia, la religión de Serafina, su penitente vida, tanto que todos la tenían por una santa, y la muerte de don Vicente de melancolía de verla religiosa, arrepentido del desamor que con ella tuvo, debiéndola la prenda mejor de su honor. Había procurado sacarla del convento y casarse con ella: y visto que Serafina se determinó a no hacerlo, en cinco días, ayudado de un tabardillo, había pagado con la vida su ingratitud.

Y sabiendo que doña Gracia, la niña que dejó en guarda a su tía, estaba en un convento antes que tuviera cuatro años, y que tenía entonces diez y seis, la fue a ver otro día acompañando a su tía, donde en doña Gracia halló la imagen de un ángel, tanta era su hermosura, y al paso de ella su inocencia y simplicidad, tanto que parecía figura hermosa, mas sin alma.

Y, en fin, en su plática y descuido conoció don Fadrique haber hallado el mismo sujeto que buscaba, aficionado en extremo de la hermosa Gracia, y más por parecerse mucho a Serafina su madre. Dio parte de ello a su tía, la cual desengañada de que no era su hija, como había pensado, aprobó la elección.

Tomó la hermosa Gracia esta ventura como quien no sabía qué era gusto, bien, ni mal; porque naturalmente era boba e ignorante, lo cual era agravio de su mucha belleza, siendo esto lo mismo que deseaba su esposo.

Dio orden don Fadrique en sus bodas, sacando galas y joyas a la novia, y acomodando para su vivienda la casa de sus padres, herencia de su mayorazgo, porque no quería que su esposa viviese en la de su tía, sino de por sí, porque no se cultivase su rudo ingenio.

Recibió las criadas a propósito, buscando las más ignorantes, siendo este el tema de su opinión, que el mucho saber hacía caer a las mujeres en mil cosas; y para mí, él no debía de ser muy cuerdo, pues tal sustentaba, aunque al principio de su historia dije diferente, porque no sé qué discreto puede apetecer a su contrario,

134

mas a esto le puede disculpar el temor de su honra, que por sustentarla le obligaba a privarse de este gusto.

Llegó el día de la boda, salió Gracia del convento admirando los ojos su hermosura y su simplicidad los sentidos. Solemnizose la boda con muy grande banquete y fiesta, hallándose en ella todos los mayores señores de Granada, por merecerlo el dueño. Pasó el día, y despidió don Fadrique la gente, no quedando sino su familia, y quedando solo con Gracia, ya aliviada de sus joyas y, como dicen, en paños menores y solo con un jubón y un faldellín, y resuelto a hacer prueba de la ignorancia de su esposa, se entró con ella en la cuadra donde estaba la cama y sentándose sobre ella, le pidió le oyese dos palabras, que fueron estas:

—Señora mía, ya sois mi mujer, de lo que doy mil gracias al cielo, para mientras viviéremos; conviene que hagáis lo que ahora os diré, y este estilo guardaréis siempre: lo uno porque no ofendáis a Dios y lo otro para que no me deis disgusto.

A esto respondió Gracia con mucha humildad que lo haría muy de voluntad.

—¿Sabéis —replicó don Fadrique— la vida de los casados?

—Yo, señor, no la sé —dijo Gracia—; decídmela vos, que yo la aprenderé como el Ave María.

Muy contento don Fadrique de su simplicidad, sacó luego unas armas doradas y poniéndoselas sobre el jubón, como era peto y espaldar, gola y brazaletes, sin olvidarse de las manoplas, le dio una lanza y le dijo que la vida de los casados era que, mientras él dormía, le había ella de velar paseándose por aquella sala.

Quedó vestida de esta suerte tan hermosa y dispuesta, que daba gusto verla, porque lo que no había aprovechado en el entendimiento, lo hacía en el gallardo cuerpo, que parecía con el morrión sobre los ricos cabellos y con espada ceñida, una imagen de la diosa Palas.

Armada como digo la hermosa dama, le mandó velar mientras dormía, que lo hizo don Fadrique con mucho respeto, acostándose con mucho gusto y durmió hasta las cinco de la mañana.

Y a esta hora se levantó, y después de estar vestido, tomó a doña Gracia en sus brazos, y con muchas ternezas la desnudó y acostó, diciéndola que durmiese y descansase; y dando orden a las criadas no la despertasen hasta las once, se fue a misa y luego a sus negocios, que no le faltaban, respecto de que había comprado un oficio de veinticuatro. En esta vida pasó más de ocho días, sin dar a entender a Gracia otra cosa, y ella como inocente entendía que todas las casadas hacían lo mismo.

Acertó a este tiempo suceder en el lugar algunas contiendas, para lo cual ordenó el consejo que don Fadrique se partiese por la posta a hablar al rey, no guardándole las leyes de recién casado la necesidad del negocio, por saber que como había estado en la corte, tenía en ella muchos amigos.

Finalmente, no le dio lugar este suceso para más que para llegar a su casa, vestirse de camino, y subiendo en la posta decirle a su mujer que mirase que la vida de los casados la misma había de ser en ausencia suya que había sido en presencia: ella lo prometió hacer así, con lo cual don Fadrique partió muy contento. Y como a la corte se va por poco y se está mucho, le sucedió a él de la misma suerte, deteniéndose no solo días sino meses, pues duró el negocio más de seis.

Prosiguiendo doña Gracia su engaño, vino a Granada un caballero cordobés a tratar un pleito a la chancillería, y andando por la ciudad los ratos que tenía desocupados, vio en un balcón de su casa a doña Gracia las más tardes haciendo su labor, de cuya vista quedó tan pagado que no hay más que encarecer, sino que cautivo de su belleza la empezó a pasear.

Y la dama, como ignorante de estas cosas, ni salía ni entraba en esta pretensión, como quien no sabía las leyes de la voluntad y correspondencia: de cuyo descuido sentido el cordobés andaba muy triste, las cuales acciones viendo una vecina de doña Gracia, conoció por ellas el amor que le tenía a la recién casada; y así un día le llamó, y sabiendo ser su sospecha verdadera, le prometió solicitarla, que nunca faltan hoyos en que caiga la virtud.

Fue la mujer a ver a doña Gracia, y después de haber encarecido su hermosura con mil alabanzas, la dijo como aquel caballero que paseaba su calle la quería mucho y deseaba servirla.

—Yo lo agradezco en verdad —dijo la dama—, mas ahora tengo muchos criados y hasta que se vaya alguno no podré cumplir su deseo, aunque si quiere que yo se lo escriba a mi marido, él por darme gusto podrá ser que lo reciba.

—Que no, señora —dijo la astuta tercera, conociendo su ignorancia—, que este caballero es muy noble, tiene mucha hacienda y no quiere le recibáis por criado, sino serviros con ella, si le queréis mandar que os envíe alguna joya o regalo.

—¡Ay amiga! —dijo entonces doña Gracia—, tengo yo tantas que muchas veces no sé dónde ponerlas.

—Pues si así es —dijo la tercera— que no queréis que os envíe nada, dadle por lo menos licencia para que os visite, que lo desea mucho.

—Venga enhorabuena —dijo la boba señora—, ¿quién se lo quita?

—Señora —replicó ella—, ¿no veis que los criados, si le ven venir de día públicamente, lo tendrán a mal?

—Pues mirad —dijo doña Gracia—, esta llave es de la puerta falsa del jardín y aun de toda la casa, porque dicen que es maestra, y llevadla y entre esta noche, y por una escalera de caracol que hay en él subirá a la propia sala donde duermo.

Acabó la mujer de conocer su ignorancia y así no quiso más batallar con ella, sino tomando su llave se fue a ganar las albricias, que fueron una rica cadena; y aquella noche don Álvaro, que este era su nombre, entró por el jardín como le habían dicho, y subiendo por la escalera, así como fue a entrar en la cuadra vio a doña Gracia armada, como dicen, de punta en blanco y con su lanza, que parecía una amazona: la luz estaba lejos y no imaginando lo que podía ser, creyendo que era alguna traición, volvió las espaldas y se fue.

A la mañana dio cuenta a su tercera del suceso, y ella fue luego a ver a doña Gracia, que la recibió con preguntarla por aquel caballero, que debía de estar muy malo, pues no había venido por donde le dijo.

—¡Ay mi señora! —dijo ella—, y cómo que vino, mas dice que halló un hombre armado, que con una lanza se paseaba por la sala.

—¡Ay Dios! —dijo doña Gracia, riéndose muy de voluntad—, ¿no ve que soy yo, que hago la vida de los casados? Este señor no debe de ser casado, pues pensó que era hombre; dígale que no tenga miedo, que como digo, soy yo.

Tornó con esta respuesta a don Álvaro la tercera; el cual la siguiente noche fue a ver a su dama, y como la vio así la preguntó la causa. Ella respondió riéndose:

—¿Pues cómo tengo de andar sino de esta suerte para hacer la vida de los casados?

—¿Qué vida de casados, señora? —respondió don Álvaro—, mirad que estáis engañada, que la vida de los casados no es esta.

—Pues, señor, esta es la que me enseñó mi marido; mas si vos sabéis otra más fácil, me holgaré de saberla, que esta que hago es muy cansada.

Oyendo el desenvuelto mozo esta simpleza, la desnudó él mismo, y acostándose con ella gozó lo que el necio marido había dilatado por hacer probanza de la inocencia de su mujer.

Con esta vida pasaron todo el tiempo que estuvo don Fadrique en la corte, que como hubiese acabado los negocios y escribiese que venía, y don Álvaro hubiese acabado el suyo, se volvió a Córdoba.

Llegó don Fadrique a su casa, y fue recibido de su mujer con mucho gusto, porque no tenía sentimiento como no tenía discreción. Cenaron juntos, y como se acostase don Fadrique, por venir cansado, cuando pensó que doña Gracia se estaba armando para hacer el complimiento de la orden que la dejó, la vio salir desnuda, y que se entraba con él en la cama, y admirado de esta novedad la dijo:

—¿Pues cómo no hacéis la vida de los casados?

—Andad, señor —dijo la dama—, ¡qué vida de casados, ni qué nada! Harto mejor me iba a mí con el otro marido, que me acostaba con él y me regalaba más que vos.

—¿Pues cómo? —replicó don Fadrique—, ¿habéis tenido otro marido?

—Sí, señor —dijo doña Gracia—, después que os fuisteis vino otro marido tan galán y tan lindo, y me dijo que él me enseñaría otra vida de casados mejor que la vuestra.

Y finalmente, le contó cuanto le había pasado con el caballero cordobés, mas que no sabía qué se había hecho, porque así como vio la carta de que él venía, no le había visto.

Preguntole el desesperado y necio don Fadrique de dónde era y cómo se llamaba. Mas a esto respondió doña Gracia que no lo sabía, porque ella no le llamaba sino «otro marido». Y viendo don Fadrique esto, y que pensando librarse había buscado una ignorante, la cual no solo le había agraviado, mas que también se lo decía, tuvo su opinión por mala, y se acordó de lo que le había dicho la duquesa. Y todo el tiempo que después vivió alababa las discretas que son virtuosas, porque no hay comparación ni estimación para ellas; y si no lo son, hacen sus cosas con recato y prudencia.

Y viendo que ya no había remedio, disimuló su desdicha, pues por su culpa sucedió: que si en las discretas son malas pruebas, ¿qué pensaba sacar de las necias? Y procurando no dejar de la mano a su mujer porque no tornase a ofenderle, vivió algunos años.

Cuando murió, por no quedarle hijos, mandó su hacienda a doña Gracia, si fuese monja en el monasterio en que estaba Serafina, a la cual escribió un papel en que le declaraba cómo era su hija. Y escribiendo a su primo don Juan a Madrid, le envió escrita su historia de la manera que aquí va.

En fin, don Fadrique, sin poder excusarse por más prevenido que estaba, y sin ser parte las tierras vistas y los sucesos pasados, vino a caer en lo mismo que temía, siendo una boba quien castigó su opinión.

Entró doña Gracia monja con su madre, contentas de haberse conocido las dos; porque como era boba, fácil halló el consuelo, gastando la gruesa hacienda que le quedó en labrar un grandioso convento, donde vivió con mucho gusto, y yo le tengo de haber dado fin a esta maravilla.

A los últimos acentos estaba don Alonso de su entretenida y gustosa maravilla, y todos absortos y elevados en ella, cuando los despertó de este sabroso éxtasis el son de muchos y muy acordes instrumentos que en una sala, antes de llegar a esta en que estaban, se tocaron.

Y volviendo a ver quién hacía tan dulce armonía vieron entrar hasta doce mancebos vestidos de vaqueros y monteras de raso morado y guarnición de plata, con hachas blancas encendidas en las manos, danzando diestramente, y después de haber hecho un concertado paseo, se dividieron en dos órdenes, y uno de ellos, el más airoso y galán, empezó a danzar solo con una hacha en la mano, y después de dar la vuelta por la sala, se fue a la hermosa Lisarda y con una cortés reverencia la sacó a danzar.

Obedeció la dama, y después de ponerla en su puesto, volvió el airoso mozo a la discreta Matilde, y tras de ella a Nise, y tomando por compañero a don Juan, como en la danza de la hacha se usa, la danzaron con grandísimo desenfado y donaire, y dejando la hacha a Lisarda, vueltas las otras dos damas a sus asientos, prosiguió la dama sacando a don Miguel, don Lope y don Diego, el cual yendo por la sala, suplicó a Lisarda sacase a su prima: y ella, como a quien no le estaba mal esta voluntad, se llegó a la camilla donde Lisis estaba, y con una hermosa reverencia y muy corteses palabras la suplicó que se sirviese de honrar la fiesta, pues sus cuartanas eran tan corteses que desde el primer día que se empezó no la habían molestado.

Obedeció Lisis, más por dar gusto a don Diego que a su prima, y danzó tan divinamente que a todos dio notable contento, y más a don Diego, que mientras duró la danza y al volverla a su asiento, le dio a entender su voluntad, y ella a él cuán agradecida estaba, juntamente con licencia para tratar con su madre y deudos su casamiento.

Finalmente, mientras los criados de don Diego se aderezaban para el ridículo entremés, no quedó caballero ni dama en la sala que no danzase. Empezose a representar, y como para dar lugar se mudasen algunos asientos, vinieron a sentarse don Diego y don Juan juntos. Y don Juan como agraviado le dijo a don Diego:

—Favorecido estás de Lisis, y si bien por haber sido pretensor suyo me pesa, por no verme molestado de sus quejas lo doy por muy bien empleado: mas bueno fuera haberme dado parte de esto, pues soy mejor para amigo que para enemigo.

—Así es —replicó don Diego con enfado—, que un poeta, si es enemigo, es terrible, porque no hay navaja como su pluma; y a Lisis deseo servir, y como ella es libre, yo con su beneplácito me contento. Lisarda es vuestro cuidado, debéis contentaros con ella y no querer una para estimar y otra para maltratar. Licencia tengo de Lisis para pedirla a su madre para mi esposa, y si de esto os agraviáis, aquí estoy para daros la satisfacción que quisiéredes y como quisiéredes.

—Soy contento —replicó don Juan—, ya no por Lisis, que pues ella quiere ser vuestra, yo no quiero sea mía; acabada es sobre esto la cuestión, sino porque sepáis que si soy poeta con la pluma, soy caballero con la espada.

—Sea así —dijo don Diego—, mas no es razón que perturbemos el gusto a estas damas atajando la fiesta; tres días faltan, dejemos que se acaben y después trataremos de esto donde fuéredes servido.

—Soy contento —dijo don Juan: y con esto se volvieron a ver el entremés que andaba en los últimos fines.

Bien oyó Lisis lo que había pasado, y aunque quisiera remediarlo, lo sufrió, viendo que don Juan y don Diego dejaban su desafío para después de la fiesta, y que había lugar para impedir su intento.

NOCHE TERCERA.

Tenían tan picado el gusto todos aquellos señores y señoras de las dos sabrosas noches que habían pasado que apenas llegó la tarde de la tercera, cuando ya empezaron a juntarse en casa de la hermosísima Lisis, la cual los recibió a todos con su acostumbrada cortesía, y haciendo señal a los músicos cantaron este soneto, cuyo asunto fue el rey don Felipe IV:

> Sol que en la cuarta esfera al sol le quita
> Valor, grandeza, luz y resplandores;
> Perla que tuvo ser en los amores
> Del sol Felipe, y nácar Margarita;
> Fénix que en nuestra España resucita
> Para darle más ser, glorias mayores;
> Jardín de hermosas purpúreas flores,
> Pues que tal flor de lis en ella habita;
> Júpiter que gobierna el sacro coro,
> Y en dulce ambrosía en luz le baña,
> Siendo a sus ninfas músico sonoro;
> Y si la vista a la verdad no engaña,
> Tierno Cupido con arpones de oro,
> Es Felipe sol nuestro y rey de España.

De industria la hermosa Lisis quiso, como ya desengañada de don Juan y agradecida a don Diego, mudar de estilo en sus versos porque no causase el tratar de amor ni desamor más disgusto en los dos competidores, los cuales se miraron a lo falso; si bien Lisarda tenía tomada la palabra a don Juan de que, gustando a don Diego, serían amigos: pues viendo Nise que le tocaba a ella la quinta maravilla en esta tercera noche, ocupando el asiento que para este caso estaba prevenido, empezó así:

—La fuerza del amor ninguno hay que la ignore, y más si se apodera de nobles pechos: porque amor es como el sol, que hace los efectos conforme por do pasa. En mi maravilla se verá claro, la cual es de esta suerte:

NOVELA QUINTA

LA FUERZA DEL AMOR

EN NÁPOLES, insigne y famosa ciudad de Italia por su riqueza, hermosura y agradable sitio, nobles ciudadanos y gallardos edificios, coronados de jardines y adornados de cristalinas fuentes, hermosas damas y gallardos caballeros, nació Laura, peregrino y nuevo milagro de naturaleza, tanto que entre las más gallardas y hermosas fue tenida por celestial extremo; pues habiendo escogido los curiosos ojos de la ciudad entre todas ellas once, y de estas once tres, fue Laura de las once una, y de las tres una.

Fue tercera en el nacer, pues gozó del mundo después de haber nacido en él dos hermanos tan nobles y virtuosos como ella hermosa. Murió su madre del parto de Laura, quedando su padre por gobierno y amparo de los tres gallardos hijos, que si bien sin madre, la discreción del padre suplió medianamente esta falta. Era don Antonio (que este es el nombre de su padre) del linaje y apellido de Carrafa, deudo de los duques de Nochera, y señor de Piedra Blanca.

Criáronse don Alejandro, don Carlos y Laura con la grandeza y cuidado que su estado pedía, poniendo su noble padre en esto el cuidado que requería su estado y riqueza; enseñando a los hijos en las buenas costumbres y ejercicios que dos caballeros y una tan hermosa dama merecían, viviendo la bella Laura con el recato y honestidad que a mujer tan rica y principal era justo, siendo los ojos de su padre y hermanos y alabanza de la ciudad.

Quien más se señalaba en querer a Laura era don Carlos, el menor de los hermanos, que la amaba tan tierno que se olvidaba de sí por quererla; y no era mucho, que las gracias de Laura obligaban, no solo a los que tan cercano deudo tenían con ella, mas a los que más apartados estaban de su vista.

No hacía falta su madre para su recogimiento, demás de ser su padre y hermanos vigilantes guardas de su hermosura; y quien más cuidadosamente velaba a esta señora eran sus honestos pensamientos: si bien cuando llegó a la edad de discreción no pudo negar su compañía a las principales señoras sus deudas, para que Laura pagase a la desdicha lo que debe la hermosura.

Es costumbre en Nápoles ir las doncellas a los saraos y festines que en los palacios del virrey y casas particulares se hacen: aunque en algunas tierras de Italia no lo aprueban por acertado, pues en las más de ellas se les niega ir a misa, sin que basten a derogar esta ley que ha puesto en ellas la costumbre las penas que los ministros eclesiásticos y seglares les imponen.

Salió en fin Laura a ver y ser vista, tan acompañada de hermosura como de honestidad; aunque a acordarse de Diana no se fiara de su recato. Fueron sus bellos ojos basiliscos de las almas, su gallardía monstruo de las vidas, y su riqueza y nobles prendas cebo de los deseos de mil gallardos y nobles mancebos de la ciudad, pretendiendo por medio de casamiento gozar de tanta hermosura.

Entre los que pretendían servir a Laura se aventajó don Diego de Piñatelo, de la noble casa de los duques de Monteleón, caballero rico y galán. Vio, en fin, a Laura y rindiole el alma con tal fuerza que casi no la acompañaba, sino solo por no desamparar la vida (tal es la hermosura mirada en ocasión); túvola don Diego en un festín que se hacía en casa de un príncipe de los de aquella ciudad, no solo para verla sino para amarla, y después de amarla darla a entender su amor tan grande en aquel punto como si hubiera mil años que la amaba.

Úsase en Nápoles llevar a los festines un maestro de ceremonias, el cual saca a danzar a las damas, y las da al caballero que le parece. Valiose don Diego en esta ocasión del que en el festín asistía, ¿quién duda que sería a costa de dinero?, pues apenas calentó con él las manos al maestro cuando vio en las suyas las de la bella Laura el tiempo que duró el danzar una gallarda; mas no le sirvió de más que de arderse con aquella nieve, pues apenas se atrevió a decir: «Señora, yo os adoro» cuando la hermosa dama, fingiendo justo impedimento, le dejó y se volvió a su asiento, dando que sospechar a los que miraban y que sentir a don Diego; el cual quedó tan triste como desesperado, pues en lo que quedaba del día no mereció que Laura le favoreciese siquiera con los ojos.

Llegó la noche, que don Diego pasó revolviendo mil pensamientos, ya animando con la esperanza, ya desesperando con el temor, mientras la hermosa Laura, tan ajena de sí cuanto propia de su cuidado, llevando en la vista la gallarda gentileza de don Diego y en la memoria el yo os adoro que le había oído, ya se determinaba a querer, y ya pidiéndose estrecha cuenta de su libertad y perdida opinión, como si en solo amar se hiciese yerro, arrepentida se reprendía a sí misma, pareciéndole que ponía en condición, si amaba, la obligación de su estado, y si aborrecía, se obligaba al mismo peligro.

Con estos pensamientos y cuidados empezó a negarse a sí misma el gusto y a la gente de su casa la conversación, deseando ocasiones para ver la causa de su descuido; y dejando pasar los días (al parecer de don Diego) con tanto descuido que no se ocupaba en otra cosa sino en dar quejas contra el desdén de la enamorada señora, la cual no le daba, aunque lo estaba, más favores que los de su vista, y esto tan al descuido y con tanto desdén, que no tenía lugar ni aun para poderle decir su pena, porque aunque la suya la pudiera obligar a dejarse pretender, el cuidado con que la encubría era tan grande que a sus más queridas criadas guardaba el secreto de su amor.

Sucedió que una noche de las muchas que a don Diego le amanecía a las puertas de Laura, viendo que no le daban lugar para decir su pasión, trajo a la calle un criado que con un instrumento fuese tercero de ella, por ser su dulce y agradable voz de las buenas de la ciudad, procurando declarar en un romance su amor y los celos que le daba un caballero muy querido de los hermanos de Laura, y que por este respeto entraba a menudo en su casa.

En fin, el músico, después de haber templado, cantó el romance siguiente:

Si el dueño que elegiste,
Altivo pensamiento,
Reconoce obligado
Otro dichoso dueño;
¿Por qué te andas perdido,
Sus pisadas siguiendo,
Sus acciones notando,
Su vista pretendiendo?
¿De qué sirve que pidas
Ni su favor al cielo,
Ni al amor imposibles,
Ni al tiempo sus efectos?
¿Por qué a los celos llamas,
Si sabes que los celos,
En favor de lo amado
Imposibles han hecho?
Si a tu dueño deseas
Ver ausente, eres necio
Que por matar, matarte
No es pensamiento cuerdo.
Si a la discordia pides
Que haga lance en su pecho,
Bien ves que a los disgustos
Los gustos vienen ciertos.
Si dices a los ojos
Digan su sentimiento,
Ya ves que alcanzan poco,
Aunque más miren tiernos.
Si quien pudiera darte
En tus males remedio,
Que es amigo piadoso,
Siempre agradecimiento:

También preso le miras
En ese ángel soberbio,
¿Cómo podía ayudarte
En tu amoroso intento?
Pues si de sus cuidados,
Que tuvieras por premio,
Si su dueño dijera:
De ti lástima tengo.
Mira tu dueño, y miras
Sin amor a tu dueño,
Y aun este desengaño,
¿No te muda el intento?
A Tántalo pareces,
Que el cristal lisonjero,
Casi en los labios mira;
Y nunca llega a ellos.
¡Ay Dios, si mereciera
Por tanto sentimiento
Algún fingido engaño,
Por tu muerte temo!
Fueran de purgatorio
Tus penas, pero veo
Que son sin esperanza
Las penas del infierno.
Mas si elección hiciste,
Morir es buen remedio,
Que volver las espaldas
Será cobarde de hecho.

Escuchando estaba Laura la música desde el principio de ella por una menuda celosía, y determinó a volver por su opinión, viendo que la perdía, en que don Diego por sospechas como en sus versos mostraba, se la quitaba; y así lo que el amor no pudo hacer hizo este temor de perder su crédito, y aunque batallando su vergüenza con su amor, se resolvió a volver por sí, como lo hizo, pues abriendo la ventana le dijo:

—Milagro fuera, señor don Diego, que siendo amante no fuerais celoso, pues jamás se halló amor sin celos, mas son los que tenéis tan falsos que me han obligado a lo que jamás pensé, porque siento mucho ver mi fama en lenguas de la poesía y en las cuerdas de ese laúd, y lo que peor es, en boca de ese músico, que siendo criado será fuerza ser enemigo: yo no os olvido por nadie, que si alguno en el mundo ha merecido mis cuidados sois vos, y seréis el que me habéis de merecer, si por ellos aventurase la vida. Disculpe vuestro amor mi desenvoltura y el verme ultrajar mi atrevimiento, y tenedle desde hoy para llamaros mío, que yo me tengo por dichosa en ser vuestra. Y creedme que no dijera esto si la noche con su oscuro manto no me excusara la vergüenza y colores que tengo en decir estas verdades.

Pidiendo licencia a su turbación, el más alegre de la tierra quiso responder y agradecer a Laura el enamorado don Diego, cuando sintió abrir las puertas de la propia casa y saltearle tan brevemente dos espadas, que a no estar prevenido y sacar también el criado la suya, pudiera ser que no le dieran lugar para llevar sus deseos amorosos adelante.

Laura, que vio el suceso y conoció a sus dos hermanos, temerosa de ser sentida, cerró la ventana y se retiró a su aposento acostándose, más por disimular que por desear de reposo.

Fue el caso que como don Alejandro y don Carlos oyesen la música, se levantaron a toda prisa y salieron, como he dicho, con las espadas desnudas en las manos; las cuales fueron, si no más valientes que las de don Diego y su criado, a lo menos más dichosas, pues siendo herido de la pendencia, hubo de retirarse, quejándose de su desdicha, aunque mejor fuera llamarla ventura, pues fue fuerza que supiesen sus padres la causa y viendo lo que su hijo granjeaba con tan noble casamiento, sabiendo que era este su deseo, pusieron terceros que lo tratasen con el padre de Laura. Y cuando pensó la hermosa Laura que las enemistades serían causa de eternas discordias, se halló esposa de don Diego.

¿Quién viera este dichoso suceso y considerara el amor de don Diego, sus lágrimas, sus quejas, y los ardientes deseos de su corazón, que no tuviese a Laura por muy dichosa? ¿Quién duda que dirán los que tienen en esperanzas sus pensamientos: «¡Oh, quién fuera tan venturoso que mis cosas tuvieran tan dichoso fin como el de esta noble dama!»? Y más las mujeres, que no miran en más inconvenientes que su gusto. Y de la misma suerte, ¿quién verá a don Diego gozar en Laura un asombro de hermosura, un extremo de riqueza, un colmo de entendimiento y un milagro de amor, que no diga que no crió otro más dichoso el cielo?

Pues, por lo menos, siendo las partes iguales, ¿no es fácil de creer que este amor había de ser eterno? Y lo fuera, si Laura no fuera como hermosa, desdichada, y don Diego como hombre, mudable; pues a él no le sirvió el amor contra el olvido ni la nobleza contra el apetito, ni a ella la valió la riqueza contra la desgracia, la hermosura contra el remedio, la discreción contra el desdén ni el amor contra la ingratitud, bienes que en esta edad cuestan mucho y se estiman en poco.

Fue el caso que don Diego antes que amase a Laura había empleado sus cuidados en Nise, gallarda dama de Nápoles, si no de lo mejor de ella por lo menos no era de lo peor, ni tan falta de bienes de naturaleza y fortuna que no la diese muy levantados pensamientos, más de lo que su calidad merecía, pues los tuvo de ser mujer de don Diego, y a este título le había dado todos los favores que pudo y él quiso; pues como los primeros días y aun meses de casado se descuidase de Nise, que todo cansa a los hombres, procuró con las veras posibles saber la causa, y diose en eso tal modo en saberla que no faltó quien se lo dijo todo; demás que como la boda había sido pública y don Diego no pensaba ser su marido, no se recató de nada.

Sintió Nise con grandísimo extremo ver casado a don Diego, mas al fin era mujer, y con amor, que siempre olvida agravios aunque sea a costa de opinión. Procuró gozar de don Diego, ya que no como marido, a lo menos como amante, pareciéndole no poder vivir sin él; y para conseguir su propósito solicitó con palabras y obligó con lágrimas a que don Diego volviese a su casa, que fue la perdición de Laura; porque Nise supo con tantos regalos enamorarle de nuevo que ya empezó Laura a ser enfadosa como propia, cansada como celosa y olvidada como aborrecida, porque don Diego amante, don Diego solícito, don Diego porfiado y, finalmente, don Diego que decía a los principios ser el más dichoso del mundo, no solo negó todo esto, mas se negó a sí mismo lo que se debía: pues los hombres que desprecian tan a las claras están dando alas al agravio; y llegando un hombre a esto, cerca está de perder el honor.

Empezó a ser ingrato, faltando a la cama y mesa, y no sintiendo los pesares que daba a su esposa, desdeñó sus favores y la despreció diciendo libertades, pues es más cordura negar lo que se hace que decir lo que no se piensa.

Pues como Laura veía tantas novedades en su esposo, empezó con lágrimas a mostrar sus pesares y con palabras a sentir sus desprecios; y en dándose una mujer por sentida de los desconciertos de su marido, dese por perdida, pues como era fuerza decir su sentimiento, daba causa a don Diego para no solo tratar mal de palabras, mas a poner las manos en ella. Solo por cumplimiento iba a su casa la vez que iba; tanto la aborrecía y desestimaba, pues le era el verla más penoso que la muerte.

Quiso Laura saber la causa de estas cosas y no faltó quien le dio larga cuenta de ellas. Lo que remedió Laura fue el sentirlas más, viéndolas sin remedio, pues no le hay si el amor se trueca. Lo que ganó en darse por entendida de las libertades de don Diego fue darle ocasión para perder más la vergüenza e irse más desenfrenadamente tras sus deseos, que no tiene más recato el vicioso que hasta que es su vicio público.

Vio Laura a Nise en una iglesia y con lágrimas la pidió desistiese de su pretensión, pues con ella no aventuraba más que perder la honra y ser causa de que ella pasase mala vida. Nise, rematada de todo punto como mujer que ya no estimaba su fama ni temía caer en más bajeza que en la que estaba, respondió a

Laura tan desabridamente que, con lo mismo que pensó la pobre dama remediar su mal y obligarla, con eso la dejó más sin remedio y más resuelta a seguir su amor con más publicidad.

Perdió de todo punto el respeto a Dios y al mundo, y si hasta allí con recato enviaba a don Diego papeles, regalos y otras cosas, ya sin él, ella y sus criados le buscaban, siendo estas libertades para Laura nuevos tormentos y firmísimas pasiones, pues ya veía en su desventura menos remedio que primero: con lo que pasaba sin esperanzas la más desconsolada vida que decir se puede. Tenía celos: ¡qué milagro!, como si dijésemos rabiosa enfermedad.

Notaban su padre y hermanos su tristeza y deslucimiento, y viendo la perdida hermosura de Laura, vinieron a rastrear lo que pasaba y los malos pasos en que andaba don Diego, y tuvieron sobre el caso muchas rencillas y disgustos, hasta llegar a pesadumbres declaradas. De esta suerte andaba Laura algunos días, siendo mientras más pasaban, mayores las libertades de su marido y menos su paciencia.

Como no siempre se pueden llorar desdichas, quiso, una noche que la tenían desvelada sus cuidados y la tardanza de don Diego, cantando divertirlas, y no dudando que estaría don Diego en los brazos de Nise, tomó una arpa, en que las señoras italianas son muy diestras, y unas veces llorando y otras cantando, disimulando el nombre de don Diego con el de Albano, cantó así:

> ¿Por qué, tirano Albano,
> Si a Nise reverencias,
> Y a su hermosura ofreces
> De tu amor las finezas:
> Por qué de sus ojos
> Está tu alma presa,
> Y a los tuyos su cara
> Es imagen bella:
> Por qué si en sus cabellos
> La voluntad enredas,
> Y ella a ti agradecida,
> Con voluntad te premia:
> Por qué si de su boca,
> Caja de hermosas perlas,
> Gustos de amor escuchas,
> Con que tu gusto aumentas:
> A mí que por quererte
> Padezco inmensas penas,
> Con deslealtad y engaños
> Me pagas mis finezas?
> Y ya que me fingiste
> Amorosas ternezas,

Dejárasme vivir
En mi engaño siquiera.
¿No ves que no es razón
Acertada ni cuerda
Despertar a quien duerme,
Y más cuando pena?
¡Ay de mí desdichada!
¿Qué remedio me queda,
Para que el alma mía
A este su cuerpo vuelva?
Dame el alma, tirano,
Mas ¡ay! no me la vuelvas,
Que más vale que el cuerpo
Por esta causa muera.
Mal haya, amén, mil veces,
Cielo tirano, aquella
Que en prisiones de amor
Prender su alma deja.
Lloremos, ojos míos,
Tantas lágrimas tiernas,
Que del profundo mar
Se cubran las arenas.
Y al son de aquestos celos
Instrumentos de quejas,
Cantaremos llorando
Lastimosas endechas.
Oíd atentamente,
Nevadas y altas peñas,
Y vuestros ecos claros
Me sirvan de respuesta.
Escuchad, bellas aves,
Y con arpadas lenguas
Ayudaréis mis celos
Con dulces cantinelas.
Mi Albano adora a Nise,
Y a mí penar me deja;
Estas sí son pasiones,
Y aquestas sí son penas.
Su hermosura divina
Amoroso celebra,
Y por cielos adora
Papeles de su letra.
¿Qué dirás, Ariadna,
Que lloras y lamentas
De tu amante desvíos,
Sinrazones y ausencias?

Y tú, afligido Fenicio,
Aunque tus carnes veas
Con tal rigor comidas
Por el águila fiera;
Y si, atado al Cáucaso,
Padeces, no lo sientas,
Que mayor es mi daño,
Más fuertes mis sospechas.
Desdichado Ixión,
No sientas de la rueda
El penoso ruido,
Porque mis penas sientas.
Tántalo, que a las aguas,
Sin que gustarlas puedas,
Llegas, y no alcanzas,
Pues huyen si te acercas:
Vuestras penas son pocas,
Aunque más se encarezcan;
Pues no hay dolor que valga,
Sino que celos sean.
Ingrato, plegue al cielo
Que con celos te veas
Rabiando como rabio,
Y que cual yo padezcas.
Y esta enemiga mía
Tantos te dé, que seas
Un Midas de cuidados,
Como el de las riquezas.

¿A quién no enterneciera Laura con quejas tan dulces y bien sentidas, si no a don Diego, que se preciaba de ingrato? El cual, entrando al tiempo que ella llegaba con sus endechas a este punto, y las oyese y entendiese el motivo de ellas, desobligado con lo que pudiera obligarse y enojado de lo que fuera justo agradecer y estimar, empezó a maltratar a Laura de palabras diciéndola tales y tan pesadas que la obligó a que, vertiendo cristalinas corrientes por su hermoso rostro, le dijese:

—¿Qué es esto, ingrato? ¿Cómo das tan largas alas a la libertad de tu mala vida que, sin temor del cielo ni respeto alguno, te enfadas de lo que fuera justo alabar? Córrete de que el mundo entienda y la ciudad murmure tus vicios, tan sin rienda que parece que estás despertando con ellos tu afrenta y mis deseos.

Si te pesa de que me queje de ti, quítame la causa que tengo para hacerlo, o acaba con mi cansada vida, ofendida de tus maldades. ¿Así tratas mi amor? ¿Así estimas mis cuidados? ¿Así agradeces mis sufrimientos? Haces bien, pues no tomo a la causa de estas cosas y la hago entre mis manos pedazos. ¿Qué espera un marido que hace lo que tú, sino que su mujer, olvidando la obligación de su honor, se le quite?

No porque yo lo he de hacer aunque más ocasiones me des, que el ser quien soy y el grande amor que por mi dicha os tengo, no me darán lugar; mas temo que has de darlo a los viciosos como tú para que pretendan lo que tú desprecias; y a los maldicientes y murmuradores para que lo imaginen y digan. Pues ¿quién verá una mujer como yo, y un hombre como tú, que no tengan tanto atrevimiento como tú descuido?

Palabras eran estas para que don Diego, abriendo los ojos del alma y del cuerpo, viese la razón de Laura; pero como tenía tan llena el alma de Nise, como desierta de su obligación, acercándose más a ella y encendido en una tan infernal cólera, la empezó a arrastrar por los cabellos y maltratarla de manos; tanto que las perlas de sus dientes presto tomaron forma de corales, bañados en la sangre que empezó a sacar en las crueles manos; y no contento con esto, sacó la daga para salir con ella del yugo tan pesado como el suyo, a cuya acción las criadas, que estaban procurando apartarle de su señora, alzaron las voces dando gritos, llamando a su padre y a sus hermanos, que desatinados y coléricos subieron al cuarto de Laura, y viendo el desatino de don Diego y la dama bañada en sangre, creyendo don Carlos que la había herido, arremetió a don Diego, y quitándole la daga de la mano se la iba a meter por el corazón, si el arriesgado mozo, viendo su manifiesto peligro, no se abrazara con don Carlos, y Laura haciendo lo mismo le pidiera que se reportase diciendo:

—¡Ay hermano!, mira que en esa vida está la de tu triste hermana.

Reportose don Carlos y metiéndose su padre por medio apaciguó la pendencia, y volviéndose a sus aposentos, temiendo don Antonio que si cada día había de haber aquellas ocasiones, sería perderse, se determinó no ver por sus ojos tratar mal a una hija tan querida; y así, otro día tomando su casa, hijos y hacienda, se fue a Piedrablanca, dejando a Laura en su desdichada vida, tan triste y tierna de verlos ir que la faltó poco para perderla. Causa porque oyendo decir que en aquella tierra había mujeres que obligaban por fuerza de hechizos a que hubiese amor, viendo cada día el de su marido en menoscabo, pensando remediarse por este camino, encargó que la trajesen una.

No fue muy perezoso el tercero a quien la hermosa y afligida Laura encargó que le trajese la embustera, y le trajo una a quien la discreta y cuidadosa Laura, después de obligada con dádivas (sed de semejantes mujeres), enterneció con lágrimas y animó con promesas, contándole sus desdichas, y en tales razones la pidió lo que deseaba, diciéndola:

—Amiga, si tú haces que mi marido aborrezca a Nise y vuelva a tenerme el amor que al principio de mi casamiento me tuvo, cuando él era más leal y yo más dichosa, tú verás en mi agradecimiento y liberal satisfacción de la manera que estimo tal bien, pues pensaré que quedo corta con darte la mitad de toda mi hacienda. Y cuando esto no baste, mide tu gusto con mi necesidad y señálate tú misma la paga de este beneficio, que si lo que yo poseo es poco, me venderé para satisfacerte.

La mujer, asegurando a Laura de su saber, contando milagros en sucesos ajenos, facilitó tanto su petición que ya Laura se tenía por segura: a la cual la mujer dijo que había menester (para ciertas cosas que había de aderezar para traer consigo en una bolsilla) barbas, cabellos y dientes de un ahorcado; las cuales reliquias con las demás cosas harían que don Diego mudase la condición, de suerte que se espantaría: y que la paga no quería que fuese de más valor que conforme a lo que le sucediese.

—Y creed, señora —decía la falsa enredadora—, que no bastan hermosuras ni riquezas a hacer dichosas, sin ayudarse de cosas semejantes a estas, que si supieses las mujeres que tienen paz con sus maridos por mi causa, desde luego te tendrías por dichosa y asegurarías tus temores.

Confusa estaba la hermosa Laura viendo que le pedía una cosa tan difícil para ella, pues no sabía el modo cómo viniese a sus manos, y así, dándole cien escudos en oro, le dijo que el dinero todo lo alcanzaba, que los diese a quien la trajese aquellas cosas. A lo cual replicó la taimada hechicera (que con esto quería entretener la cura, para sangrar la bolsa de la afligida dama y encubrir su enredo) que ella no tenía de quien fiarse; demás que estaba la virtud en que ella lo buscase y se lo diese, y con esto, dejando a Laura en la tristeza y confusión que se puede pensar, se fue.

Discurriendo estaba Laura cómo podía buscar lo que la mujer pedía, y hallando por todas partes muchas dificultades, el remedio que halló fue hacer dos ríos caudalosos sus hermosos ojos, no hallando de quien poderse fiar, porque le parecía que era afrenta que una mujer como ella anduviese en tan mecánicas cosas. Con estos pensamientos no hacía sino llorar; y hablando consigo misma decía, asidas sus blancas manos una con otra:

—Desdichada de ti, Laura, y cómo fueras más venturosa si como le costó tu nacimiento la vida a tu madre, fuera también la tuya sacrificio de la muerte.

¡Oh amor, enemigo de las gentes! Y qué de males han venido por ti al mundo, y más a las mujeres que, como en todo somos las más perdidosas y las más fáciles de engañar, parece que solo contra ellas tienes el poder, o por mejor decir, el enojo.

No sé para qué el cielo me crio hermosa, noble y rica, si todo había de tener tan poco valor contra la desdicha, sin que tantos dotes de naturaleza y fortuna me quitasen la mala estrella en que nací.

O, ya que lo soy, ¿para qué me guarda la vida? Pues tenerla un desdichado más es agravio que ventura. ¿A quién contaré mis penas que me las remedie? ¿Quién oirá mis quejas que se enternezca? ¿Y quién verá mis lágrimas que me las enjugue?

Nadie, por cierto, pues mi padre y hermanos por no oírlas me han desamparado, y hasta el cielo, consuelo de los afligidos, se hace sordo por no dármele.

¡Ay don Diego! ¿y quién lo pensara? Mas sí debiera pensar, si mirara que eres hombre, cuyos engaños quitan el poder a los mismos demonios y hacen ellos lo que los ministros de maldades dejan de hacer.

¿Dónde se hallará un hombre verdadero? ¿En cuál dura la voluntad un día? Y más si se ven queridos. Mal haya la mujer que en ellos cree, pues al cabo hallará el pago de su amor, como yo le hallo.

¿Quién es la necia que desea casarse, viendo tantos y tan lastimosos ejemplos? ¿Cómo es mi ánimo tan poco, mi valor tan afeminado y mi cobardía tanta que no quito la vida, no solo a la enemiga de mi sosiego, sino al ingrato que me trata con tanto rigor?

¡Mas, ay, que tengo amor! Y en lo uno temo perderle y en lo otro enojarle: ¿por qué, vanos legisladores del mundo, atáis nuestras manos para las venganzas, imposibilitando nuestras fuerzas con vuestras falsas opiniones, pues nos negáis letras y armas? ¿Nuestra alma no es la misma que la de los hombres? Pues si ella es la que da valor al cuerpo, ¿quién obliga a los nuestros a tanta cobardía?

Yo aseguro que si entendierais que también había en nosotras valor y fortaleza, no os burlaríais como os burláis; y así, por tenernos sujetas desde que nacemos, vais enflaqueciendo nuestras fuerzas con los temores de la honra, y el entendimiento con el recato de la vergüenza; dándonos por espadas ruecas, y por libros almohadillas.

¡Mas triste de mí! ¿De qué sirven estos pensamientos, pues ya no sirven para remediar cosas tan sin remedio? Lo que ahora importa es pensar cómo daré a esta mujer lo que pide.

Diciendo esto, se ponía a pensar qué haría, y luego volvía de nuevo a sus quejas.

Quien oyera las que está dando Laura, dirá que la fuerza del amor está en su punto, mas aún faltaba otro extremo mayor, y fue que viendo cerrar la noche, y viendo ser la más oscura y tenebrosa que en todo aquel invierno había hecho (respondiendo a su pretensión su opinión), sin mirar a lo que se ponía y lo que aventuraba si don Diego venía y la hallaba fuera, diciendo a sus criadas que si venía le dijesen que estaba en casa de alguna de las muchas señoras que había en Nápoles, poniéndose un manto de una de ellas, con una pequeña linternilla se puso en la calle y fue a buscar lo que ella pensaba había de ser su remedio.

Hay en Nápoles, como una milla apartada de la ciudad, camino de Nuestra Señora del Arca, imagen muy devota de aquel reino, y el mismo por donde se va a Piedrablanca, como un tiro de piedra del camino real, a un lado de él, un humilladero de cincuenta pies de largo y otros tantos de ancho: la puerta del cual está hacia el camino, y en frente de ella un altar con una imagen pintada en la misma pared.

Tiene el humilladero estado y medio de alto, el suelo es una fosa de más de cuatro en hondura que coge toda la dicha capilla, y solo queda alrededor un poyo de media vara de ancho por el cual se anda todo el humilladero. A estado de hombre, y menos, hay puestos por las paredes unos garfios de hierro en los cuales cuelgan a los que ahorcan en la plaza; y como los tales se van deshaciendo, caen los huesos en aquel hoyo que, como está sagrado, les sirve de sepultura.

Pues a esta parte tan espantosa guio sus pasos Laura, donde a la sazón había seis hombres que por salteadores habían ajusticiado pocos días hacía: la cual, llegando a él con ánimo increíble (que se lo daba amor), tan olvidada del peligro cuanto acordada de sus fortunas, pues podía temer si no a la gente con quien iba a negociar a lo menos caer dentro de aquella profundidad, donde si tal fuera jamás se supiera de ella.

Ya he contado como el padre y hermanos de Laura, por no verla maltratar y ponerse en ocasión de perderse con su cuñado, se habían retirado a Piedrablanca, donde vivían (si no olvidados de ella, a lo menos desviados de verla).

Estando don Carlos acostado en su cama al tiempo que llegó Laura al humilladero, despertó con riguroso y cruel sobresalto, dando tales voces que parecía se le acababa la vida.

Alborotose la casa, vino su padre, acudieron sus criados; todos confusos y turbados, y solemnizando su dolor con lágrimas le preguntaban la causa de su mal, la cual estaba escondida aun al mismo que la sentía.

El cual, vuelto más en sí, levantándose de la cama y diciendo: «En algún peligro está mi hermana», se comenzó a vestir a toda diligencia, dando orden a un criado para que luego al punto le ensillase un caballo, el cual apercibido saltó en él, y sin querer aguardar que le acompañase algún criado, a todo correr de él partió la vía de Nápoles con tanta prisa que a la una se halló en frente del humilladero, donde paró el caballo de la misma suerte que si fuera de piedra.

Procuraba don Carlos pasar adelante, mas era porfiar en la misma porfía; porque atrás ni adelante era posible volver, antes, como arrimándole la espuela quería que caminase, el caballo daba unos bufidos espantosos.

Viendo don Carlos tal cosa, y acordándose del humilladero, volvió a mirarle, y como vio luz que salía de la linterna que su hermana tenía, pensó que alguna hechicería le detenía, y deseando saberlo de cierto, probó si el caballo quería caminar hacia allá, y apenas hizo la acción cuando el caballo, sin apremio alguno, hizo la voluntad de su dueño; y llegando a la puerta con su espada en la mano, dijo:

—Quienquiera que sea quien está ahí dentro, salga luego fuera, que si no lo hace, por vida del rey que no me he de ir de aquí hasta que con la luz del día vea quién es y qué hace en tal lugar.

Laura, que en la voz conoció a su hermano, pensando que se iría y mudando cuanto pudo la suya, le respondió:

—Yo soy una pobre mujer, que por cierto caso estoy en este lugar; y pues no os importa saber quién soy, por amor de Dios que os vayáis: y creed que si porfiáis en aguardar, me arrojaré luego al punto en esa sepultura, aunque piense perder la vida y el alma.

No disimuló Laura tanto la habla que su hermano, que no la tenía tan olvidada como ella pensó, dando una gran voz, acompañada con un suspiro, dijo:

—¡Ay hermana, grande mal hay, pues tú estás aquí; sal fuera, que no en vano me decía mi corazón este suceso!

Pues viendo Laura que ya su hermano la había conocido, con el mayor tiento que pudo, por no caer en la fosa, salió arrimándose a las paredes, y tal vez a los mismos ahorcados, y llegando donde su hermano lleno de mil pesares la aguardaba, y no sin lágrimas, se arrojó en sus brazos, y apartándose a un lado supo de Laura en breves razones la ocasión que había tenido por venir allá, y ella de él la que le había traído a tal tiempo; y el remedio que don Carlos tomó fue ponerla sobre su caballo, y subiendo asimismo él, dar la vuela a Piedrablanca, teniendo por milagrosa su venida; y lo mismo sintió Laura, mirándose arrepentida de lo que había hecho.

Cerca de la mañana llegaron a Piedrablanca, donde sabido de su padre el suceso, haciendo poner un coche, metiéndose en él con sus hijos e hija, se vino a Nápoles, y derecho al palacio del virrey, a cuyos pies arrodillado le dijo que, para contar un caso portentoso que había sucedido, le suplicaba mandase venir allí a don Diego Piñatelo, su yerno, porque importaba a su autoridad y sosiego.

Su excelencia lo hizo así: y como llegase don Diego a la sala del virrey y hallase en ella a su suegro, cuñados y mujer, quedó absorto, y más cuando Laura en su presencia contó al virrey lo que en este caso queda escrito, acabando la plática con decir que ella estaba desengañada de lo que era el mundo y los hombres; y que

155

así no quería más batallar con ellos, porque cuando pensaba lo que había hecho y dónde se había visto, no acababa de admirarse; y que supuesto esto, ella se quería entrar en un monasterio, sagrado poderoso para valerse de las miserias a que las mujeres están sujetas.

Oyendo don Diego esto, y negándole al alma el ser causa de tanto mal, en fin como hombre bien entendido, estimando en aquel punto a Laura más que nunca y temiendo que ejecutase su determinación, no esperando él por sí alcanzar de ella cosa alguna, según estaba agraviada, tomó por medio al virrey, suplicándole pidiese a Laura que volviese con él, prometiendo la enmienda de allí adelante.

Hízolo el virrey, mas Laura, temerosa de lo pasado, no fue posible que lo aceptase, antes, más firme en su propósito, dijo que era cansarse en vano, que ella quería hacer por Dios, que era amante más agradecido, lo que por un ingrato había hecho; con que este mismo día se entró en la Concepción, convento noble, rico y santo.

Don Diego desesperado se fue a su casa, y tomando las joyas y dineros que halló, se partió sin despedirse de nadie de la ciudad, donde a pocos meses se supo que en la guerra que la majestad de Felipe III tenía con el duque de Saboya había acabado la vida.

Con grande admiración oyeron todos la discreta maravilla que la hermosa Nise había referido, y habiéndose sosegado el aplauso y cantado los músicos, comenzó la hermosa Lisis la maravilla que la tocaba en esta forma:

NOVELA SEXTA

EL DESENGAÑADO AMADO, Y PREMIO DE LA VIRTUD

EN LA imperial ciudad de Toledo, silla de reyes, y corona de sus reinos, como lo publica su hermosa fundación, agradable sitio, nobles caballeros y hermosas damas, hubo no ha muchos años un caballero cuyo nombre será don Fernando.

Nació de padres nobles y medianamente ricos, y él por sí tan galán, alentado y valiente que si no desluciera estas gracias de naturaleza con ser mucho más inclinado a travesuras y vicios que a virtudes, pudiera ser adorno, alabanza y grandeza de su patria. Desde su tierna niñez procuraron sus padres criarle e instruirle con las costumbres que requieren los ilustres nacimientos para que lleven adelante la nobleza que heredaron de sus pasados; mas estos virtuosos estilos eran tan pesados para don Fernando, como quien en todo seguía su traviesa inclinación, sin vencerse en nada; y más que al mejor tiempo le faltó su padre, con que don Fernando tuvo lugar de dar más rienda a sus vicios.

Gastó en esto alguna parte de su patrimonio, falta que se veía mucho, como no era de los más abundantes de su tierra. En medio de estos vicios y distraimiento de nuestro caballero, le sujetó amor a la hermosura, donaire y discreción de una dama que vivía en Toledo medianamente rica y sin comparación hermosa, cuyo nombre será doña Juana. Sus padres, habiendo pasado de esta a mejor vida, la habían dejado encomendada a solo su valor, que en Toledo no tenían deudos, por ser forasteros.

Era doña Juana de veinte años, edad peligrosa para la perdición de una mujer, por estar entonces la bella vanidad y locura aconsejadas con la voluntad, causa por que no escuchando a la razón ni al entendimiento, se dejen cautivar de deseos livianos. Dejábase doña Juana servir y galantear de algunos caballeros mozos, pareciéndole tener por esta parte más seguro su casamiento.

De esta dama se aficionó don Fernando con grandes veras; solicitole la voluntad con papeles, músicas y presentes, balas que asestan luego los hombres para rendir las flacas fuerzas de las mujeres.

Miraba bien doña Juana a don Fernando y no le pesaba verse querida de un caballero tan galán y tan noble, pareciéndole que si le pudiese obligar a ser su marido, sería felicísimamente venturosa, puesto que no ignoraba sus travesuras, y decía, como dicen algunas (dicen mal), que eran cosas de mozos; porque el que no tiene asiento a los principios poco queda que aguardar a los fines.

Era don Fernando astuto y conocía que no se había de rendir doña Juana menos que casándose, y así daba muestras de desearlo, diciéndolo a quien le parecía que se lo diría, en particular a las criadas, las veces que hallaba ocasión de hablarlas.

La dama era asimismo cuerda, y para amartelarle más se hacía de temer, obligándole con desdenes a enamorarse más, pareciéndole que no hay tal cebo para la voluntad como las asperezas, las cuales sentía don Fernando sobre manera, o porque si al principio empezó de burlas ya la quería de veras, o por haber puesto la mira en rendirla; y le debía de parecer que perdía de su punto si no vencía su desdén, y más conociendo de su talle ser poderoso para rendir cualquiera belleza.

Una noche del verano con otros amigos le trajo amor, como otras, a su calle, les pidió que cantasen, y obedeciendo los músicos cantaron:

De dos premios que ha querido
Dar amor a un desdichado,
Mayor que ser olvidado
Es el ser aborrecido;
Que el que olvida, aquel olvido
En amor puede volver;
Mas quien llega a aborrecer,
Cuando se venga a acordar,
Será para maltratar,
Que no para bien querer.
El olvido es privación
De la memoria importuna,
Consiste en mala fortuna;
Pero no es mala intención:
Mas quien ciego de pasión,
Contra la ley natural,
Aborrece en caso igual,
Más que olvido es el desdén,
Pues sobre no querer bien,
Está deseando mal.
Y si en fin aborrecer
Es agraviar, bien se infiere,
Que el que ingrato aborreciere,
Está cerca de ofender:
Y si hay quien quiera querer
Ser antes aborrecido,
Tome por suyo el partido;
Que si me han de maltratar,
Por no verme despreciar
Quiero anegarme en olvido.

No cantó don Fernando con tan poco acierto estas décimas, si bien dichas sin propósito, pues hasta entonces no podía juzgar de la voluntad de su dama si se inclinaba a quererle, si a aborrecerle, que no hallasen lugar en su pecho sus gracias, que a caer sobre menos travesuras lucieran mucho. Mas ya determinada a favorecerle, se dejó ver, que hasta entonces había oído la música encubierta, y dio a entender con palabras que había estimado sus versos, asistiendo al balcón mientras se cantaron.

Y con el favor que doña Juana hizo a don Fernando aquella noche, se partió el más contento que imaginar se puede, pareciéndole que para ser el primero no había negociado mal respecto del desdén con que siempre le había tratado; y continuando sus paseos y perseverando en su amor, acrecentando los regalos, vino a granjear de suerte la voluntad de la dama que ya era la enamorada y perdida, y don Fernando el que se dejaba amar y servir (condición de hombre amado y ventura de mujer rendida), porque aunque don Fernando quería bien a doña Juana, no de suerte que se rematase ni dejase por su amistad las demás ocasiones.

Venció don Fernando y rindiose doña Juana, y no es maravilla, pues se vio obligar con la palabra que le dio de ser su esposo, oro con que los hombres disimulan la píldora amarga de sus engaños.

Vivía la madre de don Fernando, y este fue el inconveniente que puso para no casarse luego, diciendo que temía disgustarla y que por no acabarla del todo a fuerza de disgustos era necesario disimular hasta mejor ocasión.

Creyole doña Juana y de esta suerte sufría con gusto las excusas que le daba, pareciéndole que ya lo más estaba granjeado, que era la voluntad de don Fernando, con la cual se aseguraba de cuantos temores se le ofrecían mientras la fortuna se inclinaba a favorecerla, o porque ya no podía vivir sin su amante, que era lo más cierto.

En esta amistad pasaron seis meses, dándola don Fernando cuanto había menester y sustentándole la casa como pudiera la de su misma mujer, porque con tal intento era admitido.

En este tiempo que doña Juana amaba tan rendida, y don Fernando amaba como poseedor, y ya la posesión le daba enfado, sucedió que una amiga de doña Juana, mujer de más de cuarenta y ocho años, si bien muy agraciada y gallarda y que aún no tenía perdida la belleza que en la mocedad había alcanzado, animándolo todo con grandísima cantidad de hacienda que tenía y había granjeado en Roma, Italia y otras tierras que había corrido, siendo calificada en todas ellas por grandísima hechicera, aunque esta habilidad no era conocida de todos, porque jamás la ejercitaba en favor de nadie sino en el suyo, por cuya causa también doña Juana la ignoraba, si bien por las semejanzas no tenía entera satisfacción

159

de Lucrecia, que ese era el nombre de esta buena señora, porque era natural de Roma, mas tan ladina y españolizada como si fuera nacida y criada en Castilla.

Esta pues, como era muy familiar en casa de doña Juana, con quien se daba por amiga, se enamoró de don Fernando, tanto como puede considerar quien sabe lo que es voluntad favorecida del trato, pues no era este el primer lance que en este particular Lucrecia había tenido.

Procuró que su amante supiese su amor, continuando las visitas a doña Juana y el mirar tierno a don Fernando, del cual no era entendida, porque le parecía que ya Lucrecia no estaba en edad para tratar de galantería ni amores.

Ella, que ya amaba a rienda suelta, viendo el poco cuidado de don Fernando y el mucho de doña Juana, que sin sospecha de su traición era estorbo de su deseo, porque como amaba no se apartaba de la causa de su amor, se determinó la astuta Lucrecia a escribir un papel, del cual prevenida hasta hallar ocasión, aguardó tiempo, lugar y ventura, que hallándole, se le dio, el cual decía así:

«Disparate fuera el mío, señor don Fernando, si pretendiera apartaros del amor de doña Juana, entendiendo que no había de ser vuestra mujer; mas viendo en vuestras acciones y en los entretenimientos que traéis que no se extiende vuestra voluntad más que a gozar de su hermosura, he determinado descubriros mi afición: yo os amo desde el día que os vi, que un amor tan determinado como el mío no es menester decirle por rodeos; hacienda tengo con que regalaros; de esta y de mí seréis dueño: con que os digo cuanto sé y quiero.

LUCRECIA.»

Leyó don Fernando el papel, y como era vario de condición, aceptó el partido que le hacía acudiendo desde el mismo día a su casa, no dejando por esto de ir a la de doña Juana, disfrazando sus visitas para con Lucrecia, que le quisiera quitar de todo punto de ellas con sus obligaciones.

Doña Juana, que por las faltas que hacía su amante y haber visto en Lucrecia acciones de serlo, y también en verla retirada de su casa, sospechando lo mismo que era, dio en seguirle y escudriñar la causa: a pocos lances descubrió toda la celada y supo con la frecuencia que Lucrecia le daba hacienda para que gastase y destruyese: tuvo sobre esto la dama con su ingrato dueño muchos disgustos, mas todos sirvieron de hacerse más pesada, más enfadosa y menos querida; porque don Fernando no dejaba de hacer su gusto ni la pobre señora de atormentarse, la cual viendo que no servían los enojos más que de perderle, tomó por partido el disimular hasta ver si conseguía su amor el fin que deseaba, que no vivía sin don Fernando, cuya tibieza le traía sin juicio.

Lucrecia se valía de más eficaces remedios, porque acontecía estar el pobre caballero en casa de doña Juana, y sacarle de ella, ya vestido, ya desnudo, como lo hallaba el engaño de sus hechizos.

Viendo en fin doña Juana cuán de caída iban sus cosas, quiso hacerle guerra con las mismas armas, pues las de su hermosura ya podían tan poco: y andando inquiriendo quién le ayudaría en esta ocasión, no faltó una amiga que le dio noticia de un estudiante que residía en la famosa villa de Alcalá, tan ladino en esta facultad que solo en oírle se prometió dichoso fin.

Y para que los terceros no dilatasen su suerte, quiso ser ella la mensajera de sí misma; para lo cual (fingiendo haber hecho una promesa), alcanzada la licencia de don Fernando, que no le fue muy dificultoso alcanzar, para hacer una novena al glorioso san Diego en su santo sepulcro, se metió en un coche y fue a buscar lo que le pareció que sería su remedio, con cartas de la persona que le dio nuevas del estudiante; del cual, como llegó a Alcalá y a su casa, fue recibida con mucho agrado, porque con las cartas le puso en las manos veinte escudos.

Contole sus penas la afligida señora, pidiéndole su remedio: a lo cual respondió el estudiante que, cuanto a lo primero, era menester saber si se casaría con ella, y que después entraría el apremiarle a que lo hiciese; y para esto le dio dos sortijas de unas piedras verdes y la dijo que se volviese a Toledo, y que aquellos anillos los llevase guardados y que no los pusiese hasta que don Fernando la fuese a ver, y en viéndole entrar los pusiese en los dedos, las piedras a las palmas, y tomándole las suyas le tratase de su casamiento; y que advirtiese en la respuesta que le daba, que él sería con ella dentro de ocho días y le diría lo que había de hacer en esto; mas que le advertía que se quitase luego los anillos y los guardase como los ojos, porque los estimaba en más que un millón.

Con esto, dejándole memoria de su casa y nombre, para que no errase cuando la fuese a buscar, la más contenta del mundo se volvió a Toledo.

Así como llegó avisó a don Fernando de su venida, el cual recibió esta nueva con más muestras de pesar que gusto, si bien el estar cargado de obligaciones le obligó a disimular su tibieza, y así fue luego a verla por no darle ocasión para que tuviese quejas.

Pues viendo doña Juana lo que le ofrecía su fortuna, y poniéndose luego sus anillos, conforme a la orden que tenía, tomó las manos a don Fernando y entre millares de caricias le empezó a decir que cuándo había de ser el día en que pudiese ella gozarle en servicio de Dios. A esto respondió don Fernando que si pensara no dar disgusto a su madre aquella misma noche la hiciera suya; mas que el tiempo haría lo que le parecía que estaba tan imposible.

Con esta respuesta, y quedarse allí aquella noche, le pareció a doña Juana que ya estaba la fortuna de su parte y que don Fernando era ya su marido: quitose sus sortijas y dióselas a la criada que las guardase. La fregona, que las vio tan lindas y lucidas, púsoselas en las manos, sacó agua del pozo, fregó y otro día las llevó al río, dando pavonada con estas, no solo este mas todos los otros que faltaban hasta venir el estudiante, quitándolas solo para ir delante de su señora porque no las viera.

Al cabo de este tiempo vino el estudiante a Toledo y fue bien recibido de doña Juana, la cual, después de haberle regalado, le volvió sus sortijas y le dijo lo que don Fernando había respondido. El estudiante, agradecido a todo, se partió otro día, dejándole dicho que él miraría con atención su negocio y la avisaría qué fin había de tener.

Mas apenas salió el miserable una legua de Toledo cuando los demonios que estaban en las sortijas se le pusieron delante y derribándole de la mula le maltrataron, dándole muchos golpes, tantos, que poco le faltaba para rendir la vida. Decíanle en medio de la fuga:

—Bellaco, traidor, que nos entregaste a una mujer que nos puso en poder de su criada, que no ha dejado río ni plaza donde no nos ha traído, sacando agua, fregando con nosotros: de todo esto eres tú el que tienes la culpa, y así serás el que lo has de pagar. ¿Qué respuesta piensas darle? ¿Piensas que se ha de casar con ella? No por cierto, porque juntos como están acá están ardiendo en los infiernos, y de esa suerte acabarán sin que ni tú ni ella cumpláis vuestro deseo.

Y diciendo esto le dejaron ya por muerto hasta otro día por la mañana que unos panaderos que venían a Toledo le hallaron ya casi espirando, y movidos de compasión le pusieron en una mula y le trajeron a la ciudad, y pusieron en la plaza para ver si lo conocía alguna persona, porque el pobre no estaba para decir quién era ni dónde lo habían de llevar.

Acertó en este tiempo a ir la criada de doña Juana a comprar de comer y al punto le conoció, con cuyas nuevas fue luego a su señora, que en oyéndolo tomó su manto y se fue a la plaza, y como le conoció, le mandó llevar a su casa para hacerle algunos remedios.

Hízolo así, y acostándole en su cama y llamando los médicos, le hicieron tal cura que mediante ella fue Dios servido que volviese en sí. El cual, en el tiempo que duró su mal, contó a doña Juana la causa de él y la respuesta que los demonios le habían dado de su negocio.

Causó en la dama tal temor el decirle que estaba en el infierno como en el mundo que bastó para irla desapasionando de su amor, y desapasionada miró su peligro y así procuró remediarle, tomando otro camino diferente del que hasta allí había llevado.

Sanó el estudiante de su enfermedad, y antes de partirse a su tierra le pidió doña Juana que, pues su saber era tanto, que le ayudase a su remedio. A lo cual el mozo agradecido le prometió hacer cuanto en su mano fuese.

Es pues el caso que al tiempo que don Fernando se enamoró de ella, la servía y galanteaba un caballero genovés, hijo de un hombre muy rico que asistió en la corte, que con sus tratos y correspondencias en toda Italia había alcanzado con grandes riquezas el título de caballero para sus hijos. Era segundo, y su padre tenía otro mayor y dos hijas, la una casada en Toledo y la otra monja.

Pues este mancebo, cuyo nombre era Octavio, que por gozar de la vista de doña Juana lo más del tiempo asistía en la ciudad con sus hermanas, y su padre lo tenía por bien, respecto del gusto que ellas tenían con su vista; como a los principios, por no haber entrado don Fernando en la pretensión, se había visto más favorecido; y después que doña Juana cautivó su voluntad, le empezase a dar de mano, y Octavio supiese que él era la causa de no mirarle bien su dama, determinó de quitarle de en medio; y así, una noche que don Fernando con otros amigos estaba en la calle de doña Juana, salió a ellos con otros que le ayudaron y tuvieron unas crueles cuchilladas, de las cuales salieron de una y otra parte algunos heridos.

Octavio desafió a don Fernando, el cual ya en este tiempo gozaba a doña Juana con palabra de esposo: pues como la dama supo el desafío, temerosa de perder a don Fernando, escribió un papel a Octavio diciéndole que el mayor extremo de amor que podía hacer con ella era guardar la vida de su esposo más que la suya misma, porque hiciese cuenta que la suya no se sustentaba sino con ella, y otras razones tan discretas y sentidas, de que el enamorado Octavio recibió tanta pasión que le costó muchos días de enfermedad.

Y para guardar más enteramente el gusto y orden de doña Juana, después de responder a su papel mil ternezas y lástimas, le dio también palabra de guardarle, como vería por la obra, y esta misma tarde, vestido de camino, dijo a doña Juana viéndola en un balcón, casi con lágrimas en los ojos:

—Ingrata mía, basilisco hermoso de mi vida, adiós para siempre.

Y dejando con esto a Toledo se fue a Génova, donde estuvo algunos días, y de allí se pasó a servir al rey en el reino de Nápoles.

Pues como doña Juana, dando crédito a lo que el estudiante le decía y pareciéndole que si Octavio volviera a España sería el que le estaría más a propósito para ser su marido, así, dando cuenta al estudiante de esto, le pidió, obligándole con las dádivas, a que le hiciese venir con sus conjuros y enredos.

El estudiante, escarmentado de la pasada burla, la respondió que él no había de hacer en eso más de decirle lo que había de hacer para que consiguiese su deseo, y que dentro de un mes volvería a Toledo y que conforme le sucediese, le pagaría.

Diole con esto un papel y ordenole que todas las noches se encerrase en su aposento e hiciese lo que decía; con esto se volvió a Alcalá, dejando a la dama instruida en lo que había de hacer, la cual, por no perder tiempo, desde esta misma noche empezó a ejercer su obra.

Tres serían pasadas, cuando (o que las palabras del papel tuviesen la fuerza que el estudiante había dicho, o que Dios, que es lo más cierto, quiso con esta ocasión ganar para sí a doña Juana) estando haciendo su conjuro con la mayor fuerza que sus deseos la obligaban, sintiendo ruido en la puerta, puso los ojos en la parte donde sonó el rumor y vio entrar por ella cargado de cadenas y cercado de llamas de fuego a Octavio, el cual la dijo con espantosa voz:

—¿Qué me quieres, doña Juana? ¿No basta haber sido mi tormento en vida, sino en muerte? Cánsate ya de la mala vida en que estás, teme a Dios y la cuenta que has de dar de tus pecados y distraimientos, y déjame a mí que estoy en las mayores penas que puede pensar una miserable alma que aguarda en tan grandes dolores la misericordia de Dios; porque quiero que sepas que, dentro de un año que salí de esta ciudad, fue mi muerte saliendo de una casa de juego, y quiso Dios que no fuese eterna. Y no pienses que he venido a decirte esto por la fuerza de tus conjuros, sino por particular providencia y voluntad de Dios que me mandó que viniese a avisarte que si no miras por ti, ¡ay de tu alma!

Diciendo esto, volvió a sus gemidos y quejas, arrastrando sus cadenas, y se salió de la sala, dejando a doña Juana llena de temor y penas, no de haber visto a Octavio sino de haberle oído tales razones, teniéndolas por avisos del cielo, pareciéndole que no estaba lejos su muerte, pues tales cosas le sucedían.

Considerando pues esto, y dando voces a sus criadas, se dejó caer en el suelo, vencida de un cruel desmayo; entraron a los gritos, no solo las criadas mas las vecinas, y aplicándole algunos remedios tornó en sí para de nuevo volver a su desmayo, porque apenas se le quitaba uno cuando le volvía otro, y de esta suerte, ya sin juicio, ya con él, pasó la noche sin atreverse las que estaban con ella a dejarla.

Vino en estas confusiones el día sin que doña Juana tuviese más alivio, aunque a pura fuerza la habían desnudado y metido en la cama; y como era de día, vino don Fernando tan admirado de su mal cuanto lastimado de él; y sentándose sobre su cama, le preguntó la causa y asimismo qué era lo que sentía.

À lo cual la hermosa doña Juana (siendo mares de llanto sus ojos) le contó cuanto le había sucedido, así con el estudiante como con Octavio, sin que faltase un punto en nada, dando fin a su plática con estas razones:

—Yo, señor don Fernando, no tengo más de una alma, y esa perdida, no sé qué me queda más que perder: los avisos del cielo ya pasan de uno, no será razón aguardar a cuando no haya remedio: yo conozco de vuestras tibiezas, no solo que no os casaréis conmigo, mas que la palabra que me disteis no fue más de por traerme a vuestra voluntad; dos años ha que me entretenéis con ella sin que haya más novedad mañana que hoy: yo estoy determinada de acabar mi vida en religión, que según los preludios que tengo no durará mucho, y no penséis que por estar defraudada de ser vuestra mujer escojo este estado, que os doy mi palabra que aunque con gusto vuestro y de vuestra madre quisiérades que lo fuera, no aceptara tal, porque desde el punto que Octavio me dijo que mirase por mi alma, propuse de ser esposa de Dios y no vuestra; así lo he prometido, y lo que solo quiero de vos es que, atento a las obligaciones que me tenéis, supuesto que mi hacienda es tan corta que no bastará a darme el dote y lo demás que es necesario, me ayudéis con lo que faltare y negociéis mi entrada en la Concepción, que este sagrado elijo para librarme de los trabajos de este mundo.

Calló doña Juana, dejando a los oyentes admirados y a don Fernando tan contento que diera la misma vida en albricias (tal le tenían los embustes de Lucrecia), y abrazando a doña Juana y alabando su intento, y prometiendo hacer en eso mil finezas, se partió a dar orden en su entrada en el convento, la cual se concertó en mil ducados, que los dio don Fernando con mucha liberalidad, con los demás gastos de ajuar y propinas; porque otros mil que hizo doña Juana de su hacienda los puso en renta para sus niñerías, y pagando a sus criadas y dándoles sus vestidos y camisas que repartió con ellas junto con las demás cosas de la casa, antes de ocho días se halló con el hábito de religiosa, la más contenta que en su vida estuvo, pareciéndole que había hallado refugio adonde salvarse, y que escapando del infierno se hallaba en el cielo.

Libre ya don Fernando de esta carga, acudió a casa de Lucrecia con más puntualidad, y ella, viéndole tan suyo y que ya estaba libre de doña Juana, no apretaba tanto la fuerza de sus embustes, pareciéndole que bastaba lo hecho para tenerle asido con su amistad, con lo cual don Fernando tuvo lugar de acudir a las casas de juego, donde jugaba y gastaba largo.

De esta suerte se halló en poco tiempo con muchos ducados de deuda, pareciéndole que con la muerte de su madre se remediaría todo, creyendo que según su edad no duraría mucho. La cual, sabiendo que ya estaba libre de doña Juana, cuyos sucesos no se le encubrían, trató de casarle, creyendo que esto sería parte para sosegarle.

Con el parecer de don Fernando, que, como he dicho, no estaba tan apretado de los hechizos de Lucrecia, viendo que ya no tenía a quién temer, puso la mira en una dama de las hermosas que en aquella sazón se hallaban en Toledo, cuyas virtudes corrían parejas con su entendimiento y belleza.

Esta señora, cuyo nombre es doña Clara, era hija de un mercader que con su trato calificaba su riqueza, por llegar con él no solo a toda España sino pasar a Italia y a las Indias. No tenía más hijos que a doña Clara, y para ella, según decían, gran cantidad de dinero, si bien en eso había más engaño que verdad, porque el tal mercader se había perdido, aunque para casar su hija conforme su merecimiento disimulaba su pérdida.

En esta señora, como digo, puso la madre de don Fernando los ojos, y en ella los tenía asimismo puestos un hijo de un título, y no menos que el heredero y mayorazgo, no con intento de casarse sino perdido por su belleza, y ella le favorecía, que ni en Toledo alcanzaba fama de liviana ni tampoco la tenía de cruel. Dejábase pasear y dar músicas, estimar y engrandecer su belleza, mas jamás dio lugar a otro atrevimiento, aunque el marqués (que por este título nos entenderemos) facilitara en más su virtud que su riqueza.

Puso en fin la madre de don Fernando terceros nobles y muy cuerdos para el casamiento de su hijo, y fue tal su suerte que no tuvo mucha dificultad en alcanzarlo del padre de la dama; y ella, como no estimaba al marqués en nada, por conocer su intento, dio luego el sí, con que hechos los conciertos, precediendo las necesarias diligencias, se desposó con don Fernando, dándole luego el padre de presente seis mil ducados en dinero, porque lo demás dijo estar empleado: y que pues no tenía más hijos que a doña Clara, cosa forzosa era ser todo para ella. Contentose don Fernando, por tapar con este dinero sus trampas y trapazas, entrando en poder del lobo la cordera, que así lo podemos decir.

Dentro de un mes de casada doña Clara, vio su padre que era imposible cumplir la promesa que le había hecho a su hija, y juntando lo más que pudo después de los seis mil ducados que dio, se ausentó de Toledo y se fue a Sevilla donde se embarcó para las Indias, dejando por esta causa metida a su hija en dos mil millares de disgustos; porque como don Fernando se había casado con ella por solo el interés y los seis mil ducados se habían ido en galas y cosas de casa, y pagar las deudas en que sus vicios le habían puesto, a dos días sin dinero salió a plaza su poco amor, y fue trocando el que había mostrado, que era poco, en desabrimiento y odio declarado, pagando la pobre señora el engaño de su padre; si bien la madre de don Fernando, viendo su inocencia y virtud, volvía por ella y le servía de escudo.

Supo Lucrecia el casamiento de don Fernando a tiempo que no lo pudo estorbar, y por estar ya hecho y por vengarse, usando de sus endiabladas artes, dio con él en la cama, atormentándole de manera que siempre le hacía estar en un ay, sin que en más de seis meses que le duró la enfermedad se pudiese entender de dónde le procedía ni le sirviesen los continuos remedios que se hacían.

Hasta que, viendo esta Circe que el tenerle así más servía de perderle que de vengarse, dejó de atormentarle, con lo que don Fernando empezó a mejorar: mas mudando la traidora de intento, encaminó sus cosas a que aborreciese a su mujer, y fue de suerte que, estando ya bueno, tornó a su acostumbrada vida, pasando lo más del tiempo con Lucrecia.

El marqués, desesperado de ver a doña Clara casada, también había pagado con su salud su pena, y ya mejor de sus males, aunque no de su amor, tornó de nuevo a servir y solicitar a doña Clara, y ella a negarle de suerte sus favores que ni aun verla era posible, con cuyos desdenes se aumentaba más su fuego.

En este tiempo murió la madre de don Fernando, perdiendo en ella doña Clara su escudo y defensa y don Fernando el freno que tenía para tratarla tan ásperamente como de allí adelante hizo, porque se pasaban los días y las noches sin ir a su casa, ni aun a verla, lo cual sentía la pobre señora con tanto extremo que no había consuelo para ella, y más cuando supo la causa que traía a su marido sin juicio.

No ignoraba el marqués lo que doña Clara pasaba, mas era tanta su virtud y recogimiento que jamás podía alcanzar de ella ni que recibiese un papel ni una joya, con ser su necesidad bien grande; porque las deudas de don Fernando, los juegos y el poco acudir a granjear su hacienda, la fue acabando de suerte que no había quedado nada, tanto que ya se atrevía a sus joyas y vestidos, sustentando dos niñas, que en el discurso de cuatro años que había que estaba casada tenía, y una criada con el trabajo de sus manos, porque don Fernando no acudía a nada: y con todo no pudieron alcanzar de ella sus amigas ni su criada que recibiese algunos regalos que el marqués le enviaba con ellas; antes a cuanto acerca de esto le decían daba por respuesta que la mujer que recibía cerca estaba de pagar.

Pasando todo este tiempo, la justicia, de oficio, como era público el amancebamiento de don Fernando y Lucrecia, dio en buscarle, siguiéndole a él los pasos. No faltó quien dio de esto aviso a Lucrecia, la cual no tuvo otro remedio sino poner tierra en medio; y tomando su hacienda, acompañada de su don Fernando, que ya había perdido de todo punto la memoria de su mujer e hijas, se fue a Sevilla, adonde vivían juntos, haciendo vida como si fueran marido y mujer.

Sintió doña Clara este trabajo como era razón, tanto que fue milagro no perder la vida si no la guardara Dios para mayores extremos de virtud, la cual estuvo sin saber de su marido más de año y medio, pasando tantas necesidades que llegó a no tener criada, sino puesta en traje humilde, además de trabajar de día y de noche para sustentarse a sí y sus dos niñas, se vio obligada a ir ella misma a llevar y traer la labor a una tienda.

Sucedió en este tiempo hallarse velando una noche para acabar un poco de labor que se había de llevar a la mañana, y forzada del amor, del dolor, de la tristeza y soledad, o lo más cierto, por no dejarse vencer del sueño, cantó así:

> Fugitivo pajarillo
>   Que por el aire te vas,
> Inconstante a mis finezas,
>   Ingrato a mi voluntad:
> Si estuvieras por la tuya
>   Prendado, no hay que dudar,
> Que una prisión tan suave
>   Pudiera cansar jamás.
> Nunca presumí ignorancias,
>   Porque de saber amar,
>   Supe conocer tu amor,
>   Agradecido no más.
> Jamás se engaña quien ama,
>   Aunque se deja engañar,
> Que amor también en su corte
>   Razones de estado da.
> ¿Qué puede hacer el que adora,
>   Aunque sepa que le dan
>   Disimulado el veneno,
>   Sino beber y callar?
> Dejé engañar mis temores,
>   Aunque conocí mi mal;
>   Pero como tú fingías,
>   Te cansaste de engañar.
> Tan remontado te miro,
>   Tan tibio y tan desleal,
> Que aunque el reclamo te llama,
>   No lo quieres escuchar.
> Escucha, pájaro libre,
>   Las ternezas con que está
>   Llamándote en tono triste,

Oye las voces que da.
Pajarillo lisonjero,
Vuelve, vuelve, ¿dónde vas?
A la jaula de mi pecho,
Ten de mis penas piedad.
Cuando me miras cautivo,
Pretendes tu libertad,
Paga prisión con prisión,
Y así perfecto serás.
En lágrimas de mis ojos,
Que son por tu causa un mar,
Hallarás tierno bebida,
Sin que te pueda faltar.
Mi corazón por comida,
Por cárcel mi libertad,
Y por lazos estos brazos,
Que ya aguardando te están.
Huyes sin oír mis quejas,
Plega a Dios que donde vas,
Como me tratas te traten,
Sin que te quieran jamás.
Que yo llorando mi engaño
La vida pienso acabar,
Sintiendo en tus sinrazones,
Mi muerte y tu libertad.
Esto dijo a un pajarillo,
Que de su prisión se va,
Un pecho de amor herido,
Una firmeza leal.
Y al fin de sus tristes quejas,
Instrumento sin templar,
Cantó a su pájaro libre,
Que fugitivo se va:
Pájaro libre, tú te perderás,
Que el regalo que dejas no le hallarás.

Era baja la sala en que estaba doña Clara y correspondía una reja a la calle, a la cual estaba escuchando don Sancho, que este es el nombre del marqués su amante: pues como oyese las quejas, y en un corazón que ama es aumentar su pena oír la pena de otros, tan enternecido como amante, porque le tocaban en el alma los pesares de doña Clara, llamó a la reja, a cuyo ruido la dama alterada preguntó quién era.

—Yo soy, hermosa Clara —dijo don Sancho—, yo soy, escúchame una palabra: ¿quién quieres que sea, o quién te parece que podía ser sino el que te adora, y estimando tus desdenes por regalados favores, anima con esperanzas su vida?

—No sé de qué las podéis tener, señor don Sancho —dijo doña Clara—, ni quién os las da, pues después que me casé no he dado lugar ni a vuestros deseos ni a quién los ha solicitado, para que vivan animados; y si os fiais en la cortesía con que antes de tener marido me dejé servir de vos, advertid que aquella fue galantería de doncella, que sin ofensa de su honor pudo, ya que no amar, dejarse amar. Yo tengo dueño; justo o injusto, el cielo me lo dio; mientras no me lo quitare le he de guardar la fe que prometí; supuesto esto, si me queréis, la mayor prueba que haré de este amor será que excuséis lo que la vecindad puede decir de un hombre poderoso y galán como vos, pasear las puertas de una mujer moza y sin marido, y mas no ignorando la ciudad mi necesidad, pues creerán que habéis comprado con ella mi honor.

—Esto quiero yo remediar, hermosa Clara —dijo don Sancho—, sin otro interés que el haber sido el remedio de vuestros trabajos. Servíos de recibir mil escudos, y no me hagáis otro favor que yo os doy palabra, como quien soy, de no cansaros más.

—No hay deudas, señor don Sancho —respondió doña Clara—, que mejor se paguen que las de la voluntad, efecto de ella es vuestra largueza; yo ni me tengo de fiar de mí misma ni obligarme a lo que nunca he de poder pagar. Yo tengo marido, él mirará por mí y por sus hijas, y si no lo hiciere, con morir, ni yo puedo hacer más, ni él me puede pedir mayor fineza.

Con esto cerró la ventana, dejando a don Sancho más amante y más perdido, sin que dejase por esto de perseverar en su amor ni ella en su virtud.

Año y medio había pasado desde que don Fernando se ausentó de Toledo sin que se supiese dónde estaba, hasta que viniendo a Toledo unos caballeros que habían ido a Sevilla a ciertos negocios, dijeron a doña Clara cómo le habían visto en aquella ciudad: nuevas de tanta estima para doña Clara que no hay ponderación que lo diga, y desde este punto se determinó de ir a ponérsele delante y ver si le podía obligar a que volviese a su casa.

Y andando buscando dónde dejar sus niñas mientras hacía este camino, doña Juana, que ya profesa y con muy buena renta, la más contenta del mundo, no ignoraba estos sucesos, y dando gracias a Dios porque no había sido ella la desdichada, estaba en su convento haciendo vida de una santa, supo la necesidad de doña Clara, y como buscaba dónde dejar las niñas, que en aquel tiempo tenía la una cuatro años, y la otra cinco, la envió a llamar, y después de decirle quién era, por si no lo sabía, y las mercedes que el cielo la había hecho en traerla a tal estado, lo que le pesaba de sus trabajos y en lo que estimaba la virtud y prudencia con que los llevaba, le dijo como estaba informada que quería ir a Sevilla y que buscaba quién le tuviese sus hijas, que se las trajese, que ella las recibiría por suyas y como a tales, en siendo de edad, las daría el dote para que fuesen religiosas en su compañía, y que creyese que esto no lo hacía por amor que tuviese a su padre sino por lástima que la tenía.

Agradeció doña Clara la merced que le hacía, y por no dilatar más su camino, el poco aparato de casa que le había quedado, como era una cama y otras cosillas, llevó con sus hijas a doña Juana, la cual tenía ya licencia del arzobispo para recibirlas.

Y al tiempo que abrió la portería para que entrasen, apretando entre los brazos a doña Clara con los ojos llenos de lágrimas, la metió en las manos un bolsillo con cuatrocientos reales en plata. Y despidiéndose de ella, esta misma tarde se puso en camino en un carro que iba a Sevilla, dejando a doña Juana muy contenta con sus nuevas hijas.

Llegó doña Clara a Sevilla; y como iba a ciegas, sin saber en qué parte había de hallar a don Fernando, y siendo la ciudad tan grande y teniendo tanta gente, fue de suerte que en tres meses que estuvo en ella no pudo saber nuevas de tal hombre.

En este tiempo se le acabó el dinero que llevaba, porque pagó en Toledo algunas deudas que tenía y no le quedaron sino cien reales. Pues viéndose morir (como dicen) de hambre, ya desahuciada de no hallar remedio, y volver a Toledo era lo mismo, determinó quedarse en Sevilla hasta ver si hallaba a don Fernando: para esto procuró una casa donde servir, y encomendándolo a algunas personas, particularmente en la iglesia, le dijo una señora que ella le daría una donde se hallaría muy bien para acompañar a una señora ya mayor; si bien temía que, por tener el marido mozo y ser ella de tan buena cara, no se habían de concertar. Doña Clara, con una vergüenza honesta, le suplicó le dijese la casa, que probaría suerte.

Diole la señora las señas y un recado para la tal señora que era su amiga; con las cuales doña Clara se fue a la casa, que era junto a la iglesia mayor, y entrando en ella la vio toda muy bien aderezada (señal clara de ser los dueños ricos), y como hallase la puerta abierta, se entró sin llamar hasta la sala del estrado, donde en uno muy rico vio sentada a Lucrecia, la amiga de su marido, que luego la conoció por haberla visto una vez en Toledo, y junto a ella don Fernando, desnudo por ser verano, con una guitarra cantando este romance, que por no impedirle no quiso dar su recado, admirada de lo que veía y más de ver que no la habían conocido:

> Ya por el balcón de oriente,
> El alba muestra sus rizos,
> Vertiendo la copa hermosa

Sobre los campos floridos.
Ya borda las bellas flores
De aljofarado rocío,
De cuya envidia las fuentes
Vierten sus cristales limpios.
Ya llama el querido hermano,
Que está alumbrando a los indios,
Y en la carroza dorada
Siembra claveles y lirios.
Ya retozan por las peñas
Los pequeños corderillos,
A la música divina
Que entonan los pajarillos.
Ya mirándose los cielos
En los bulliciosos ríos,
Vuelven los blancos cristales
De turquesados zafiros.
Ya es el invierno verano,
Y primavera el estío,
Hermosos cielos los valles,
Y los campos paraísos.
Porque su frescura pisan
De Anarda los pies divinos,
Dulce prisión de las almas,
De la vista basilisco.
Siguiendo viene sus pasos
Un gallardo pastorcillo,
Que por ser Narciso en gala,
Será su nombre Narciso.
Por quien Venus olvidada
Ya de su Adonis querido,
Solo por verle bajara
De sus estrados divinos.
Y por quien Salmacis bella,
Tomara por buen partido,
En su amada compañía
Ser eterno hermafrodito.
Engañando los recelos
De un sospechoso marido,
Saltó Anarda de su aldea,
A verse con su Narciso.
Llegando a una clara fuente,
Que adornan sauces y mirtos,
Agradables se reciben,
Amándose agradecidos.
Enternecidos se sientan

Junto aquel árbol divino,
Triunfo del señor de Delo,
Y de su dama castigo.
Y sedientos de favores
En este agradable sitio,
Beben de su aliento el néctar
En conchas de coral fino.
Al campo cerró las puertas
El rapaz de Venus hijo,
Que poner puertas al campo
Solo pudiera Cupido.
Lo demás que sucedió
Vieron los altos alisos,
Haciendo sus hojas ojos,
Y sus cogollos oídos.

Como acabó de cantar don Fernando, Lucrecia preguntó a doña Clara si buscaba alguna cosa; a lo cual respondió que la señora doña Lorenza su amiga la enviaba para que su merced viese si valía algo para el efecto que buscaba de criada.

A esto puso don Fernando los ojos en ella, que ya Lucrecia la había mandado sentar en frente de él, mas aunque hizo esta acción, no la conoció más que si en su vida no la hubiera visto, de lo cual doña Clara estaba admirada y daba entre sí gracias de haber por tal modo hallado lo que tan caro le costaba el buscarlo, sintiendo en el alma el verle tan desacordado y fuera de sí, conociendo como discreta la causa de que procedía tal efecto, que eran los hechizos de aquella Circe que tenía delante.

Preguntole Lucrecia, agradada de su cara y honestidad, que de dónde era.

—De Toledo soy —respondió doña Clara.

—¿Pues quién os trajo a esta tierra? —replicó Lucrecia.

—Señora —dijo doña Clara—, aunque soy de Toledo, no vivía en él sino en Madrid: vine con unos señores que iban a las Indias, y al tiempo de embarcarse caí muy mala y no pude menos de quedarme, con harto sentimiento suyo; en cuya enfermedad, que me ha durado tres meses, he gastado cuanto tenía y me dejaron; y viéndome con tan poco remedio, pregunté hoy a la señora doña Lorenza, que por suerte la vi en la iglesia, si quería una criada para acompañar, como en esta tierra se usa, y su merced me encaminó aquí, y así, si usted no ha recibido ya quien la sirva, crea de mí que sabré dar gusto, porque soy mujer noble y honrada, y me he visto en mi casa con algún descanso.

Agradose Lucrecia con tanto extremo de Clara, viendo su honestidad y cordura, que sin reparar la una ni la otra en el concierto, ni más demandas ni respuestas, se quedó en casa, contenta por una parte, y por la otra, como era razón que estuviese quien veía lo mismo que venía a buscar, tan fuera de sí que sin conocerla hacía delante de sus ojos regalos y favores a una mujer que no los merecía.

Entregole Lucrecia a su nueva criada las llaves de todo, dándole el cargo del regalo de su señor y el gobierno de dos esclavas que tenía: solo un aposento que estaba en un desván no le dejó ver, porque reservó solo a su persona la entrada en él, guardando la llave, sin que ninguna persona entrase con ella cuando iba a él, con tanto cuidado que, aunque Clara procuraba ver lo que allí había, no le fue posible; bien es verdad que siempre estaba con sospecha de que era aquel aposento la oficina de los embustes con que tenía a don Fernando tan ciego que no sabía de sí ni cuidaba de más que de querer y regalar a su Lucrecia, haciendo con ella muy buen casado, tanto que con la mitad se diera Clara por muy contenta y pagada.

En esta vida pasó más de un año, siendo muy querida de sus amos, escribiendo cada ordinario a doña Juana los sucesos de su vida, y ella animándola con sus cartas y consuelos para que no desmayase ni lo dejase hasta ver el fin.

Al cabo de este tiempo cayó Lucrecia en la cama de una muy grave enfermedad, con tanto sentimiento de don Fernando que parecía que perdía su juicio. Pues como las calenturas fuesen tan fuertes que no la diesen lugar a levantarse poco ni mucho, al cabo de tres o cuatro días que estaba en la cama llamó a Clara y con mucha terneza la dijo estas palabras:

—Amiga Clara, un año ha que estás conmigo; el tratamiento que te he hecho más ha sido de hija que de criada, y si yo vivo, de hoy adelante será mejor, y en caso que muera, yo te dejaré con qué vivas: estas son obligaciones, y más en ti que eres agradecida, bien serán parte para que me guardes un secreto que te quiero decir: toma, hija, esta llave, y ve al desván donde está un aposento que ya le habrás visto; entrando en él, hallarás un arca grande de estas antiguas, en esta un gallo; échale de comer, porque allí en el mismo aposento hallarás trigo: y mira, hija mía, que no le quites los anteojos que tiene puestos, porque me va en ello la vida; antes te pido que si de este mal muriere, antes que tu señor ni nadie lo vea, hagas un hoyo en el corral, y así como está con sus anteojos y cadena con que está atado le entierres, y con él el costal de trigo que está en el mismo aposento; que este es el bien que me has de hacer y pagar.

Oyó Clara con atención las razones de su ama y en un punto revolvió en su imaginación mil pensamientos, y todos paraban en un mismo intento. Y porque Lucrecia no concibiese alguna malicia de su silencio, le respondió agradeciéndole la merced que le hacía de fiar en ella un secreto tan importante y de tanto peso, prometiendo de hacer con puntualidad lo que mandaba; y tomando la llave, con todo cuidado y con toda diligencia se fue a ver su gallo.

Subió al desván y abriendo el aposento entró en él, y llegando cerca del arca, como considerase a lo que iba, y la fama que Lucrecia tenía en Toledo, la cubrió un sudor frío y un miedo tan grande y tan temeroso que casi estuvo para volverse; mas cobrando ánimo y esforzándose lo mejor que pudo, abrió el arca, y así como la abrió, vio un gallo con una cadena asida de una argolla que tenía a la garganta, y en otra que estaba asida al arca y asimismo preso, y a los pies tenía unos grillos, y luego tenía puestos unos anteojos, al modo de los de caballo, que le tenían privada la vista.

Quedose Clara viendo todas estas cosas tan absorta y embelesada que no sabía lo que le había sucedido; por una parte se reía y por otra se hacía cruces, y sospechando si acaso en aquel gallo estaban hechos los hechizos de su marido, a cuya causa estaba tan ciego que no la conocía, como lo más cierto es desear las mujeres lo mismo que les privan, le dio deseo de quitarle los anteojos, y apenas lo pensó cuando lo hizo, y habiéndoselos quitado, le puso la comida, y cerrando como estaba de primero, se volvió adonde su ama la aguardaba, que como la vio le dijo:

—¿Amiga mía, diste de comer al gallo? ¿Quitástele los anteojos?

—No, señora —respondió Clara—, ¿quién me metía a mí en hacer lo que usted no me mandó? —añadiendo a esto que creyese que la servía con mucho gusto, y así hacía lo que mandaba con el mismo.

Llegose en esto la hora de comer y vino don Fernando a su casa, y después de haber preguntado a Lucrecia cómo se sentía, se sentó a la mesa, que estaba cerca de la cama; metieron las esclavas la comida, porque Clara estaba en la cocina poniéndola en orden y enviando los platos a la mesa, hasta que al fin de ella salió donde estaban sus amos, y apenas puso don Fernando los ojos en ella cuando la conoció, y con admiración la dijo:

—¿Qué haces aquí, doña Clara? ¿Cómo viniste? ¿Quién te dijo dónde yo estaba? ¿Qué hábito es este? ¿Dónde están mis hijas? Porque, o yo sueño o tú eres mi mujer, a quien por ser yo desordenado dejé en Toledo pobre y desventurada.

A esto respondió doña Clara:

—Buen descuido es tuyo, esposo mío, pues al cabo de un año que estoy en tu casa sirviéndote como una miserable esclava, sujeta a los engaños de esta Circe que está en esta cama, sales con preguntarme qué hago aquí.

—¡Ay traidora! —dijo a esta sazón Lucrecia—, y cómo le quitaste los anteojos al gallo; pues no pienses que has de gozar de don Fernando, ni te han de valer nada tus sutilezas.

Y diciendo esto saltó de la cama con más ánimo del que parecía tener cuando estaba en ella, y sacando de un escritorio una figura de hombre, hecha de cera, con un alfiler grande que tenía en el mismo escritorio se lo pasó por la cabeza abajo hasta esconderse en el cuerpo, y se fue a la chimenea y la echó en medio del fuego, y luego llegando a la mesa y tomando un cuchillo, con la mayor crueldad que se puede pensar, se lo metió a sí misma por el corazón, cayendo junto a la mesa muerta. Fue todo esto hecho con tanta presteza que ni don Fernando, ni doña Clara, ni las esclavas la pudieron socorrer.

Alzaron todos las voces, dando gritos, a cuyo rumor se llegó mucha gente, entre todos la justicia, y asiendo de don Fernando y de los demás empezaron a hacer información, tomando su confesión a las esclavas, las cuales declararon lo que habían visto y oído a don Fernando, diciendo cómo Lucrecia era su amiga y lo que con ella le había pasado desde el día en que la conocía hasta aquel punto.

Al decir doña Clara su dicho, dijo que no había de decir palabra si no era delante del asistente; y que importaba para la declaración de aquel caso no ir ella a su presencia, sino que viniese el asistente a aquella casa.

Fueron a darle cuenta de todo y decirle lo que aquella mujer decía, y como lo supo, vino luego acompañado de los más principales señores de Sevilla, que sabiendo el caso, todos le seguían; en presencia de los cuales dijo doña Clara quién era y lo que le había sucedido con don Fernando y con la maldita Lucrecia, sin dejarse palabra por decir.

Y haciendo traer allí el arca en que estaba el gallo, abrió ella misma con la llave que estaba debajo de la almohada de Lucrecia, donde todos pudieron ver al pobre gallo con sus grillos y cadenas, y los anteojos que doña Clara le había quitado allí junto a él.

El asistente, admirado, tomó él mismo los anteojos y se los puso al gallo: al punto don Fernando quedó como primero, sin conocer a Clara más que si en su vida la hubiera visto; antes viendo a Lucrecia en el suelo, bañada en sangre, y el cuchillo atravesado por el corazón, se fue a ella y tomándola en sus brazos decía y hacía mil lástimas, pidiendo justicia de quien tal crueldad había hecho.

Tornó el asistente a quitar al gallo los anteojos, y luego don Fernando volvió a cobrar su entero juicio. Tres o cuatro veces se hizo esta prueba y tantas sucedió lo mismo, con que el asistente acabó de caer en la cuenta y creyó ser verdad lo que todos decían. Mandó echar fuera la gente y cerrar la puerta de la casa, y mirando cofres y escritorios, hasta los más apartados rincones y agujeros, hallaron en el escritorio de Lucrecia mil invenciones y embelecos que causaron temor y admiración, con que Lucrecia parecía a los ojos de don Fernando gallarda y hermosa.

En fin, satisfecho de la verdad, si bien por ver si las esclavas eran parte en aquellas cosas, las puso en la cárcel; dieron a don Fernando y doña Clara por libres, confiscando la hacienda para el rey, y públicamente quemaron todas aquellas cosas, el gallo y lo demás, con el cuerpo de la miserable Lucrecia, cuya alma pagaba ya en el infierno sus delitos y mala vida, siendo la muerte muy parecida a ella.

Acabados de quemar los hechizos, enfermó don Fernando, yéndose poco a poco consumiendo y acabando. Vendió doña Clara un vestido y algunas cosillas que había granjeado en casa de Lucrecia: con esto y lo que por orden de la justicia se le dio en pago de lo que había servido, se metieron en un coche ella y don Fernando, que ya estaba muy enfermo, y dieron la vuelta a Toledo, creyendo que con ser su natural, con los aires en que había nacido cobraría salud, según decían los médicos; mas fue cosa sin remedio, porque como llegó a Toledo cayó en la cama, donde a pocos días murió, habiendo dado muchas muestras de arrepentimiento.

Sintió doña Clara su pérdida con tanto extremo que casi no había consuelo para ella, y estuvo bien poco de seguir el mismo camino, porque aunque le tenía enfermo y estaba con tanta necesidad, quisiera que viviera muchos años, ayudándola a este sentimiento el ver lo que don Fernando la quería y el poco tiempo que le duró la vida.

Hallose sobre todo esto sin más remedio que el de Dios para enterrarle; ni se atrevía a ir con esta necesidad a doña Juana, considerando que harto hacía en tenerle y sustentarle sus hijas. Determinose pues a vender su pobre cama, aunque no tuviese después en qué dormir; mas no estaba a este tiempo Dios olvidado de la virtud y sufrimiento de doña Clara, y así, ordenando que don Sancho, que todo el tiempo que ella había estado fuera de Toledo había estado en su estado (que ya le había heredado por muerte de su padre, sin haberse querido casar, aunque se le habían ofrecido muchas ocasiones, conforme a quien era), supiese por cartas de un criado, que en Toledo estaba casado, lo que pasaba, y deseoso de volver a ver al querido dueño de su alma, amante firme y no fundado en el apetito, vino a la ciudad y entró en ella el día en que estaba doña Clara en esta desdicha, y como supiese lo que pasaba, no pudo sufrir el enamorado mozo tal cosa; y así se entró por las puertas de la dama, y después de haberla dado el pésame breve y amorosamente, ordenó el entierro de don Fernando con la mayor grandeza que pudo, llevándole con tanto acompañamiento como si fuera su padre, acompañándole él mismo y a su imitación los caballeros de Toledo.

Dada sepultura al cuerpo y vuelto con toda aquella ilustre compañía a la pobre casa de doña Clara, en presencia de todos la dijo estas palabras:

—Hermosa Clara, yo he cumplido con lo que a caridad debo, dando sepultura al cuerpo de tu difunto esposo: la voluntad con que lo he hecho bien sabes tú y sabe esta ciudad que no ha sido fomentada más que con mis deseos, por no haber jamás alargado los tuyos a más que a un agradecimiento honesto, y esto fue antes que tuvieses dueño; que en teniéndole, ni aun tu vista merecí, no habiéndome faltado a mí diligencias, mas todas sin provecho respecto de tu virtud, de la cual si antes me enamoraba tu hermosura, hoy me hallo más enamorado.

Ya no tengo padre que me impida, ni tú ocasión para que no seas mía; justo es que pagues este amor y deudas en que estás a mi firmeza con un solo sí que te pido; y yo a ti asimismo, pues no solo yo, sino todos los hombres del mundo, deben portarse de este modo con las mujeres que a fuerza de virtudes granjean la voluntad de los que las desean. No dilates mi gloria ni te quites el premio que mereces: tus hijas tendrán padre en mí, y tú un esclavo que toda la vida adore tu hermosura.

No tuvo otra respuesta que dar doña Clara a don Sancho sino echarse a sus pies, diciendo que era su esclava y que por tal la tuviese. Con esto los que habían venido a dar los pésames, dieron las enhorabuenas.

Siguiéronse las órdenes de la iglesia en amonestaciones y lo demás, estando doña Clara mientras pasaban en casa del corregidor, que era deudo de don Sancho, donde cumplido el tiempo se desposaron, alcanzando don Sancho licencia del rey para hacer su casamiento, que todo sucedió como quien tenía al cielo de su parte, deseoso de premiar la virtud de doña Clara.

Hiciéronse en fin las bodas, dotando don Sancho a las hijas de doña Clara, que quisieron quedarse monjas con doña Juana, cuya discreta elección dio motivo a esta maravilla para darle nombre de *Desengañado amado*, que no es poca cordura que quien ama se desengañe.

Doña Clara vivió muchos años con su don Sancho, de quien tuvo hermosos hijos, que sucedieron en el estado de su padre, siendo por su virtud la más querida y regalada que se puede imaginar, porque de esta suerte premia el cielo la virtud.

NOCHE CUARTA.

La noche siguiente, vueltos a juntar estos caballeros y todas estas damas, viendo don Miguel que a él le tocaba la maravilla de aquella noche, comenzó de esta suerte:

NOVELA SÉPTIMA

AL FIN SE PAGA TODO

ESTANDO la corte del católico rey don Felipe III en la rica ciudad de Valladolid, salió de una casa de conversación, a más de las doce, donde fue a entretener las largas y pesadas noches del mes de diciembre, un caballero de los más nobles hijos que tuvo la villa de Madrid.

Al atravesar por una de las principales calles de la ciudad para venir a su posada, al doblar de una esquina que hacía una encrucijada, vio abrir la puerta de una casa y a empellones arrojar por ella un bulto blanco, que como estuviese de la otra parte y la calle fuese ancha y espaciosa, no pudo divisar qué fuese, aunque le pareció ser persona que, de un apresurado salto que de un escalón que la puerta tenía, dio consigo un grandísimo golpe en el suelo, que a causa de helar fortísimamente estaba como hecho de jaspe. Vio tras esto que cerraron de golpe la puerta y que aquel bulto estaba sin menearse, solo que en bajos sollozos decía:

—¿Qué es esto, cielos? ¿A mi desdicha estáis sordos, a mis quejas ingratos, y a mis lágrimas sin sentimiento?

Procuraba tras esto levantarse, mas del tormento de la caída no era posible; moviose don García (que este era el nombre del caballero) a lástima con estas quejas, y llegándose más cerca, le preguntó qué tenía y le ofreció su persona.

—¡Ay, señor hidalgo! —respondió el caído—, por la pasión de Dios, si hay en vos más piedad que en los que me han puesto de este modo, que me ayudéis a levantar y me pongáis en alguna parte que tenga más segura la vida.

Oyendo esto don García, espantado por parecerle mujer la que hablaba, se llegó más cerca y a la poca luz que la luna daba vio como no era engañosa su sospecha, porque era mujer y desnuda en camisa, causa de más admiración: y deseoso de saber más por entero el caso, le dio la mano, y luego, quitándose el ferreruelo, se le echó encima, aunque la dama estaba tan maltratada que casi no podía tenerse en pie.

Ayudola don García, cargándola sobre sus brazos, y animándola la llevó hasta sacarla de aquella calle; y viendo la dama que se paraba para saber qué pensaba hacer de su persona, le dijo con tiernas lágrimas:

—Señor caballero, no es tiempo de desmayar en el bien que habéis empezado a hacerme; mi vida está en muy gran peligro si soy hallada, y a esta hora ya habrá muchos que me busquen; ruégoos, si tenéis alguna parte secreta y segura, me amparéis esta noche, hasta que mañana dé orden de entrar en un monasterio.

—Señora mía, soy recién llegado a esta corte —replicó don García—, y os doy mi palabra que no ha quince días que estoy en ella y no conozco persona de quien fiar la vuestra, si no es de mí mismo: si gustáis de venir a mi posada, no os receléis de poneros en poder de un hombre mozo y forastero; con ella os podré servir.

—Vamos, señor, a vuestra posada —replicó la dama—, que las partes donde yo puedo ir todas son sospechosas, y sea antes que nos hallen y pague yo sin culpa la que pensé cometer, si bien a los ojos del vulgo me la han de dar por haber restaurado mi honor, y vos el deseo que tenéis de ayudarme.

Y diciendo esto, caminaron a la posada de don García, si bien con mucho trabajo porque la dama no podía tenerse, aunque más se animaba. De esta suerte, ayudándola don García, llegaron a su posada y entraron dentro: tuvo entonces lugar de ver el hallazgo que había tenido, y mirando su nueva camarada creyó sin duda que no era mujer sino ángel: tanta era su belleza y la honestidad y compostura de su rostro.

Era al parecer de hasta veinte y cuatro años, y tan hermosa que, sin ser parte el guardarla, le robó el alma con la belleza de sus ojos, tanto que si no se le pusiera por delante la fe que debía guardar a quien se había fiado de él, casi se atreviera a ser Tarquino de tan divina Lucrecia; mas favoreciendo don García más a su nobleza que a su amor, a su recato que a su deseo, y a la razón más que a su apetito, procuró con muchas caricias el reposo de aquella hermosísima señora, a la cual por estar maltratada y desnuda, como don García no tenía por el pronto vestidos, y ser hora de acudir más a la quietud que al desvelo, la suplicó se acostase en su cama.

Hízolo a más no poder la dama, y dándole don García lugar para que reposase, sin querer preguntarle por entonces nada de su persona, ni la causa de haberla hallado así, se salió cerrando la puerta por defuera y se fue al aposento de otro huésped que estaba en la misma casa, con quien había tratado amistad, dándole a entender que había perdido la llave de su aposento y que hasta otro día que se descerrajase era imposible entrar dentro.

De esta suerte pasó lo que faltaba de la noche, que a su parecer fue un siglo, tanto le tenía rendido la hermosa dama y deseaba saber la causa que la había puesto en tal desdicha.

Y así, apenas fue de día cuando se vistió, y dando a entender que había parecido la llave, entró en su aposento y halló a su bella huéspeda que al parecer había dormido muy poco y llorado mucho.

Sentose don García sobre la cama, y después de preguntarla cómo se hallaba, y ella dándole gracias por el bien que la había hecho, le preguntó qué había de nuevo en Valladolid, si acaso había salido por ella.

—No, señora —respondió don García—, porque si os he de decir la verdad, no me ha dado lugar el deseo de veros y saber vuestras penas; así os suplico que no me tengáis más confuso, porque lo estoy tanto como el caso requiere.

—No me espanto, señor don García —replicó la dama, que ya sabía su nombre—, que mis cosas admiren a quien las ve, y más cuando sepáis desde el principio mi historia, que es tal que más os parecerá fábula que caso verdadero; os lo contaré desde el principio de mi niñez, para que tengáis qué contar en vuestra tierra cuando Dios fuere servido de llevaros a ella.

Mi nombre, señor, es Hipólita; nací en esta ciudad de padres tan ricos como nobles, y nació conmigo la desdicha, que siempre sigue a las hermosas, que por tenerme por tal toda esta tierra me atrevo a hacerme yo misma esta lisonja.

Apenas llegué a los años en que florece la belleza, gallardía, discreción y donaire de una mujer cuando ya tenían mis padres infinitos pretendientes que deseaban por medio mío, a título de mi belleza más que al de su riqueza, emparentar con ellos, que aunque esta era mucha, más por la hermosura que por los bienes de fortuna deseaban mi casamiento.

Entre los muchos que desearon esto, fueron los que más se señalaron dos caballeros vecinos nuestros, tanto que entre su casa y la mía no había más división que la de una pared, entrambos hermanos y entrambos con el hábito de Alcántara en los pechos, calificación de su nobleza.

Y como yo hasta entonces no sabía de amor ni hasta dónde llegaba su poder y jurisdicción, no me inclinaba a más de lo que mis padres quisiesen escoger; los cuales, satisfechos de lo bien que me estaba cualquiera de los dos hermanos, eligieron a don Pedro, que era el mayor, quedando don Luis, que era el menor y debía de ser el que me amaba más, pues fue el más desdichado. Estimó esta ventura don Pedro como hombre que conocía cuánto había alcanzado en mi valor, y así lo conocí en sus caricias y regalos. Pluguiera a Dios hubiera yo sido cuerda y supiera agradecer este amor, y hubiera excusado las desdichas que padezco, y las que temo me faltan por padecer.

Ocho años gocé de las caricias de mi esposo y él de un amor muy verdadero, porque me enseñaba a quererle en las importunaciones de mi cuñado, que aún no tuvieron fin con verme casada con su hermano, el cual, como me quería, las veces que hallaba ocasión me lo decía; no creo yo que con intención de remedio, porque era cristiano y cuerdo, si bien amor derriba cualquiera prevención de estas; y así pienso ahora que sucedía en él, supuesto que en ocasiones que pudo, casándose, apartarse de este amor, no lo hizo, aunque le ofrecí una prima mía más rica y más hermosa que yo.

Llevaba yo esto con la mayor cordura que podía: unas veces dándole a entender que comprendía sus intentos, y otras reportándole y reprendiéndole, y dándole en ocasiones los más sabios y virtuosos consejos que mi entendimiento alcanzaba; tal vez riñéndole y afeándole su atrevimiento, jurando decírselo a su hermano si no se abstenía de tal maldad y locura. Con lo cual don Luis, unas veces triste y otras alegre, y siempre amante y celebrador de mi belleza, pasó todo este tiempo sustentando su vida con sola mi vista, trato y conversación, que por ser las casas juntas, eran muy ordinarias sus visitas, y crecía a cada paso su amor con ellas.

En este tiempo se vino, como veis, la corte a esta ciudad: pluguiera a Dios hubiera oído los gemidos, clamores y lágrimas de los que, sintiendo esta mudanza, clamaban sin ser oídos, pues con esto se hubieran excusado mis desdichas; que fue el principio de ellas el venir, entre los muchos pretendientes que siguen la corte, uno cuyo nombre es don Gaspar, portugués de nación y en la profesión soldado, que deseoso de alcanzar premios de los muchos servicios que había hecho a su rey en Flandes y otras partes, siguió a todos los demás que vinieron tras los consejos, o por mejor decir tras este caos de confusión, que tal es la corte y los que la siguen.

Y como los negocios no se despachen a gusto de los pretendientes, y es fuerza aguardar un mes y otro mes, un año y otro año, y los de don Gaspar fuesen despacio, empezó, travieso, a buscar las casas de juego donde destruir su opinión y hacienda, y, ocioso, algún sujeto con que entretenerse; y fuilo yo por mi desdicha, porque viéndome un día en Nuestra Señora de San Llorente, dijo que cautivé su alma, y lo que pensaba buscar por entretenimiento hubo de solicitar por pasión de voluntad; y fuelo cierto, porque él me robó la voluntad, la opinión y el sosiego, pues ya para mí acabó en una hora.

Era su gallardía, entendimiento y donaire tanto que, sin tener las demás gracias que el mundo llama dones de naturaleza, como son música y poesía, bastara a rendir y traer a quererle cualquiera dama que llegase a verle, cuanto más la que se vio solicitada, pretendida y alabada.

¡Ay de mí, y cuán presentes están en mi alma sus gracias, ya no para estimarlas sino para sentir que fueran ellas las que me tienen en el estado que estoy, tan fuera de parecer quien soy cuanto de volver a verme en la vida dichosa que gocé antes de conocerle!

Supe su amor por medio de una criada (esfinge fiera y astuta perseguidora de mi honor), y él supo de ella misma mi agradecimiento y voluntad, escribiéndonos por su medio algunas veces que, imposibilitados de vernos por el recato de mi marido, entreteníamos de esta suerte nuestros amorosos deseos.

Sentía don Gaspar sumamente el verme casada, y yo más que él, porque no hay mayor desdicha para quien ama que tener dueño, y más si le aborrece, que esto era fuerza en mí, supuesto que quería a don Gaspar; y cuando no fuera por esto, por lo menos por estorbo de mi amor no había de ser gustosa su compañía. Decíame sobre esto don Gaspar la vez que me hablaba, que era en la iglesia, mil lástimas acompañadas de tantas ternezas que ya, cuanto más apriesa subía mi amor, bajaba mi honor y daba pasos atrás; y en sus papeles más por entero, porque en ellos se habla sin el estorbo del recato y dícense las razones más sentidas.

Acuérdome que una noche que quiso que fuese yo testigo de su divina voz, fue con unas endechas que si gustáis de oírlas las diré para que me disculpéis de mi yerro; pues no es milagro que se rinda la fragilidad de una mujer a unas quejas bien dichas.

A esto respondió don García (ya de todo punto rendida su voluntad a la belleza y donaire con que la hermosa Hipólita contaba su tragedia) que antes le pedía que no pasase en silencio nada, porque la oía con tanto gusto que quisiera que su historia durara un siglo.

—Pues si es así —respondió la dama—, las endechas yo las aprendí de memoria, y creo no se me olvida ninguna; ellas decían así:

> Un imposible adoro,
> Por esto me atormento,
> Por él doy mil suspiros,
> Por él lágrimas vierto.
> Por él dejo los gustos,
> Por él las penas quiero:
> Apetezco los males,
> Y los bienes desprecio.
> ¡Ay desdichadas quejas,
> Ay amor verdadero,
> Suspiros mal logrados,
> Cuidados sin efecto!
> Dichoso pastorcillo,
> De la ventura extremo,
> Por quien celoso lloro,
> Y despreciado temo.
> El día que los ojos
> De mi ingrato te vieron,
> O cegaran los suyos,
> O yo naciera ciego.
> Si para darme penas
> Crio tu gracia el cielo,
> Que yo nunca naciera,

Fuera piadoso intento.
Y pues hay en la villa
Otros rostros tan bellos,
Exceptuando a mi ingrato,
Pudieras triunfar de ellos.
Mas si nací cuitado
Y sin ventura, ¿qué espero?
Sin razón me lastimo,
Y sin causa me quejo.
Gózala (¡mas qué digo!)
No la goces, que muero
Solo en pensar que tuya
La llama todo el pueblo.
Caminen mis suspiros
A mi ingrata derechos,
Y en su pecho de mármol
Se conviertan en fuego.
Mas, si la quiero ¿cómo
Tan mal la deseo?
Mejor es que yo muera,
Que soy el que padezco.
Así canta llorando
Imposibles desvelos,
Pasadas sinrazones,
Y rigurosos celos
Un zagalejo amante,
Su ganado siguiendo,
Perdido por ganarle
Su ganado el deseo.

No pudo la terneza de mi pecho, ni la fuerza de mi voluntad, sufrir el ver padecer a don Gaspar sin alentar su amor, siquiera con un día de favor y contento, para que pudiese con él llevar con gusto tantos pesares como los que había de padecer respecto de las pocas ocasiones que me daba mi esposo; porque aunque vivía seguro de mí, o fuese respeto de su honor o fuerza de su amor, recelose como cuerdo, picaba tal vez en celoso necio; mas amor, que algunas veces, apiadado de ver padecer a sus súbditos, les trae por los cabellos algún breve gusto, ordenó que convidase a mi esposo un caballero su amigo para ir a caza, en cuyo ejercicio se habían de entretener dos o tres días.

Aceptó don Pedro el viaje, y yo, aunque me alegré sumamente, fingí desabrimiento, extrañando la novedad. En fin, él se partió a su caza y aquella secretaria de mi flaqueza a dar aviso a don Gaspar de esta venturosa suerte, a quien dijo por un papel viniese aquella noche por la puerta falsa de un jardín que caía a las espaldas de mi casa, que allí me hallaría, y por señas la puerta abierta, porque no me atreví a que entrase por la principal, respecto que mis padres, en cuya casa yo vivía con mi esposo, no le sintiesen.

Era verano, y para aguardar a mi amante hice sacar al jardín dos colchoncillos de raso y ponerlos debajo de unas parras, tomando por achaque el calor, y era la causa el retirarme de las demás criadas, que si me vieran vestida no se entraran a acostar, y no era esto lo que yo quería, pues más deseaba la soledad que la compañía, aguardando sola la de mi amante.

En fin, ellas, dejándome desnuda y a su parecer dormida, se entraron a recoger: solo quedó conmigo la que sabía mis cosas, y esto con orden de irse luego y dejarme en el lugar donde había de combatir mi amor y mi honor, quedando este vencido y aquel triunfante y vencedor; cuando, estando con la puerta abierta, que por no ser el jardín muy grande lo podía hacer sin que entrase nadie que no fuese visto, llegaron las criadas a decirme que su señor y mi esposo era venido; que habiendo el que iba en su compañía dado una gran caída y lastimádose mucho, se volvieron, no pudiendo proseguir la caza.

Pues como yo viese a don Pedro en casa, y la dicha de mi mano en no haber venido don Gaspar, y el peligro en que estaba su vida y la mía si acertase a venir, mandé a mi secretaria que cerrase la puerta por donde había de entrar con llave, pareciéndome que cuando viniese y la hallase cerrada se volvería, y que a la mañana, avisándole lo que pasaba, quedaría satisfecho, como era razón lo estuviese, pues con el legítimo dueño no hay excusas.

Hecho esto, llegó don Pedro con los brazos abiertos, a quien hube de recibir con los mismos, aunque con ánimo diferente, y él, alabando el lugar y la cama para remedio del calor, me dio cuenta de su venida y desnudándose se acostó, ocupando el lugar que estaba para mi amante; el cual, como dentro de poco tiempo que sucedió esto llegase a la puerta y la hallase cerrada, cosa tan fuera de nuestro concierto, concibiendo de esta ocasión pesados y locos celos, no pudiendo pensar que fuese la ocasión que le estorbaba su entrada sino otra ocupación amorosa (porque siendo una mujer fácil, hasta con los mismos que la solicitan se hace sospechosa), ayudándole un criado, saltó las tapias, que no eran muy altas, y paso a paso, por no ser sentido, se vino a buscar la causa de su atrevimiento.

Había a este tiempo acabado la luna su carrera y escondídose en su primera casa, con que estaba todo en confusas tinieblas y nosotros rendidos al sueño, y así tuvo lugar de rodear el jardín y venir a dar junto a la cama en que yo y mi esposo estábamos; y como en la vislumbre viese que en ella había dos personas, no creyendo fuese don Pedro, se bajó y puso de rodillas, diciendo entre sí que no era su sospecha vana, y llevado de la cólera sacó una daga, y como quisiese dar con ella a mi inocente dueño, el cielo, que mira con más piedad las cosas, permitió que a este punto, dando don Pedro vuelta en la cama, suspiró, con lo que conoció don Gaspar su engaño, coligiendo lo que podía ser; y dando gracias al cielo de su aviso, se puso de mi lado y, dando lugar a esto el sueño de don Pedro y su atrevimiento, me despertó: yo, conociendo su temeridad en tal caso, le pedí por señas que se fuese, lo cual hizo viendo mi temor, llevando en prendas con mis brazos las flores de mis labios, fruto diferente del que él pensó coger aquella noche.

Con esto, tornando a saltar las tapias don Gaspar, que por la parte de dentro eran más bajas, se volvió a su posada con la pena que se puede creer; y otro día recibí este papel que me envió, que con esto quiso hacer alarde de su gracia y de lo que sentía el verse en tal estado, el cual hizo en mí tal efecto que, a no estar tan perdida, pudiera acabar de perderme, tan bien me parecían sus cosas.

¿Quién puede contra el cielo
Tener cólera y rabia,
Que si con ella escupe,
No le caiga en la cara?
¿Quién, si está desarmado,
Contra aquel que trae armas,
De victoria seguro,
Puede entrar en batalla?
¿Quién contra un poderoso,
Siendo de humilde casta,
Aunque viva ofendido,
Podrá tomar venganza?
¿Qué pobre contra un rico,
En banquetes y galas
Podrá en igual fortuna
Pasar la vida larga?
¿Quién, si amor le persigue,
Contra quien no le ama,
Aunque de amor se precie,
Tendrá cierta esperanza?
¿Quién contra un venturoso,
Si en posesión se halla,
Podrá, si es desdichado,
Salir con lo que aguarda?
¡Ay cielo! cuando quise
Gozar tu hermosa cara,
En poder de otro dueño

Mi desdicha te halla.
Marchita mi ventura,
Dudosa mi esperanza,
Propio el dueño que tiene
Posesión de tus gracias.
¿A quién le ha sucedido
Tan notable desgracia,
Que entrando a poseerte,
Sin posesión se halla?

Como fue tan desgraciado mi amor en la primera ocasión, temía aventurarme en la segunda; mas eran los ruegos de mi amante tantos y con tantas veras, que hube de determinarme; y así, aconsejándome con aquella criada secretaria de mi amor, me respondió que se espantaba de una mujer que decía tenerle que tuviese tan poco ánimo y se aventurase tan poco; que viniese don Gaspar y entrase de noche antes de cerrarse las puertas, que ella le tendría escondido en su aposento, y que yo (después de acostado don Pedro) podría, fingiendo algún achaque, levantarme de su lado.

Concedí con él entrar y verme en su estancia con él. Avisé a don Gaspar del concierto, ordenando el modo que había de tener: vino la noche y con ella mi cuidado, porque don Gaspar y mi esposo casi entraron a un tiempo. Escondió mi criada en su aposento a don Gaspar, y yo, fingiendo sueño y alguna indisposición, hice recoger la gente y acostar a mi esposo, harto desconsolado de verme indispuesta.

Estando pues aguardando que se durmiese para levantarme, oí grandes voces en la calle y consecutivamente llamaban a la puerta diciendo:

—Que se quema esta casa, fuego, fuego, señor don Pedro, mire que se abrasan; póngase en salvo, que por la parte de arriba salen grandes llamas.

Levanteme alborotada, y apenas salí a un corredor cuando vi arder mi casa, siendo el incendio tal que el humo y fuego no dejaba ver el cielo. Y como conociese el peligro, empecé a dar gritos llamando a don Pedro, y él a los criados para que acudiesen al remedio. Y fue el caso que una negra que tenía a cargo la cocina pegó una vela a un madero, junto a su cama, y quedándose dormida se cayó la vela sobre ella; y encendiéndose la ropa pagó con la vida el descuido.

Estas desgraciadas nuevas, junto con mi peligro, me quitaron de suerte el sentido que cuando volví en mí fue cerca de la mañana, hallándome en casa de mi cuñado don Luis, donde me pasaron para salvarme la vida.

El fuego aplacado, si bien quemada gran parte de mi hacienda, envié a saber si mi criada había escapado de tal desdicha, por saber si le había tocado algo de ello a don Gaspar. En fin, ella vino adonde yo estaba, de quien supe que entre los que acudieron al fracaso pudo don Gaspar librarse sin ser sentido.

Pasado este alboroto del fuego, como el de mi corazón era mayor, envié a saber de don Gaspar, el cual, no acabando de encarecer su desdicha, lastimadísimo de mi indisposición, me escribió un papel con mil tiernas quejas; al cual respondí mil locuras, dándole palabra de que a la primera ocasión se vengaría de todas estas desventuras.

Algunos días se pasaron en reparar el daño del fuego y aderezarse la casa, estando yo en la de mi cuñado, como he dicho, y entreteniéndonos mi amante y yo con papeles, hasta que vuelta a la mía y enternecida de sus ruegos, y olvidada de los pasados estorbos que me ponía el cielo (para excusar en lo que ahora me veo), di orden de ejecutar el concierto pasado, en cuya conformidad avisé a don Gaspar viniese como la vez pasada.

Mas fue la suerte que esta noche vino don Pedro más temprano que don Gaspar; y fue la causa que andaban por prender a un amigo de mi esposo por una muerte, y como por ser tan principal se respetaba mi casa como la de un embajador, le trajo consigo, y por estar más seguro, mandó en entrando cerrar las puertas, no dejando a ninguno el cuidado de responder ni abrir a los que llamasen, sino tomándole para sí, de suerte que cuando don Gaspar vino ya la puerta estaba cerrada y todos recogidos.

Hallando tan mala suerte hizo una contraseña, a la cual salió mi criada a un balcón, y culpando su tardanza, le contó lo que pasaba, y que si por una ventanilla que estaba en un aposento bajo no entraba, era imposible abrir ya la puerta. Agradeciéselo don Gaspar con mil palabras y promesas, y la rogó que bajase a abrir la ventana, la cual por caer a una callejuela sin salida y ser pequeña, estaba sin reja. Hízolo así mi tercera, previniéndole de que no podía entrar por ella, mas él, que con su amor lo hallaba todo fácil, pareciéndole bastante se entró por ella, y entrando la cabeza y hombros se quedó atravesado en el marco por la mitad del cuerpo, de suerte que ni atrás ni adelante fue posible pasar.

Viéndose mi criada en esta tribulación, y que si no era desencajando el marco era imposible salir, fue a llamar otra compañera dándole a entender que era requiebro suyo; y entre las dos y el criado que traía don Gaspar, con las dagas y otros hierros sacaron el marco de la pared, mas no tan sin ruido que, oyéndolo los criados, dieron voces, pensando ser ladrones, a las cuales se alborotó la casa, siendo fuerza a don Gaspar el correr metido en su marco, y a mis criadas recogerse.

Estaba yo descuidada que fuese mi amante el ladrón que alborotó la casa, porque como decían que un hombre había sido hallado quitando el marco de la ventana, no hice más diligencia en saberlo hasta que, saliendo de cama mi esposo, entró mi criada a darme de vestir, la cual me dio cuenta del suceso; y como las desdichas no empiezan por poco, creyendo que don Pedro no vendría tan presto, ya determinada de dar a don Gaspar el premio de tantos trabajos y fatigas, le envié volando a llamar con mi criada; y por ser todo cerca vino luego, y entrando donde estaba le recibí con los brazos, siendo este el segundo favor que en el discurso de un año que nos duró ese entretenimiento le di, porque el que alcanzó la noche que quiso matar a mi esposo fue el primero.

Estando los dos solemnizando con mucho gusto la entrada de la ventana, mi criada, que estaba en una de las de mi casa sirviendo de atalaya y espía, entró alborotada diciendo:

—¡Ay, señora mía! perdidos somos, que mi señor viene; y tan aprisa que a esta hora está dentro de casa.

Con tales nuevas, aunque pudiera enflaquecer mi ánimo, no lo hizo, antes, abriendo un baúl grande que estaba en un retrete más adentro, saqué de presto cuanto había en él y echándolo sobre una rima de colchones, hice entrar en él a don Gaspar.

A este punto entró don Pedro pidiendo a gran priesa en qué hacer las necesidades ordinarias, que ese desconcierto le había vuelto a casa. En eso y en tomar unos bizcochos, por no haberse desayunado, se entretuvo más de hora y media, y aun creo que no saliera tan presto si no oyera tocar a misa. Y como salió de casa, yo con el mayor gusto del mundo, viendo que ya de aquella vez no podía la fortuna quitarme el bien de gozar de mi amante, abrí el baúl; mas fue en vano, porque don Gaspar estaba muerto.

Viendo en fin que no bullía pie ni mano, le puse desatinada la mano sobre la boca, y asegurada de mi desventura, sintiéndole falto de alientos, en esto y en verle frío, me aseguré de todo punto que estaba ahogado.

Entró a este punto mi criada, que no con menos lástimas que yo había cerrado el baúl, y me sacó fuera, pidiéndome ella a mí y yo a ella, con lágrimas y suspiros, consejo para tener modo de sacarle de allí, porque en todo hallamos mil dificultades.

Estando pues las dos solemnizando lastimosamente la muerte del malogrado don Gaspar, entró mi cuñado don Luis, el cual como me halló tan ansiada y llorosa, empezó a preguntarme la ocasión, la cual le dije, fiada en el grande amor que siempre me había tenido, aun antes de ser mujer de su hermano; y así, rematada y casi desesperada de la vida, le dije:

—Señor don Luis, a mí me ha sucedido la mayor desdicha que a mujer en el mundo ha sucedido, la cual es tan sin remedio de mi parte que por eso me atrevo a daros cuenta de ella.

En fin le dije cuanto os he dicho, concluyendo con estas palabras:

—Caballero sois, si me queréis socorrer, oblígueos mi desdicha, suponiendo que es Dios testigo, por quien os juro que no he ofendido a mi marido de obra, si bien con el pensamiento no ha podido ser menos; y si sois tan cruel que lo creéis y se lo queréis decir, haced lo que quisiéredes, que con una vida que tengo pagaré, sin quedar a deber más.

Admirado don Luis, me dijo que me quietase, y llamando un hombre hizo cargar el baúl y llevarlo a casa de un amigo suyo, a quien dio cuenta del caso. Abrieron el baúl y sacando de él a don Gaspar, le echaron sobre una cama y le desnudaron; y tentándole el pulso, vieron que no estaba muerto: acostándole en la misma cama y poniéndole paños de vino en las narices y en los pulsos, y calentadores que ponían dentro de la cama, conocieron en él señales de vida. Viendo esto, le cerraron con llave, dejándole solo, porque todo esto lo supe yo después.

Volvió don Gaspar en sí cerca ya de la noche, y como se hallase en aquella casa desnudo en la cama, y conociese que no era en la que estaba la mía, acordándose que yo le había puesto en el baúl, empezó a discurrir, buscando la verdad, mas por más que pensaba hallarla, no acertaba con ella.

Estando en esto sintió abrir la puerta, y atendiendo a ver quién entraba, conoció a don Luis, el cual suceso le dio tal susto que fue milagro no morirse de veras, y más cuando llegándose don Luis a él y sentándose sobre la cama, le dijo:

—¿Conoceisme, señor don Gaspar? ¿Sabéis que soy hermano de don Pedro y cuñado de doña Hipólita?

—Sí por cierto —respondió don Gaspar.

—¿Sabéis —prosiguió don Luis— mi calidad y la suya? ¿Acordaos de lo que ha pasado hoy? Pues os juro por esta cruz (diciendo esto, puso la mano en la que traía en el pecho) que el día que supiese que volvéis a las mismas pretensiones o pasáis por su calle, he de hacer la venganza que ahora dejo de hacer, por haberse una miserable y loca mujer fiado de mí y estar enterado de que la ofensa de mi hermano no se ha ejecutado de obra, si bien los deseos eran merecedores de castigo.

Prometió don Gaspar obedecerle, asegurándole con mil juramentos y agradeciéndole con mil sumisiones el darle la vida, que había estado y estaba en su mano quitarle. Y vistiéndose, se fue determinado a no verme jamás, como lo hizo, porque fue mi nombre a sus oídos la cosa más aborrecible que tuvo, como sabréis en lo que falta de este discurso.

Yo, cuidadosa de lo que había sucedido, sin tener atrevimiento de preguntarle a don Luis qué cobro había puesto en aquel desgraciado cuerpo, viendo que él no me decía nada, encargué a mi secretaria se informase en la posada de don Gaspar diestramente, y qué se había hecho; y fue tan a tiempo que le halló pasando su ropa a otra posada muy lejos de aquellas calles, por cumplir la palabra que había dado a don Luis. El cual, apenas vio a Leonor, que así se llamaba la criada secretaria de mis devaneos, cuando le dijo que se fuese con Dios, que ya bastaban mis enredos y engaños y sus desdichas.

Y dándole cuenta en breves palabras de cuanto le había pasado y la que había dado a don Luis, concluyó con decir que me dijese que mujer tan ingrata y traidora como yo hiciese cuenta que en su vida le había visto, que bien echaba de ver que había sido traza mía esta y las demás para traerle al fin que pudiera tener, a no dolerse el cielo de su miseria.

Y diciendo esto se fue, dejando a Leonor confusa; mas con todo le siguió por saber la casa a que se pasaba. Con estas nuevas volvió a mí, y el contento de la vida de don Gaspar se me volvió en tristeza, viéndome inocente en la culpa que me daba y aborrecida de un hombre que tanto quería, y por quien tantas veces me había visto con la muerte al ojo y la espada a la garganta.

Con estos pensamientos di en melancolizarme, poniendo a mi esposo en gran cuidado el verme tan triste y ajena de todo gusto. Y más viéndome perseguida de don Luis, que habiéndole dado alas el saber mi flaqueza, empezó a atreverse a decirme su voluntad sin rebozo, pidiendo, sin respeto de Dios y de su hermano, el premio de su amor. Estas cosas me traían tan fuera de mí que me quitaron de todo punto las fuerzas, dando conmigo en la cama de una gravísima enfermedad, que si Dios permitiera llevarme de ella hubiera sido más dichosa.

Más de un mes estuve en la cama con bien pocas esperanzas de mi vida; mas no quiso el cielo que la perdiese para más atormentarme con ella. Visitábame muy a menudo mi cuñado don Luis; y ya con amenazas, ya con regalos, ya con caricias, procuraba traerme a su voluntad.

Considerad, señor don García, mi confusión, que era en esta ocasión la mayor que mujer tuvo: por una parte me veía despreciada de don Gaspar, amándole por esta causa más que hasta entonces, si bien quebradas las alas de mis deseos: porque aunque él me quisiera, ya en mí no había atrevimiento para ponerme en más peligros que los pasados; por otra me veía amada y solicitada de mi cuñado, y amenazada de él, de suerte que me decía, viéndome abrir la boca para refrenarle y reprenderle, que pues había querido a don Gaspar le había de querer a él; por una parte temerosa, cerrando los ojos a Dios, quería darle gusto, y por otra consideraba la ofensa que al cielo y a mi marido hacía; y de todo esto no esperaba remedio sino con la muerte.

Ya os dije que su casa y la mía estaban juntas y que sola una pared las dividía: pues sabréis que por un desván que estaba junto con otro mío, tan a trasmano que raras veces se entraba en él, abrió una pequeña puertecilla cuanto podía entrar una persona: y esta misma noche, después de haberme recogido, entró por la parte que digo en mi casa, y como quien tan bien la sabía, tomó las llaves y abrió la puerta de la calle, seguro de cualquier impedimento, como ladrón de casa, y abierta se fue a la caballeriza, soltó los caballos que había en ella, que eran seis, dos de rúa y cuatro del coche; los cuales empezaron a hacer grandísimo ruido, al cual despertó el criado que cuidaba de ellos y a grandes voces empezó a pedir ayuda para recogerlos, que andaban sueltos corriendo por la calle.

Mi marido, que lo oyó, se levantó y tomando una ropa llamó a los demás criados, salió a la calle, riñendo al mozo por el descuido que había tenido. Don Luis, que desnudo en camisa estaba en parte que lo pudo ver salir, aguardó un poco y luego se vino a la cama donde yo estaba, y fingiendo ser mi esposo se entró en ella, llegándose a mí con muchos amores y ternezas.

Pues como el tiempo es tan frío como veis, esto me obligó a decirle:

—Jesús, señor, ¿cómo venís tan helado?

—Hace mucho frío —respondió el cauteloso don Luis, disimulando cuanto pudo la voz.

—¿Recogisteis los caballos? —repliqué yo.

—Allá andan en eso —dijo mi traidor cuñado.

Y diciendo esto y cogiéndome en sus brazos, poseyó todo cuanto deseaba, deshonrando a su hermano, agraviándome a mí y ofendiendo al cielo.

Hecho esto, viendo que ya era hora de volver su hermano, dándome a entender que iba a ver si acababan los criados de recoger los caballos, se ausentó, sin que en mí cayese sospecha de malicia alguna, y se volvió a entrar en su casa por la parte que había salido.

No tardó mucho en venir don Pedro, dejando ya quieto el alboroto de los caballos y recogidos los criados; y entrándose en la cama como venía traspasado de hielo, se quiso llegar a mí; y así le dije, reportándole algo de su deseo:

—¡Válgame Dios, señor, y qué travieso que estáis esta noche, que no ha un instante que estuvisteis aquí y ahora pretendéis lo mismo!

—¿Sueñas, Hipólita? —respondió don Pedro—, ¿yo he vuelto aquí desde que salí a recoger los caballos?

Respuesta fue esta que me dejó muy confusa, como quien sabía tan bien que no era sueño; y así, pensando en el caso, casi sospeché la traición, y aun me quitó el sueño pensar en ella, si bien no me atreví a replicar a don Pedro.

Amaneció aún mucho más tarde de lo que mi desasosiego permitía; y habiéndome vestido, me fui a misa, y al entrar en la iglesia ayer por la mañana, porque antenoche fue la tragedia de mi honra, hallé a don Luis junto a la pila del agua bendita; el cual, como me vio, llegó tan galán como ufano a darme el agua; y como el contento no le cabía en el cuerpo, o por mejor decir, su traición misma disponía los instrumentos de mi venganza, al tiempo que yo, cortés y severa, tomé el agua de su mano, apretándome la mía me dijo paso y con mucha risa:

—Jesús, señora, ¿y cómo venís tan helada?

Con cuya palabra acabé de caer en la cuenta de todo.

Volví a mi casa después de haber oído misa con la inquietud que podéis pensar. Y en comiendo, como don Pedro se salió fuera, no dejé paso ni lugar en toda mi casa, por escondido que fuese, que no busqué, ventana y puerta que no hice prueba de ella: y como lo hallase todo cerrado y sin mácula, sospechando que con ayuda de alguna criada mía había hecho tal atrevimiento, subí al desván, más por acabar de enterarme que porque creyese hallar en él lo que hallé, que fue la pequeña puerta, la cual no había cerrado, quizá por venir por ella otras veces.

Con esto, ya de todo punto satisfecha, sin decir palabra me volví a mi aposento: pensando el modo de mi venganza estuve hasta que mi esposo don Pedro vino a cenar, y como fuese ya tarde acostose, y yo con él, aguardando con mucho sosiego la quietud de todos los criados.

Viendo pues a mi esposo dormido, me levanté y vestí, y tomando su daga y una luz me subí al desván, y entrando por la pequeña puerta llegué hasta el mismo aposento de don Luis, al cual hallé dormido, no con el cuidado que su traición pedía sino con el descuido que mi venganza había menester, pues como ya había cumplido sus deseos dormía su apetito sin darle cuidado; y apuntándole al corazón, de la primera herida dio el alma, sin tener lugar de pedir a Dios misericordia: y luego, tras esto le di otras cinco puñaladas con tanta rabia como si con cada una le hubiera de quitar la vida.

Volvime a mi aposento, y no mirando si por esto le podía venir a mi inocente esposo algún daño, porque por una parte mi furor y por otra mi turbación me tenían fuera de mí, puse la daga en la vaina sin limpiar la sangre ni mirar el desacierto que hacía, pues cuando la justicia me prendiese, la verdad había de ser de mi parte y la maldad de don Luis.

Abrí un escritorio y puse en un lienzo todas mis joyas, que valdrían más de dos mil ducados; y abriendo las puertas, sin ser sentida, ni dar a ninguno cuenta de mi locura, me salí de casa y fui a la posada de don Gaspar, que ya otras veces me había informado de mi criada dónde era. Llamé a la puerta, la cual me abrió un criado que ya sabía nuestras desdichas, y como me vio muy espantada, me dijo que su señor no había venido, porque estaba jugando.

—No importa —dije—, yo le aguardaré.

Y así lo hice, aunque sabe Dios que fue con harto temor. Vino al fin don Gaspar, y como entrando me viese, haciéndose mil cruces, con una cólera increíble me dijo:

—¿Qué libertad es esta, señora doña Hipólita? ¿Qué buscáis en mi casa? ¿No bastan los trabajos que me costáis y los peligros en que me habéis puesto, y el más cruel y de mayor afrenta el último en que estuve, pues con intento traidor y cruel me enviaste a llamar para ponerme en poder de vuestro cuñado y amante?

Habíale yo dado cuenta al ingrato de cómo don Luis me quería, y por esta causa sospechó tal bajeza en mí; y así porque no pasase adelante en su dañada intención, con un mar de lágrimas le dije:

—¡Ay, don Gaspar, señor mío, y qué diferencia hay en todo de lo que imagináis!, porque entregaros a mi cuñado bien veo que fue desconcierto de mi turbación: mas ¿qué podía hacer una mujer que se veía con un hombre muerto, que tal creí que estabais, y aguardando a su marido? Bien parece que no sabéis lo que pasa. A don Luis dejo muerto por mis propias manos, para lavar con su sangre la mancha de mi afrenta, la cual intentó y consiguió como amante desesperado: mi casa puesta en el peligro que se dirá mañana, y yo no fuera de él. Lo que importa es que al punto me saques de Valladolid y me lleves a Lisboa, que joyas traigo para todo.

—¡Ah traidora liviana! —dijo don Gaspar—, ahora confirmo mi pensamiento, que fue entregarme a tu galán para que me diese la muerte, cansada de mi firme amor, enfadada de mis importunaciones; y ahora que te has hartado de él, cual otra Lamia lasciva y adúltera Flora, cruel y desleal Pandora, le has quitado la vida y quieres que yo también acabe por tu causa. Pues ahora verás que como hubo amor habrá aborrecimiento, y como tuviste mal trato habrá castigo. Y diciendo esto, me desnudó hasta dejarme en camisa, y con la pretina me puso como veis —diciendo esto la hermosa dama mostró a don García, lo más honesta y recatadamente que pudo, los cardenales de su cuerpo, que todos o los más estaban para verter sangre—, sin ser bastante su criado para que dejase su crueldad, hasta que ya de atormentada caí en el suelo, tragándome mis propios gemidos por no ser descubierta; y viéndome el traidor así, abrió la puerta y me arrojó en la calle, diciendo que no me acababa de matar por no ensuciar su espada en mi vil sangre, donde a no llegar vuestra piedad, a esta hora estuviera, si no muerta, a lo menos en las manos de los que ya me deben andar buscando.

Esta es, piadoso don García, mi desdichada historia: ahora es menester que me aconsejéis qué podrá hacer de sí una mujer, causa de tantos males.

—Por cierto, hermosa Hipólita —dijo don García, tan lastimado de verla bañada en lágrimas como enamorado de su belleza—, que estoy tan airado contra el ingrato don Gaspar cuanto sentido de tus desdichas. Pluguiera a Dios que estuviera en mi mano el remediarlas, aunque pusiera en cambio mi vida: no puedo yo creer que en don Gaspar hay noble sangre, pues usó contigo tal vileza; pues cuando no mirara lo que te había querido y verte rendida a su poder, por mujer pudiera guardarte más cortesía; mas yo te prometo que él no quedará sin castigo, pues el cielo tiene cargo de tus venganzas, como hizo la de don Luis. Reposa ahora, que quiero, con tu licencia y las señas de tu casa, ir a ella y saber en qué ha parado tu falta y su muerte, y luego tomaremos el mejor acuerdo.

Agradecióselo la dama con los mayores encarecimientos que pudo, con lo que don García, obligado y en algo pagado de su amor, se fue en casa de doña Hipólita por ver qué había de nuevo; y apenas llegó a ella cuando vio sacar a don Pedro, que le llevaban preso a título de matador de su hermano, cuyos indicios confirmaba la puerta que se halló en el desván, la daga que estaba dentro de la vaina llena de sangre, y el decir las criadas que su señora era amada de don Luis; diligencias que supo muy bien hacer la justicia, visitando la casa y lo demás, tomando su confesión a los criados y criadas.

De todas estas cosas estaba el pobre caballero tan inocente como embelesado de ver la falta de su mujer, pues el faltar asimismo las joyas y el manto, y haber hallado abierta la puerta, le daba más que sospechar; y así, sin dar disculpa ni razón fue llevado a la cárcel, dejando guardas en las casas tanto del muerto como del preso, sin perdonar de ningún modo los criados y criadas, ni aun a los padres de doña Hipólita.

Lleno de compasión el noble don García de ver tal espectáculo, y encendido en cólera, con intento de castigar la bajeza de don Gaspar, a cuya venganza le daba fuerza el amor que a Hipólita tenía, pareciéndole que con su vida pagaría el haberla maltratado y quitado sus joyas, llegó a su posada y preguntando por él, le dijo la huéspeda que aquella misma mañana había partido por la posta a Lisboa, donde le había dicho su criado que iban, porque estaba su padre muy malo.

Pues viendo don García el poco fruto que tenía su deseo, y que era fuerza poner cobro en aquella dama por su peligro, y el suyo si fuese hallada en su poder, porque a esta hora ya se daban pregones que a quien dijese de ella darían cien escudos y en cuyo poder se hallase pena de muerte, por esto, y más por su amor, que le tenía tanto que no se atrevía a fiarle de sí mismo, pues que casi disculpaba a don Luis de su yerro, se fue a la ropería y tomando un gallardo y rico vestido, y con él los demás adherentes que eran menester para que doña Hipólita pudiese salir de allí, lo llevó él mismo, y sin querer fiarse de nadie se volvió a su posada, contando a la bella Hipólita lo que pasaba y cómo se decía que querían dar tormento a su marido: nuevas que sintió tanto que, determinada y loca, quiso ir a ponerse en poder de la justicia para que por su ocasión no padeciese el noble don Pedro y tantos inocentes criados: mas don García, reprobando su determinación, la reportó, y haciéndola vestir y comer un bocado, fue por una silla y en ella la llevó a un convento de religiosas, pagando liberalmente cuanto era menester; y estando allí, la aconsejó que negociase la libertad de su marido, pues estaba inocente.

Hízolo la dama, escribiendo un papel al presidente en que decía que, si quería saber el agresor de la muerte de don Luis, viniese a verla, que ella se lo diría. El presidente, deseoso de saber caso semejante, como todos eran principales y aun ella deuda suya, vino con otros señores del consejo al monasterio, a los cuales contó doña Hipólita todo lo que queda dicho, declarándose ella por matador de su aleve cuñado, diciendo que su marido y criados estaban inocentes, y también los del muerto.

Con esta relación fue el presidente a hablar a Su Majestad, el cual, viendo cuán justamente se había vengado doña Hipólita, la perdonó y dio por libre; y asimismo a su marido y todos los demás presos, que antes de cuatro días se vieron en libertad.

Solo doña Hipólita no quiso volver con su marido, aunque él lo pidió con hartos ruegos, diciendo que honor con sospechas no podía criar perfecto amor ni conformes casados, no por la traición de don Luis, que esa, vengada por sus manos, estaba bien satisfecha, sino por la voluntad de don Gaspar, de quien su marido entre el sí y el no había de vivir receloso. Lo que se le pidió fueron sus alimentos, que el noble don Pedro le concedió liberalmente.

Este disgusto trajo al pobre caballero a tanta tristeza que, sobreviniéndole una grande enfermedad, antes de un año murió, dejando a su mujer e hija herederas de toda su hacienda, de quien no se tenía por ofendido, antes el tiempo que vivió la visitaba en todas ocasiones.

Viéndose doña Hipólita libre, moza, rica, y en deuda a don García de haberla amparado, visitado y animado todo el tiempo que estuvo en el convento, en el cual la regalaba con muchísima puntualidad, y más obligada del amor que sabía que la tenía, de que en el convento le había dado claras muestras, agradada de su talle y satisfecha de su entendimiento, cierta de su nobleza y segura de que estimaría su persona, se casó con él, haciéndole señor de su belleza y de su gruesa hacienda, que sola esta le faltaba para ser en todo perfecto; pues, aunque tenía una moderada pasadía, no era bastante para suplir las faltas que siendo tan noble era fuerza tuviese. El cual, agradecido al cielo y querido de su hermosa doña Hipólita, vive hoy con hijos, que han confirmado su voluntad y extendido su generosa nobleza.

Andando el tiempo, trajeron a Valladolid preso un hombre por salteador, y este, estando ya al pie de la horca, confesó que, sin el delito porque moría, merecía aquel castigo por haber muerto camino de Lisboa a su señor don Gaspar, por quitarle gran cantidad de joyas que él había robado a una dama que se había venido a valer de él, contando el suceso de doña Hipólita en breves razones; por donde se vino a conocer que el cielo dio a don Gaspar el merecido castigo por la mano de su mismo criado, que era este que se castigaba.

Este suceso pasó en nuestros tiempos, del cual he tenido noticia de los mismos a quienes sucedió, y yo me he animado a escribirle para que cada uno mire lo que hace, pues al fin se paga todo.

Dio tanto gusto la maravilla referida por don Miguel que la celebraron con mil alabanzas, dándole las gracias con agradecidos encarecimientos. Y como don Lope estuviese satisfecho de que la suya no daría menos gusto que la de su compañero, se empezó a prevenir para decirla, la cual comenzó de esta suerte:

NOVELA OCTAVA

EL IMPOSIBLE VENCIDO

SALAMANCA, ciudad nobilísima, y la más bella y amena que en la Castilla se conoce, donde la nobleza compite con la hermosura, las letras con las armas, y cada una de por sí piensa aventajarse y dejar atrás a cuantas hay en España, fue madre y progenitora de don Rodrigo y doña Leonor, entrambos ricos y nobles.

Era don Rodrigo segundo en su casa, culpa de la desdicha que quiso por esta parte quitarle los méritos que por la gallardía y discreción tenía merecidos, y que por lo menos fuese defecto que quitase el emprender famosas empresas, pues lo era para él doña Leonor, única y sola en la casa de sus padres, y heredera de un riquísimo mayorazgo.

Vivían uno frontero de otro, y tan amigos los unos de los otros que casi se hacía la amistad sangre, siendo la de los padres causa de que los hijos desde sus más tiernos años se amasen, hasta que llegando a los de discreción, cansado amor de las burlas, solicitó llevar plaza de veras (y halló en esto favor de su paladar, cuanto quiso y pudo desear) porque los dos amantes habían nacido en la estrella de Píramo y Tisbe, por cuyo ejemplo, puesto en los ojos de los padres de doña Leonor, empezaron a temer, no el fin, sino el principio; y porque les parecía que atajado este no tendría lugar el otro, procuraron estorbar en cuanto les fue posible la comunicación de doña Leonor y don Rodrigo, pues por lo menos quitaron que fuese con la llaneza que en la niñez.

Y como amor, cuando trata cosas de peso, él mismo se recata y recela de sí mismo, empezaron estos dos amantes a recelarse hasta de sus mismos pensamientos, buscando para hablarse los lugares más escondidos, tomando amor de las niñerías entera posesión de las almas, y más viendo el estorbo que les hacían sus padres, aumentando de tal suerte la voluntad que ya no trataban sino del efecto de su amor y cumplimiento de sus deseos, determinándose los dos juntos y cada uno de por sí a morir primero que dar paso atrás en su voluntad.

Las dádivas facilitaron la fidelidad de los criados, y amor el modo de verse, supliendo tal vez los amorosos papeles las ocasiones de hablarse, expresándose en ellos con tanta llaneza que, sin recato, pero sí con vergüenza, que siempre malogra muchos deseos, se declaraban sus más íntimos pensamientos.

Pues como la hermosura de doña Leonor cada día iba en mayor aumento, se le ofrecían a cada paso a don Rodrigo mil competidores que, deseosos de su casamiento, se declaraban por sus pretendientes.

Temeroso de que alguna vez no le quitasen a fuerza de merecimientos la prenda que más estimaba, se determinó fiado en los suyos, que aunque menor en su casa, eran muchos, de pedírsela a sus padres, poniendo por solícitos terceros para ello a los suyos, que satisfechos de su nobleza y bienes de fortuna, con que además del mayorazgo podían dar algunos a su hijo, se prometieron buen suceso; mas salioles tan al revés esta confianza que, llegando al fin del negocio, se vieron de todo punto defraudados de ella; porque los de doña Leonor respondieron que su hija era única heredera de su casa, y que aunque don Rodrigo merecía mucho, no era prenda para un menor, y que esto solo hacía estorbo a sus deseos, los cuales, si el mayor no fuera casado, se lograran con mucho gusto de todos; demás que doña Leonor estaba prometida por mujer a un caballero de Valladolid, cuyo nombre era don Alonso.

Sintieron esto los padres de don Rodrigo, pareciéndoles agravio preferir a ninguno más que a su hijo: y de esto nació entre los deudos de una parte y otra una grandísima enemistad, tanto que no se trataban como primero.

Quien más lo sintió fue don Rodrigo, tanto que perdía el juicio, haciendo tantos extremos como los de su amor le obligaban, y más cuando supo que para acabar de todo punto este negocio, y que muriese el amor a fuerza de la ausencia, trataron sus padres de enviarle a Flandes, haciéndole trocar por esta ocasión los hábitos de estudiante en galas de soldado.

Inocente y descuidada estaba doña Leonor de este suceso, pues don Rodrigo no le había querido dar parte de su determinación porque no la estorbase, temiendo lo mismo que había de responder su padre, por tener más puesta la mira en la hacienda que en su gusto, hasta que el mismo día que don Rodrigo tuvo la respuesta desgraciada de su infeliz pretensión y se determinó su partida, escribió a doña Leonor un papel en que la daba cuenta de la resolución de sus padres y de la brevedad de su viaje.

El sentimiento de doña Leonor con estas nuevas quede a la consideración de los que saben qué pena es dividirse los que se quieren bien, y lo mostró más largamente cayendo en la cama de una repentina enfermedad que puso a todos en cuidado; mas animándose una mañana que le dio su madre (con haber salido fuera) lugar para escribir, respondió a su amante de esta suerte:

«La pena de este suceso os dirá mi enfermedad; el remedio no le hallo: porque demás de no haber en mí atrevimiento para dar a mi padre este disgusto, la brevedad de vuestra partida no da lugar a nada. No perdáis el ánimo, pues yo no le pierdo. Dad gusto a vuestros padres, que yo os prometo de no casarme en tres años, aunque aventure en ello la vida: esto determino, para que alcancéis con vuestras valerosas hazañas, no los méritos para merecerme, que de esos estoy pagada y contenta, sí los bienes de fortuna, que es en solo lo que repara la codicia de mi padre. El cielo os dé vida para que yo vuelva a veros tan firme y leal como siempre.»

Leyó don Rodrigo este papel con tantos suspiros y lágrimas como doña Leonor despidió al escribirle, que fueron hartas, que llorar los hombres cuando los males no tienen remedio no es flaqueza sino valor; y así la tornó a suplicar en respuesta que aliviándose algún tanto diese orden que la viese, para que por lo menos no llevase este dolor en tan largo destierro.

Procuró doña Leonor dar gusto a su amante, y así engañando el mal, o que fuese amor quien hizo este milagro, a pesar de los médicos y de sus padres se levantó el mismo día que don Rodrigo se había de partir, y para que más pudiese gozarle, pidió a su madre que fuesen a oír misa a una imagen que en esta ocasión se señalaba en Salamanca con muchos milagros. Cumpliole este deseo la desdicha, que tal vez deja que sucedan algunas cosas bien, para que después se sientan más los males y penas que continuamente vienen tras las alegrías.

Aguardaba don Rodrigo el coche en que iba su dama con su madre cerca de la iglesia, tan galán como triste y tan airoso como desdichado. Llegó el coche al lugar de la muerte (que tal se puede llamar este), pues había de ser en el que se habían de apartar las almas de los cuerpos, siendo la despedida sola una vista; y como doña Leonor iba con el cuidado que es de creer, luego amor le encaminó la suya adonde estaba su dueño, guisado (como dicen) para partir con botas y espuelas, de que recibió tanta alteración, considerando que en el mismo instante que le veía le había de perder, que en respuesta de la cortesía que don Rodrigo la hizo con una atenta y amorosa reverencia, le dio un pesar harto grande, pues le recibió el amante viéndola caer en los brazos de su madre sin ningún sentido.

La noble señora, inocente de estos sucesos, por no haberle dado su marido parte de las pretensiones de don Rodrigo, dando la culpa al haberse levantado, hizo que diese la vuelta el coche para volverse a casa; de suerte que cuando doña Leonor volvió de su desmayo ya estaba en su cama, y cercada de médicos y criadas, que con remedios procuraban darle la vida que creían tener perdida.

Aunque don Rodrigo tenía prevenida su partida, no le dio lugar amor para hacerla dejando su sol eclipsado, y así la suspendió hasta que por la esclava, tercera de su amor, supo como doña Leonor, más aliviada de su mal, aunque no de su pena, estaba reposando.

Con cuyas nuevas se partió el mismo día, quedando la dama al combate de las persecuciones de su padre, que como discreto no ignoraba de qué podía proceder el mal y disgusto con que siempre la veía, teniendo la ausencia de don Rodrigo por el autor de todo, más no por eso dejaba de prevenir lo necesario para que cuando don Alonso viniese no hallase dificultad en su casamiento.

Llegó don Rodrigo a Flandes y fue recibido del duque de Alba, que a este tiempo gobernaba aquellos estados, con el gusto que podía tener un caballero tan noble como don Rodrigo, a quien desde luego comenzó a ocupar en cargos y oficios convenientes a su persona y calidad, sucediendo a cada paso ocasiones en que don Rodrigo mostraba su valor y hazañas, de las cuales el duque satisfecho y contento, cada día le hacía mil honras y favores, siendo su gala y persona, discreción y nobleza, los ojos de la ciudad.

Sucedió en este tiempo que estando un día con el duque de Alba no solo don Rodrigo, sino todos los más nobles y principales caballeros y valerosos soldados del ejército, entró una principal señora flamenca, y arrodillada a los pies del duque le pidió que oyese un caso portentoso y notable que venía a contarle. El duque, que conocía la nobleza y calidad de doña Blanca, se levantó y la recibió con aquella acostumbrada cortesía de que tanto se preció y era dotado; y haciéndola sentar, la dijo que manifestase el suceso que tanto encarecía.

Entonces doña Blanca contó en presencia de los circunstantes cómo hacía un año que había muerto su marido, y desde entonces se oía en su casa un grandísimo ruido, pero que había cuatro meses que se veía en ella una fantasma, tan alta y temerosa que no tenía ella y sus criados otro remedio más que, en dando las once de la noche (que es la hora en que se dejaba ver), encerrarse en un retrete y aguardar allí hasta que dadas las doce se desaparecía, porque nunca jamás entraba en aquella parte donde ellas se retiraban. Acabó su plática con pedirle que mandase hacer en este caso alguna diligencia.

El duque que, como sabio, consideró que si fuera fantasma, como doña Blanca decía, no tuviera lugar separado, ni llaves ni cerraduras que le impidieran el entrar adonde doña Blanca se recogía, discurriendo en estas imaginaciones un poco, mandó a todos los que estaban allí guardar en aquel caso secreto; y como en varias ocasiones tenía experiencia del valor, ánimo y prudencia de don Rodrigo, le mandó que asistiese a la casa de doña Blanca y viese qué fantasma era aquella que la inquietaba.

Besó don Rodrigo la mano al duque por la merced que le hacía en elegirle a él para aquel caso, habiendo en la sala personas más beneméritas y de más valor que él, humildades que más hacían lucir su valerosa condición.

Volviose doña Blanca a su casa, con orden de no decir en ella que don Rodrigo había de ir a verse con aquella figura espantosa que en ella se advertía, porque en esto le pareció al duque que consistía el saber qué era.

Vino la noche, y con más espacio que el animoso don Rodrigo quisiera, tal era el deseo con que estaba de ver el fin de este negocio; el cual se fue en casa de doña Blanca bien armado y prevenido, y después de haber estado en conversación hasta las diez, sin que en este tiempo hubiese tratado de la causa a qué iba, como vio que ya podía prevenirse, la habló aparte, informándose del modo que la fantasma venía, y después la ordenó que llamase un criado de los que la servían para que le acompañase, sin que el tal entendiese para qué era llamado.

Condescendió doña Blanca en todo, tan aficionada a la gallardía de don Rodrigo que muy bien le hiciera dueño de su persona y de todo cuanto poseía, diciéndole tales razones que casi se lo daba a entender.

Viniendo el criado, ignorante de todo, le ordenó doña Blanca que previniese una hacha, y creyendo que era para ir alumbrando a aquel caballero, lo hizo, y como estuvo encendida bajó don Rodrigo con él y cerró la puerta de la calle, guardando él mismo las llaves. Vuelto arriba, sin dejar un punto al criado ni darle lugar a que se apartase de él, le dijo a doña Blanca que se fuese a recoger con sus mujeres; la cual obedeciendo, se encerró con ellas en el retrete acostumbrado que estaba inmediato a la sala en que don Rodrigo, con su compañía, quiso aguardar la fantasma.

Todas estas cosas tenían admirado al criado de doña Blanca; y más se admiró cuando don Rodrigo, juntando la puerta de la sala, le mandó que se sentase porque le había de hacer compañía, de que quisiera excusarse, mas no tuvo remedio, antes con esto confirmó más la sospecha de don Rodrigo, si bien el mozo disculpaba su turbación con su miedo; pero ya determinado en lo que había de hacer, aguardó su buena o mala suerte.

Tenía por orden de don Rodrigo el hacha encendida en la mano, y como dieron las once se empezaron a oír unos grandes y espantosos golpes, y dar unos temerosos gemidos, los cuales se venían encaminando adonde estaban, de cuyo temor el mozo empezó a temblar. Don Rodrigo, que no era necio, con más ciertas sospechas que nunca, le dijo embrazando un broquel, y desenvainando la espada:

—Gentilhombre, cuenta con la luz, que la fantasma conmigo lo ha de ver.

A este tiempo, viendo entrar aquella figura, el mozo, fingiendo un desmayo, se dejó caer en el suelo con propósito de matar de esta suerte la luz, como después se supo; mas no le sucedió tan bien, porque aunque la hacha cayó en el suelo, no se mató; lo cual visto por don Rodrigo, acudió con mucha presteza a ella, y tomándola en la mano en que tenía la rodela, embistió con la fantasma, que ya a este tiempo estaba en medio de la sala: y de la estatura de un hombre que entró por la puerta, se había hecho tan alta y disforme que llegaba al techo, y con un bastón que traía en las manos, del cual pendía cantidad de cadenas, daba golpes con que amedrentaba a las inocentes y flacas mujeres.

Don Rodrigo, que con la luz y su espada se había llegado cerca y pudo notar que en las manos traía guantes, le tiró un golpe a las piernas, que no fue menester más para rendirle, porque como venía fundado sobre unos palos muy altos y este cimiento era falso, dio el edificio en tierra una terrible caída, a cuyo golpe doña Blanca y sus mujeres, que ya por el ruido se habían venido hacia la puerta, salieron fuera con una vela encendida, porque la hacha que tenía don Rodrigo se había muerto con el aire del golpe; el cual, acudiendo al caído, le halló tan aturdido y desmayado que dio lugar a que se viese quién era, porque, en quitándole unos lienzos en que venía envuelto, fue conocido de don Rodrigo; porque era un caballero flamenco su vecino, que enamorado de ella desde que murió su marido, la solicitaba y perseguía, al cual la hermosa doña Blanca había despedido ásperamente por ser casado.

Acudieron con agua aplicándosela al rostro para que volviese del desmayo: y vuelto de él, harto avergonzado del suceso viendo descubierta su malicia, le dijo don Rodrigo:

—¿Qué disfraz es ese, señor Arnesto, tan ajeno de vuestra opinión y trato?

—¡Ay, señor don Rodrigo! —replicó Arnesto—, si sabéis qué es amor, no os maravilléis de esto que hago sino de lo que dejo de hacer; y pues ya es fuerza que lo sepáis, de este embeleco y disfraz, como vos le habéis llamado, es la causa mi señora doña Blanca, a la cual me inclinó a amar mi desdicha; y como el ser yo casado y ser ella quien es estorba y ataja mi ventura, harto de solicitarla y pretenderla, y de oír ásperas palabras de su boca, me aconsejé con este criado que está caído en el suelo, y entre los dos dimos esta traza, metiéndome él en su aposento desde primera noche para que con el miedo de mis aullidos y golpes se escondiesen estas criadas, y yo pudiese haber a mi voluntad a la causa de mis desatinos; y aunque ha muchos días que hago esta invención sin fruto, todavía perseveré en ella por ver si alguna vez la fortuna me daba más lugar que hasta aquí he tenido.

Esta noche vine como las demás, descuidado de hallar quien me descubriese, que aunque este mozo me avisaba de todo, y lo hizo de que estabais aquí cuando previno la hacha, como lo vi todo en silencio, creí que os habíais ido y que todo estaba seguro, porque aunque él no volvió al aposento, pensé que era ido a sus ocupaciones, como hace otras veces, y así me atreví a perderme como lo he hecho, pues descubierto este enredo es fuerza que no tenga yo buen suceso.

Más piadoso que admirado escuchaba don Rodrigo al apasionado flamenco, disculpando su yerro con su amor, y al uno y al otro la hermosura de doña Blanca; y a no ser casado el amante, hiciera cuanto pudiese por conformar sus voluntades y lograr su amor.

Mas esto, y ser el delito tan grave, por ser el dueño tan noble, atajaba todos sus designios, y así le dijo que le tenía mucha lástima por padecer sin remedio, como el ser quien era aquella señora lo decía: mas que ya no era tiempo de estas consideraciones sino de ir delante del duque a darle cuenta del caso, pues que por su mandado había venido a descubrirle.

Esto sintió más Arnesto que la misma muerte, y así con buenas palabras advirtió a don Rodrigo de su peligro, mas él se excusó con decir que no podía hacer menos, mas que le daba su palabra de hacer cuanto pudiese por librarle.

Con esto, abriendo don Rodrigo una ventana y sacando por ella una hacha encendida, hizo señas a cuatro amigos que tenía prevenidos, hombres de ánimo y valor, que vista la seña fueron todos a la puerta, la cual abierta por don Rodrigo, cogiendo en medio a Arnesto y asiendo al criado de doña Blanca, se fueron al palacio del duque que aún no estaba acostado; el cual, en sabiendo la venida de don Rodrigo, salió a recibirle, y como le viese tan acompañado al punto conoció la causa, y más viendo al flamenco, a quien conocía y sabía que era vecino de doña Blanca, y como supo por entero el caso, contándole don Rodrigo cómo había pasado, coligiendo del delito no ser merecedor de perdón, por querer un hombre casado con tal invención forzar una señora tan principal y noble como doña Blanca, sin admitir los ruegos de don Rodrigo y sus amigos, mandó poner en una torre a Arnesto y en la cárcel pública a su compañero, donde estuvieron hasta que, sustanciado el proceso y verificado el delito con su confesión y declaración de las criadas de doña Blanca, y estando ella firme en pedir justicia, antes de ocho días la hicieron de los dos, degollando al uno y ahorcando al otro: justo premio de quien se atreve a deshonrar mujeres de tal valor y nombre como la hermosa doña Blanca; la cual quedó tan enamorada de don Rodrigo que, por prevenciones que hacía para apartarle de su memoria, era imposible, hallándose cada día más enamorada.

Era doña Blanca, demás de ser tan hermosa, muy moza, muy principal y de tan ricas prendas que, a no estar don Rodrigo tan empeñado en Salamanca, pudiera muy bien estimarla para casarse; mas las memorias de doña Leonor le tenían tan fuera de sí que, en lugar de vivir en su ausencia, aún era milagro tenerle, si bien por no parecer descortés ni tan para poco que viéndose querer estuviese tímido, tibio y desdeñoso, procedía en la voluntad de doña Blanca agradecido más que amante; con lo cual la hermosa dama, unas veces favorecida y otras despreciada, vivía una vida ya triste y ya alegre, porque las finezas de un hombre más cortés que amante son penas del infierno a quien las padece sin remedio, que se sienten y no se acaban.

Visitábala don Rodrigo, unas veces obligado con ruegos y regalos, que aunque regateaba el recibirlos muchas veces los tomaba por no parecer ingrato, sacando de deuda a su atrevimiento con enviar otros de más valor, y otras por no dar motivo a quejas y desesperaciones, que en una mujer despreciada suelen ser de mucho sentimiento.

¡Ay de ti, doña Blanca, qué mármol conquistas y con qué enemigos peleas! ¿Amante prendado de otra hermosura quieres para ti?

Pues un día en que don Rodrigo fue a pagar las finezas que doña Blanca con él tenía, la halló cantando este romance que, a lo que en él se ve, se había hecho al particular de su amor y de don Rodrigo, de quien sin duda sospechaba que amaba en otra parte:

Oíd, selvas, mis desdichas
   Si acaso sabéis de amor,
Escuchad las sinrazones
   De aqueste tirano dios.
Un tirano dueño adoro,
   Si bien en mi corazón
Tuve secreto este fuego,
   Por venganza y por temor.
Era el sujeto que amaba
   Tan sujeto a otra afición,
   Que temí poner la mía
   En contraria condición.
Con solo amarle pagaba
   Al alma lo que perdió
De gusto, reposo y sueño,
   Amando sin galardón.
Pluguiera al cielo que el alma
   Muda estuviera hasta hoy,
Que experimentar desdenes
   Sirve de mayor dolor.
Declareme, selvas mías,
   La voluntad se anegó,
Pues he ganado tibiezas,
   Conquistado disfavor.
Satisfizo agradecido,
   Mas ¡ay de mí! que fingió;
Que si me amara de veras,
   No estuviera como estoy.
Si adoras, tirano dueño,
   A la divina Leonor,

Pedir favor es pedir
Tinieblas al mismo sol.
Lloremos, selvas amigas,
Este mal logrado amor,
Estos celos sin remedio,
Cantando con triste voz.
Desdichado es amor,
Cuando empieza con celos su pasión.

Era la hermosa doña Blanca hija de español y de flamenca, y así tenía la belleza de la madre y el entendimiento y gallardía del padre, hablando demás de esto la lengua española como si fuera nacida en Castilla, y así cantó con tanto donaire y destreza que casi dejó a don Rodrigo rendido a quejas tan bien dichas; mas amor, que estaba entonces de parte de la hermosa Leonor más que de la favorecida doña Blanca, quizá obligado de algunos sacrificios que la ausente dama le hacía, estorbó esta afición, que desde este día se empezaba a entender de esta manera.

Había en la ciudad un caballero español, cuyo nombre era don Beltrán, tan igual en nobleza y bienes de naturaleza a la hermosa doña Blanca cuanto corto en los de fortuna, aunque tenía un muy buen destino y alguna buena parte de hacienda que sus padres, que habían muerto en la misma tierra, le habían dejado. Mas era tan estimado y tan bien recibido que, cuando los ánimos ociosos trataban de casar las damas mozas de la ciudad, de común parecer empleaban a la hermosa doña Blanca en el galán don Beltrán, el cual la amaba con tanto extremo que casi perdía por ella el juicio.

No miraba mal doña Blanca a don Beltrán hasta que llegó a ver a don Rodrigo; mas en el punto que amor cautivó su voluntad, olvidó de suerte a don Beltrán que hasta su nombre aborrecía. Pues como anduviese deseoso de saber la causa de esta mudanza, y las dádivas puedan más que la fidelidad de las criadas, por ser en guardar secreto poco fieles, supo de una de las que la servían cómo su dama quería a don Rodrigo y cómo él correspondía con ella, más por cortesía que por voluntad.

Y fiándose en esto, quiso llevarlo por valentías y bravatas hasta ver si por buenas razones le obligaba; y esa noche, al tiempo que don Rodrigo salía de casa de doña Blanca, más agradecido a su amor que otras veces, se llegó a él y le suplicó le oyese dos palabras.

Conociole don Rodrigo porque los soldados, ya que no sean todos amigos, se conocen unos a otros, y con mucha cortesía le respondió que su posada estaba cerca, que si quería ir a ella, o si era negocio que requería otro lugar.

—Vuestra posada es a propósito, señor don Rodrigo —respondió don Beltrán—, que con los amigos no son menester esos lugares que pensáis.

Con cuya respuesta se fueron juntos a la posada de don Rodrigo, y entrando en ella y sentados juntos, don Beltrán le dijo estas razones:

—Bien sé, señor don Rodrigo, que sabéis amar y que no ignoráis las penas a que está sujeto un corazón que no alcanza lo que desea, y después que con amar, servir, solicitar y callar ha alcanzado méritos para que sea suya la prenda que estima; y así me escucharéis piadoso y os lastimaréis tierno de mis desdichas, que siendo vos, como sois, la causa de ellas, espero, si no remedio, a lo menos favor para vencerlas.

Yo, señor don Rodrigo, no os quiero cansar en contaros mi nobleza, pues con decir que soy hijo de uno de los más calificados caballeros de Guadalajara, se dice todo: solo os digo que amé desde mis tiernos años a la hermosa doña Blanca, pues aun antes que se casase la adoraba. Fui correspondido de su voluntad en todo aquello que una principal señora, sin desdorar su opinión, pudo favorecerme, si bien no debía de ser amor con las veras que yo juzgaba, pues en una ausencia que hice a España a tratar mis acrecentamientos, dio la mano a su difunto esposo, con quien apenas vivió casada un año.

Murió, en fin, y como amor vivía aún en medio de los agravios, viendo muerto al dueño de mi prenda, empezaron a alentarse mis esperanzas, volviendo a verme tan favorecido de mi dama como primero, y cuando pensé verme en su compañía atado con el yugo del matrimonio, se trocó su voluntad de la suerte que sabéis, pues la tiene puesta en vos desde el día que vencisteis aquella fantasma, inventada para mi desdicha, de la cual yo triunfara, quitándoos a vos y al duque de cuidado, si doña Blanca me diera de su traición parte.

Aconsejábame mi cólera que quitase de por medio vuestra persona, y lo hiciera, no porque me confieso más animoso y valiente que vos, mas porque un cuidadoso puede triunfar fácilmente de un descuidado; mas puse los ojos en mi señora doña Leonor, que según he sabido es y ha de ser vuestra prenda, y así me determiné venir a pedir por su vida, pues la estimáis tanto, tengáis lástima de mis desdichas; y pues doña Blanca no ha de ser para vos, que sea para mí, haciendo cuenta que con su belleza compráis un esclavo, que lo seré mientras yo viviere.

Con esto y algunas lágrimas dio fin don Beltrán a sus razones, dejando no menos obligado que compasivo a don Rodrigo que, como era diestro en amar, hubo menester poco para enternecerse y menos para creerle; y después de darle a entender que quisiera querer mucho a doña Blanca, para hacer más en dársela de lo que entonces hacía, supuesto que jamás había correspondido con su voluntad sino con una discreta afición y prudente correspondencia, le ofreció hacer por él cuanto fuese posible; mas que le parecía que doña Blanca estaba en estado, según se mostraba su amante, que si no se valían de algún engaño, sería por demás el reducirla; y así quedaron de concierto que don Rodrigo prosiguiese con su amor, con muestras de agradecimiento, hasta poner a don Beltrán en posesión de la cruel dama, como lo hizo, visitándola otro día, hallándola muy ufana con los favores que la noche antes había recibido.

Don Rodrigo, que si algún deseo había tenido, viéndose obligado de don Beltrán con haberse sujetado a pedirle remedio, se le había olvidado, viendo a doña Blanca tan puesta en favorecerle, la suplicó que esa noche le viese sin tantos testigos, pues amor no los ha menester, y que se atrevía a pedirle este favor antes de que se casasen porque no quería que el duque imaginase ni supiese que mientras durase la guerra él mudaba estado.

Aceptó doña Blanca el partido por no perder ocasión, y así le dijo que viniese a las once, hora en que sus criadas y gente dormía, y que por señas, si era músico, cantase alguna cosa, porque quería gozar de sus gracias, y que ella propia le abriría la puerta, para que mediante su palabra, tomando posesión, conociese su amor.

Pidiole don Rodrigo, después de besarle muchas veces las manos, licencia para que le acompañase un amigo, de quien se fiaba, y a quien quería hacer testigo de su ventura. Concedió en todo doña Blanca, porque como ganaba a su parecer un tesoro, desperdiciaba aprisa favores.

Despidiose don Rodrigo de su engañada dama y fue a buscar a don Beltrán para darle cuenta de lo que estaba trazado, que le recibió con el gusto que tales nuevas dan. Y así juntos, a la hora señalada se fueron adonde la dama, ya recogida su gente, los aguardaba en un balcón.

Entrados en la calle, empezó don Beltrán, haciendo alarde de una divina voz de que era dotado, la seña concertada, con un laúd y este romance:

> Selvas, que fuisteis testigos
> De mis dichas algún tiempo,
> Cuando yo fui más dichoso,
> Y más constante mi dueño:
> Si alguna vez, por ventura,
> Os obligó mi deseo,
> Os aduló mi alabanza,
> Y os alabaron mis versos:
> Haced vuestras hojas ojos,
> Para verme cómo vuelvo

A obligaros con mi llanto
A mil nuevos sentimientos.
Segunda vez, selvas mías,
Aqueste llanto os ofrezco,
Para que aumentéis con él
Vuestros mansos arroyuelos.
Quiero a Laura, y no os espante
Que no diga que la quiero,
Porque quisiera obligarla,
Diciendo que la aborrezco.
Deprendí a tener amor,
Amándola, porque fueron
Verdaderas mis finezas,
Y mis cuidados inmensos.
Tratome como sabéis,
Que repetirlo no quiero,
Mi estrella tuvo la culpa,
O mi fineza a lo menos.
Que a un amor verdadero
Le siguen penas, y le matan celos.

Estaba ya doña Blanca tan olvidada de don Beltrán que, aunque había oído otras veces su voz, no le conoció, y creyendo ser el que cantaba don Rodrigo, bajó a abrirle, y al entrar le preguntó la dama si entraba para ser su esposo. El galán, que no deseaba otra cosa, le dio un sí con los brazos y llamando al amigo que estaba en la calle, un poco apartado, prometió serlo delante de él, quedando con esto, según la costumbre de Flandes, tan confirmado el matrimonio como si estuvieran casados.

Y con esta seguridad, creyendo que el que entraba era don Rodrigo, le dejó doña Blanca gozar cuanto quiso y había conquistado con tanta perseverancia, entreteniendo en esto alguna parte de la noche, que como donde estaban no había luz por más seguridad, pudo doña Blanca engañarse creyendo que el que estaba con ella era don Rodrigo y no don Beltrán; el cual, pareciéndole que era descortesía tener tanto tiempo a su amigo en la calle y viendo que casi quería amanecer, se despidió de su esposa, y bajando juntos a la puerta, al ruido de la llave llegó don Rodrigo, que viendo ser tiempo de descubrir su engaño, se dio a conocer a la dama, descubriéndole quién era el que tenía por él, suplicándole encarecidamente perdonase su yerro, que las pasiones de don Beltrán, y su crueldad con él, le habían obligado a tal. Demás que él no se podía casar sino con la hermosa doña Leonor, a quien tenía hecha cédula de ser su esposo.

Con harto sentimiento y lágrimas escuchó la hermosa doña Blanca el suceso, mas viendo que era sin remedio, se despidió de ellos pidiendo a don Rodrigo que, pues había sido el tercero de aquel engaño, hablase a sus deudos y al duque para que con gusto de todos se hiciese el casamiento con don Beltrán.

En este estado estaba don Rodrigo negociando el bien de su nuevo amigo, en que se dio tan buena maña que antes de tres días los tenía ya desposados con general gusto de todos, mientras doña Leonor en Salamanca pasaba una vida bien triste y sin consuelo, por ver que no solo se habían pasado los tres años puestos por concierto entre ella y don Rodrigo, sino que para llegar a los cuatro faltaba bien poco, entreteniendo su amor con algunas cartas que de tarde en tarde recibía, y a sus padres con su poca edad y menos salud (que a fuerza de tristezas la tenía bien gastada), y ellos a su esposo, que ya estaba un mes había en la ciudad, con las mismas excusas, no atreviéndose a disgustar a su hija que, por no tener otra, la querían ternísimamente.

Pues un día que la hermosa dama, combatida de sus padres, apretada de su amor, y desesperada de esta ausencia, se hallase sola en un retrete no pensando que había quien la escuchase, soltando las corrientes de sus divinos ojos empezó a quejarse de su poca dicha, de la dilación de don Rodrigo y de la violencia con que sus padres la querían casar a su disgusto, entregándola a un hombre que aborrecía y apartándola de otro en quien había puesto toda su felicidad.

Oyó su madre las tiernas quejas de doña Leonor, y conociendo la causa de no quererse casar su hija, determinó de remediarlo por el mejor medio que fuese posible; y para más asegurarse, esa misma noche en sintiéndola dormida, la cogió las llaves de un escritorio y en él halló bastante desengaño con las cartas de don Rodrigo, las cuales, después de leídas, dejó como estaban, y tornando a cerrar puso la llave adonde la había hallado.

Habló del caso a su padre, y viendo ambos que persuadirla amando era excusado, ordenaron entre los dos una carta, poniéndola en nombre de un criado que don Rodrigo había llevado y ellos conocían, en que le avisaba como su señor se había casado con una señora flamenca, muy rica y hermosa, cuyo dote había venido a su propósito.

Esta carta se dio a los padres de don Rodrigo, los cuales, aunque no la tuvieron por muy cierta, por no avisarle su hijo de ello, con todo esto la divulgaron por la ciudad, de suerte que como las nuevas en siendo malas no se encubren, llegaron a los oídos de doña Leonor, que midiendo la inconstancia de los hombres con su desdicha y viendo que el tiempo que decían había que se había casado era el mismo, poco más o menos, que don Rodrigo no la escribía, las creyó luego; y desesperada de remedio cuanto deseosa de venganza, pareciéndole que no la podía tomar mayor de sí misma y de su amante que con rendirse a un tirano dueño, que así llamaba al esposo que sus padres la daban, si bien llorosa y triste, en sabiendo su desdicha dio la mano a don Alonso, celebrándose en Salamanca sus bodas.

Quien viese a doña Leonor casada hoy con diferente dueño del que sus pasiones prometían parece que podrá culpar la inconstancia de las mujeres; pues habrá quien diga que no debiera creerse tan de ligero de la primera información; mas de esta culpa la absuelve el haber pasado un año más del concierto. Pero lo que más disculpará y hará verdadero su amor será el suceso que del casamiento resultó.

Y así, en tanto que goza a su disgusto los enfadosos regalos de su esposo, a quien aborrecía, aun antes de casarse, porque no tan solo en dándole la mano se arrepintió, mas aun antes de habérsela dado; por cuyo disgusto se dejó vencer de una tan profunda melancolía que tenía, no solo a su marido, mas también enfadados a todos. Súfrala, pues creyó un engaño tan grande, que yo me paso a Flandes.

Don Rodrigo, inocente y temeroso de este suceso, después de ver a doña Blanca y a don Beltrán en posesión de su amor, el galán más enamorado y la dama muy contenta, siguiendo muy valerosamente en su ejercicio de la guerra y teniendo el duque en esta ocasión muy valerosos soldados en su compañía, y viendo ser don Rodrigo de los que más señaladamente se aventajaban en todas ocasiones, le honró con una compañía de caballos, en cuyo ejercicio hizo valerosas hazañas.

Sucedió en este tiempo el saco de Amberes, tan solemnizado y sabido de todos, y viendo don Rodrigo que a traer la nueva a la católica y prudente majestad del rey don Felipe II había de venir algún caballero, y considerando que esta ocasión era la misma que él siempre deseaba, fiado en sus valerosos hechos pidió por merced al duque le honrase con este cargo. Concediole el duque esta petición, y mucho más que pidiera, por conocer ser merecedor de mayores acrecentamientos, con lo cual, más contento que en su vida estuvo, se puso por la posta en España.

Llegó a la corte, dio las nuevas, y en albricias de ellas, después de haberle hecho Su Majestad mil honras, le hizo merced de un hábito de Santiago y cuatro mil ducados de renta, y con todas estas grandezas, fenecida la ocasión de estar en la corte, se fue a descansar a su patria, con intento de pedir por esposa a su querida señora; o, en caso que se la negasen, mostrando la cédula sacarla por el vicario.

Llegó a Salamanca, y después de haber desengañado a sus padres de las falsas nuevas que de su casamiento habían tenido, con pedirles de nuevo tornasen a tratar sus bodas con la bellísima doña Leonor, y oído de ellos una respuesta tan cruel como la de haberse casado, él, más desesperado, triste y confuso que en su vida estuvo, harto de lastimarse y sentir tal desdicha, y cansado de atormentarse con imaginaciones, se salió de casa con intento de hablar a doña Leonor, y en diciéndole su sentimiento, culpando su poca lealtad, dar la vuelta a Flandes y morir sirviendo al rey.

Llegó a su casa a tiempo que estaba la triste señora en un balcón de ella más rendida que nunca a sus tristezas y melancólicos pensamientos; porque demás de haberse casado, como he dicho, por parecerle irritada de cólera que se vengaba de su ingrato dueño, y estos casamientos hechos con tales designios siempre paran en aborrecimiento, era el marido celoso y no de mejor condición que otro, y tras esto amigo de seguir sus apetitos y desconciertos, sin perdonar las damas ni el juego, causas para que doña Leonor le hubiese del todo aborrecido, y él viendo su despego, no la trataba muy amorosamente, y estas cosas la traían sin gusto; pues como don Rodrigo la vio tan triste, se paró muy turbado a mirarla, tanto que la dama tuvo lugar, volviendo de su suspensión de reparar en aquel soldado que tan galán y cuidadoso la miraba, y conociendo a don Rodrigo, dando un grandísimo grito se cayó de espaldas en el suelo, dando con el cuerpo un grandísimo golpe, dejando a don Rodrigo tan turbado que le pesó mil veces de haberse puesto delante de sus ojos por no darle tal pesar.

Al ruido que hizo con la caída acudieron su madre y criados, y hallándola a su parecer sin ningún sentido, creyendo ser algún desmayo, la llevaron a la cama y, desnudándola, la pusieron en ella, y con toda priesa enviaron criados, unos a buscar su marido y otros a traer los médicos; y estos venidos, haciéndola mil diligencias y remedios sin provecho, ya con unturas y fomentos, ya con crueles garrotes, cansados de atormentarla, declararon que era muerta; nueva bien rigurosa, no solo para su casa sino para toda la ciudad, que como se publicó su repentino fin generalmente la lloraban, sintiendo todos como propia suya la pérdida de tan hermosa dama; pues si a los que no les tocaba esta desdicha la sentían, ¿qué sería a quien la tenía en el alma, que era don Rodrigo?

Este aún no había salido de la calle, esperando saber de algunos el suceso de tan cruel desmayo, de que le desengañaron presto los gritos que en casa de la dama se daban: pero queriendo más por entero saber un suceso tan lastimoso, lo preguntó a un criado que salía, que como le dijo que su señora había caído muerta, fue milagro no morir también. Recogiose a su casa luego que supo que por orden de los médicos la guardaban treinta y seis horas, donde hacía y decía las lástimas que en tal caso se puede pensar.

Pasó el término señalado, y visto que era en vano aguardar más, la llevaron a la iglesia mayor, donde tenía su capilla y entierro, y poniéndola en una caja de terciopelo negro, como todos los de su linaje, la metieron en la bóveda, que era una hermosa sala debajo de tierra con unos poyos donde ponían las cajas: tenía en la testera un rico altar de un devoto crucifijo, en el cual se decían muchas misas.

Supo don Rodrigo como su querida Leonor estaba ya en la bóveda, y con las ansias amorosas que le apretaban el corazón, apenas fue de noche cuando se fue a la iglesia, donde halló al sacristán que estaba cerrando con llave la puerta de la bóveda, porque subía de encender las lámparas; y después de muchos ruegos, le dio una cadena de valor de cien escudos y pidió que le dejase ver la hermosa doña Leonor: no fue muy dificultoso el alcanzarlo del sacristán, visto el interés, a quien todo es fácil; y así, cerrando la iglesia se bajaron juntos a la funesta bóveda, y descubriendo la caja, empezó el amante caballero a abrazar el difunto cadáver como si tuviera algún sentimiento, a quien bañado en lágrimas, empezó a decir:

—¿Quién pensara, querida Leonor, que cuando habías de estar en mis brazos había de ser a tiempo que no tuvieras alma ni sentimiento para oírme? ¡Ay de mí, y cómo has pagado bien el yerro que hiciste en casarte siendo yo vivo! Cruel estuviste en hacerlo, mas mucho más lo has estado en darme tan crecida venganza; vivieras tú, hermoso dueño mío, aunque fuera en poder ajeno, que a mí me bastara sola tu vista para vivir alegre.

Diciendo estas y otras palabras de tanto sentimiento, que ya el sacristán que le acompañaba le ayudaba con muchas lágrimas, volvió los ojos al altar en que estaba el devoto crucifijo, y como ni por amante ni por desdichado perdiese la devoción, se arrodilló delante de él, y después de haberle pedido perdón de haber en su presencia hablado con aquella difunta de aquella suerte, con una devota y fervorosa oración le pidió su vida, pues para darla a los muertos había ofrecido la suya en la cruz, proponiéndole una promesa de gran valor.

¡Oh fuerza de la oración, que tanto alcanzas! ¡Oh piadoso Dios, que así oyes a los que de veras te llaman! Pues apenas acabó don Rodrigo de pedir con piadoso y devoto afecto, cuando fue oído con misericordia, porque sintiendo ruido en el ataúd en que estaba doña Leonor, volvió la cabeza y vio que alzando la dama las manos, se las puso en el rostro con un ¡ay! muy debilitado, a cuyo sentimiento acudió don Rodrigo y el sacristán, y vieron que, aunque no había abierto los ojos, empezaba a cobrar aliento; y así determinaron sacarla de allí, porque si volviese de todo punto no se hallase en tan temerosa parte; y con esto, dando don Rodrigo gracias a Dios, cargó con el amable peso, mandando al sacristán cerrase la caja como estaba, y subiendo con él a la iglesia, la puso en una alfombra, pidiendo al sacristán que fuese por un poco de vino y bizcochos para darle algún aliento si volviese del todo.

Fue el sacristán, y apenas le vio don Rodrigo fuera de la iglesia, cuando tomando en brazos a su dama se fue con ella a su casa, donde la quitó el hábito en que estaba metida y la acostó en su cama.

Cuando el sacristán volvió y no halló al caballero ni la dama, y no conociese el ladrón del amoroso hurto, no hizo más que cerrar la iglesia y subirse a su aposento, con lo que pudo recoger de vestidos y camisa; y dejando las llaves colgadas de un clavo, se fue en casa de un amigo donde estuvo retirado hasta ver en qué paraba este suceso.

Don Rodrigo, muy contento por ver que doña Leonor iba cobrando aprisa con el calor la vida, la empezó a llamar por su nombre, rociándole el rostro con vino y aplicándola paños mojados, y lo mismo a las narices, con que acabó de cobrar sentido.

Y como abriendo los ojos vio a don Rodrigo, sin que otra persona estuviese a su cabecera sino él, admirada de verse allí, como quien mejor sabía dónde se había visto, como después se dirá, le preguntó admirada el lugar donde estaba, porque hasta entonces no sabía dónde había estado: a lo cual don Rodrigo satisfizo, contándola lo que queda dicho, confirmando doña Leonor el milagro de haber vuelto a este mundo, con lo que adelante se verá.

Concertaron los amantes de irse otro día a Ciudad Rodrigo, donde don Rodrigo tenía deudos; y desde allí, sacando recados para sus amonestaciones, desposarse pasados los términos de ellas: para lo cual, antes de ponerlo por obra, consultó don Rodrigo el caso con un teólogo, el cual le dijo que lo hiciese, haciendo leer sus amonestaciones en Salamanca, teniendo por sin duda que Dios había vuelto a doña Leonor a este mundo para que cumpliese la primera palabra.

Dio don Rodrigo a entender a sus padres que se iba a Ciudad Rodrigo a divertirse con sus deudos; y con esta licencia y su dama se partió esa noche misma, siendo la segunda de haber cobrado doña Leonor la vida: la cual había cobrado el ánimo, mas no la color, que esa jamás volvió a su rostro.

En estando en Ciudad Rodrigo, nuestro caballero envió a sus padres un propio pidiéndoles que, para cosas que importaban su quietud, se viniesen por ocho días a aquella ciudad, que venidos a ella, con lo que sabrían le disculparían de tal petición. Ellos, que ya otras veces solían hacer este viaje cuando iban a ver a sus parientes y holgarse con ellos, se pusieron en un coche y se fueron a ver con su hijo, y como entrasen en su posada, que era la casa de una hermana de su madre, viuda muy rica, y viesen a doña Leonor, no dando crédito a sus ojos le preguntaron quién fuese, satisfaciendo don Rodrigo a su pregunta con decirles lo que queda dicho; y todos juntos daban muy contentos gracias a Dios, que tantas mercedes les había hecho.

Sacáronse los recados para amonestarse y enviáronlos a Salamanca al cura de la iglesia mayor, que era la parroquia de todos, el cual, aunque echó menos al sacristán, como halló la plata y ornamentos de la iglesia cabal, creyó que le hubiese sucedido algún caso que le movió a ausentarse, mas no se echó menos la dama.

Sucedió que todas tres veces que se leyeron las amonestaciones estaban en la iglesia los padres y marido de doña Leonor; mas, aunque oyeron el nombre de su hija y los suyos mismos, estando seguros de que era muerta y la habían enterrado, no cayeron en ello, creyendo que en una ciudad tan grande como en Salamanca habría otros del mismo apellido y nombre.

Pues como los términos de las amonestaciones pasaron sin ver impedimento alguno, aunque de industria se leían públicamente, se desposaron, gozando don Rodrigo de su amada prenda, y quedando de concierto de allí a un mes venirse a velar a Salamanca; y porque entonces se habían de hacer unas fiestas muy grandiosas de toros y cañas, se volvieron sus padres a su casa a prevenir lo necesario para las bodas.

Llegado el aplazado día, habiendo cuatro que don Rodrigo y su esposa con muchas damas y caballeros habían llegado de secreto a Salamanca, y aposentádose en casa de sus padres, cubiertos todos de galas y riquezas, entraron en la iglesia para velarse a tiempo que los padres y marido de la novia estaban en ella oyendo misa, porque don Alonso, aficionado a una dama que asistía en ella, era muy puntual en galantearla: pues como viesen una boda de tanto aparato y grandeza, pusieron los ojos en la bien aderezada y gallarda novia, y como naturalmente la conociesen por ser los unos sus padres y el otro su marido, aun no creyendo a sus mismos ojos, cada uno por su parte preguntaron quién era, porque al novio ya le habían conocido: y como les dijesen su nombre, más admirados, engañándose a sí mismos y no pudiendo creer que fuese la misma, por haberla visto muerta, entre el sí y el no dieron lugar que se velasen.

Había en este tiempo don Alonso salídose de la iglesia a llamar algunos amigos y avisar la justicia, enterado de que era su mujer la misma que había visto casar. Pues como aún se quedasen los nuevos casados y su acompañamiento en la iglesia, la madre de doña Leonor, con menos sufrimiento que los demás, llegándose cerca de ella la estuvo mirando atentamente, y como de todo punto la conociese, con pasos desatentados se fue a abrazar con ella diciendo:

—¡Ay, querida Leonor, hija mía, y cómo es posible que tu corazón puede sufrir el no abrazarme!

Doña Leonor, que vio a su madre tan cerca de sí, abrazándose con ella, empezó a llorar.

Llegó en esto su padre y el de don Rodrigo, y visto que allí era alborotar la gente, procurando saber el fin de este caso, las apartaron, y todas juntas se entraron en los coches, donde mientras tardaron en llegar a una casa que en la plaza tenían aderezada para comer y ver las fiestas, supieron el caso como queda dicho: y sabiendo que don Rodrigo y sus padres no determinarían de hacer tal sin acuerdo de teólogos y letrados, considerando los caminos que Dios tiene para efectuar su voluntad y descubrir sus secretos, le dieron muchas gracias, disponiéndose a defender por justicia la causa si don Alonso, como pensaban, les pusiese pleito.

Llegando, en fin, donde les esperaban las mesas y habiéndose servido la comida, se salieron a los balcones a ver las fiestas, donde en uno muy aderezado y guarnecido se sentaron los novios.

Don Alonso, que solo esto aguardaba, cercado de sus amigos, todos a caballo pasearon la plaza, siendo siempre el blanco y paradero de sus paseos enfrente del balcón en que estaban los recién casados, ya recelosos de lo que don Alonso intentaba. El cual, como con sus amigos, y entre ellos el corregidor, se acabaron de resolver de que aquella dama era su misma mujer, la que habían visto muerta y la que habían enterrado dos meses había, don Alonso pidió justicia al mismo corregidor, dando querella de doña Leonor y don Rodrigo, y con esto la gente comenzó a alborotarse. Hizo el corregidor su embargo, a lo cual don Rodrigo, que no aguardaba otra cosa, se puso de pechos sobre el balcón y dijo:

—Señores, yo no niego que esta dama es doña Leonor, hija de los señores don Francisco y doña María, que están presentes, y mujer que fue del señor don Alonso; mas también advierto que estoy legítimamente casado con ella. El cómo me casé con ella diré en otro lugar; dejen pasar las fiestas, que pues esto ha de constar por información, yo la tengo tan en mi favor que no recelo siniestra sentencia.

Daba voces don Alonso que depositasen a doña Leonor en parte segura. Hízolo el corregidor, mandando a su mujer, que estaba en la plaza, que llevase consigo a doña Leonor. Con esto quitaron las espadas a don Alonso y don Rodrigo y mandáronlos sobre su palabra que pasadas las fiestas tuviesen por prisión su casa.

Otro día los padres de don Rodrigo, viendo que aquel pleito era más de justicia eclesiástica que de seglar, pidieron al obispo, por una exposición, que pidiese los presos, el cual lo hizo, y tomando su confesión a don Alonso, que ya había hecho su pedimento ante él, dijo que doña Leonor, que era la misma que don Rodrigo llamaba su mujer, era suya, a la cual, vencida de un desmayo grande, por engaño de los médicos habían enterrado: y que supuesto que faltaba de la bóveda donde la habían puesto y estaba viva, que él quería que antes de todas cosas se le entregase la dama, y con ella su dote, de que estaba despojado, por las falsas nuevas de su muerte.

A lo cual respondió don Rodrigo que doña Leonor era legítimamente su mujer por una cédula, la cual no había cumplido por la fuerza que sus padres la habían hecho, engañándola y diciéndola que él se había casado en Flandes. Y que cuando sin engaño se hubiera casado, que ya no podía el primer marido tener ningún derecho, porque la muerte disuelve el matrimonio, y respecto de esto aquella señora era suya, y no de don Alonso, porque ella había sido verdaderamente muerta, y no desmayada, como constaba de la declaración de tres médicos y haberla tenido treinta y seis horas después de muerta, doce más de las que manda la ley; y que él, viéndola enterrar, había vencido con dineros la fidelidad del sacristán, deseoso de ver en sus brazos muerta la que no había merecido viva, y que por fin había entrado en la bóveda, donde cansado de llorar se había vuelto a un devoto crucifijo que allí estaba, a quien fervorosamente había pedido su vida; y que su divina Majestad, como el más justo juez, se lo había concedido, como veían, dándola nueva vida para que él como legítimo dueño la gozase; y de que era verdadero poseedor lo decían sus diligencias, siendo con justo título su mujer; pues para su casamiento, demás de haberse aconsejado con teólogos, habían precedido todas las solemnidades que pide el santo concilio de Trento.

Mandó el obispo venir a doña Leonor y que hiciese su declaración; la cual dijo que ella era verdadera mujer de don Rodrigo por muchas causas. La primera, que ella le había dado palabra, la cual no había cumplido por haberla forzado sus padres con amenazas y darle a entender que se había casado; y que por esta causa había dado el sí forzada, como lo podía decir el mismo don Alonso, pues jamás había podido acabar con ella que consumasen el matrimonio. Demás de esto, que ella naturalmente había sido muerta, refiriendo algunas cosas que bastaron a hacer patente esta verdad, que por no ser de importancia al suceso se ocultan, y últimamente, que ella estaba en poder de don Rodrigo, al cual conocía por marido, y no a otro.

Visto esto y el parecer de muchos teólogos y letrados, mandó el obispo que la dama se entregase a don Rodrigo, desposeyendo a don Alonso de la mujer y hacienda: con lo cual el dicho don Rodrigo gozó de la hermosa doña Leonor muchos años, aunque pocos según su amor. Murió primero que su marido, dejando un hijo que hoy vive casado, siendo en su tierra muy querido.

Con que da fin la célebre maravilla don Lope, en que se ve claro el imposible vencido.

NOCHE QUINTA

NOVELA NONA

EL JUEZ DE SU CAUSA

Tuvo entre sus grandezas la nobilísima ciudad de Valencia, por nueva y milagrosa maravilla de tan celebrado asiento, la sin par belleza de Estela, dama ilustre, rica y de tantas prendas, gracias y virtudes que, cuando no tuviera otra cosa de qué preciarse sino de tenerla por hija, pudiera alabarse entre todas las ciudades del mundo de su dichosa suerte. Era Estela única en casa de sus padres y heredera de mucha riqueza, que para sola ella les dio el cielo, a quien agradecidos alababan por haberles dado tal prenda.

Entre los muchos caballeros que deseaban honrar con la hermosura de Estela su nobleza fue don Carlos, mozo noble, rico y de las prendas que pudiera Estela elegir un noble marido: si bien Estela, atada su voluntad a la de sus padres, como de quien sabía que procuraban su acrecentamiento, aunque entre todos se agradaba más de las virtudes y gentileza de don Carlos, era con tanta cordura y recato que ni ellos ni él conocían en ella ese deseo, pues ni despreciaba cruel sus pretensiones ni admitía liviana sus deseos, favoreciéndole con un mirar honesto y un agrado cuerdo, de lo cual el galán, satisfecho y contento, seguía sus pasos, adoraba sus ojos y estimaba su hermosura, procurando con su presencia y continuos paseos dar a entender a la dama lo mucho que la estimaba.

Había en Valencia una dama de más libres costumbres que a una mujer noble y medianamente rica convenía; la cual viendo a don Carlos pasar a menudo por su calle, por ser camino para ir a la de Estela, se aficionó de suerte que, sin mirar en más inconvenientes que a su gusto, se determinó a dárselo a entender del modo que pudiese.

Poníasele delante en todas ocasiones, procurando despertar con su hermosura su cuidado: mas como los de don Carlos estuviesen ocupados y cautivos de la belleza de Estela, jamás reparaba en la solicitud con que Claudia (que este era el nombre de la dama) vivía: pues como se aconsejase con su amor y el descuido de su amante, y viese que nacía de alguna voluntad, procuró saberlo de cierto, y a pocos lances descubrió lo mismo que quisiera encubrir a su misma alma, por no atormentarla con el rabioso mal de los celos. Y conociendo el poco remedio que su amor tenía, viendo al galán don Carlos tan bien empleado, procuró por la vía que pudiese estorbarlo, o ya que no pudiese más, vivir con quien adoraba, para que su vista aumentase su amor o su descuido apresurase su muerte.

Para lo cual, sabiendo que a don Carlos se le había muerto un paje que de ordinario le iba acompañando y le servía de fiel consejero de su honesta afición, aconsejándose con un antiguo criado que tenía, más codicioso de su hacienda que de su hermosura y quietud, le pidió que diese traza como ella ocupase la plaza del muerto siervo, dándole a entender que lo hacía por procurar apartarle de la voluntad de Estela y traerle a la suya, ofreciéndole, si lo conseguía, gran parte de su hacienda.

El codicioso viejo, que vio por este camino gozaría de la hacienda de Claudia, se dio tal maña en negociarlo que el tiempo que pudiera gastar en aconsejarla lo contrario ocupó en negociar lo de su traje en el de varón, y en servicio de don Carlos y su criado con la gobernación de su hacienda y comisión de hacer y deshacer en ella: venció la industria los imposibles y en pocos días se halló Claudia paje de su amante, granjeando su voluntad de suerte que ya era archivo de los más escondidos pensamientos de don Carlos, y tan valido suyo que solo a él encomendaba la solicitud de sus deseos.

Ya en este tiempo se daba don Carlos por tan favorecido de Estela, habiendo vencido su amor los imposibles del recato de la dama, que a pesar de los ojos de Claudia, que con lágrimas solemnizaba esta dicha de los dos amantes, le hablaba algunas noches por un balcón, recibiendo con agrado sus papeles y oyendo con gusto algunas músicas que le daba su amante algunas veces.

Pues una noche que, entre otras muchas, quiso don Carlos dar una música a su querida Estela, y Claudia con su instrumento había de ser el tono de ella, en lugar de cantar el amor de su dueño, quiso con este soneto desahogar el suyo, que con el lazo al cuello estaba para precipitarse:

Goce su libertad el que ha tenido
Voluntad y sentidos en cadena;
Y el condenado en amorosa pena,
El dudoso favor que ha prevenido.
En dulces lazos (pues leal ha sido)
De mil gustos de amor el alma llena,
El que tuvo su bien en tierra ajena
Triunfe de ausencia sin temor de olvido.
Viva el amado sin favor celoso;
Y venza su desdén el despreciado,
Logre sus esperanzas el que espera.
Con su dicha alegre el venturoso,
Y con su prenda el victorioso amado,
Y el que amare imposibles, cual yo muera.

En este estado estaban estos amantes, aguardando don Carlos licencia de Estela para pedirla a sus padres por esposa, cuando vino a Valencia un conde italiano, mozo y galán: pues como su posada estaba cerca de la de Estela y su hermosura tuviese jurisdicción sobre todos cuantos la llegasen a ver, cautivó de suerte la voluntad del conde que le vino a poner en puntos de procurar remedio, y el más conveniente que halló, fiado en ser quien era, demás de sus muchas prendas y gentileza, fue pedirla a sus padres, juntándose este mismo día con la suya la misma petición por parte de don Carlos que, acosado de los amorosos deseos de su dama y quizá de los celos que le daba el conde viéndole pasear la calle, quiso darles alegre fin.

Oyeron sus padres los unos y los otros terceros, y viendo que aunque don Carlos era digno de ser dueño de Estela, codiciosos de verla condesa, despreciando la pretensión de don Carlos se la prometieron al conde; y quedó asentado que de allí a un mes fuesen las bodas.

Sintió la dama, como era razón, esta desdicha y procuró desbaratar estas bodas, mas todo fue cansarse en vano; y más cuando ella supo por un papel de don Carlos cómo había sido despedido de ser suyo.

Mas como amor, cuando no hace imposibles, le parece que no cumple con su poder, dispuso de suerte los ánimos de estos amantes que, viéndose aquella noche por la parte que solían, concertaron que de allí a ocho días previniese don Carlos lo necesario, la sacase y llevase a Barcelona, donde se casarían; de suerte que cuando sus padres la hallasen, fuese con su marido, tan noble y rico como pudieran desear, a no haberse puesto de por medio tan fuerte competidor como el conde, y su codicia.

Todo esto oyó Claudia, y como le llegasen tan al alma estas nuevas, recogiose en su aposento y pensando estar sola, soltando las corrientes a sus ojos, empezó a decir:

—Ya, desdichada Claudia, ¿qué tienes que esperar? Carlos y Estela se casan, amor está de su parte y tiene pronunciada contra mí cruel sentencia de perderle. ¿Podrán mis ojos ver a mi ingrato en brazos de su esposa? No por cierto: pues lo mejor será decirle quién soy y luego quitarme la vida.

Estas y otras muchas razones decía Claudia, quejándose de su desdicha; cuando sintió llamar a la puerta de su estancia, y levantándose a ver quién era, vio que el que llamaba a la puerta era un gentil y gallardo moro que había sido del padre de don Carlos, y habiéndose rescatado, no aguardaba sino pasaje para ir a Fez, de donde era natural, que como le vio, le dijo:

—¿Para qué, Hamete, vienes a inquietar ni estorbar mis quejas si las has oído, y por ellas conoces mi grande desdicha y aflicción?

Déjamelas padecer, que ni tú eres capaz de consolarme ni ellas admiten ningún consuelo.

Era el moro discreto, y en su tierra noble, que su padre era un bajá muy rico; y como hubiese oído quejar a Claudia, y conocido quién era, le dijo:

—Oído he, Claudia, cuanto has dicho, y como, aunque moro, soy en algún modo cuerdo, quizá el consuelo que te daré será mejor que el que tú tomas, porque en quitarte la vida, ¿qué agravio haces a tus enemigos, sino darles lugar a que se gocen sin estorbo? Mejor sería quitar a Carlos y Estela, y esto será fácil si tú quieres: para animarte a ello te quiero decir un secreto que hasta hoy no me ha salido del pecho: óyeme, y si lo que quiero decirte no te pareciere a propósito, no lo admitas; mujer eres y dispuesta a cualquier acción, como lo juzgo en haber dejado tu traje y opinión por seguir tu gusto.

Algunas veces vi a Estela, y su hermosura cautivó mi voluntad; mira qué de cosas te he dicho en estas dos palabras. Quéjaste que por Carlos dejaste tu reposo, dasle nombre de ingrato, y no andas acertada porque si tú le hubieras dicho tu amor, quizá Estela no triunfara del suyo ni yo estuviera muriendo. Dices que no hay remedio porque tienen concertado robarla y llevarla a Barcelona, y te engañas, porque en eso mismo, si tú quieres, está tu ventura y la mía.

Mi rescate ya está dado, mañana he de partir de Valencia, porque para ello tengo prevenida una galeota que anoche dio fondo en un escollo cerca del Grao, de quien yo solo tengo noticia.

Si tú quieres quitarle a don Carlos su dama y hacerme a mí dichoso, pues ella te da crédito a cuanto le dices, fiada en que eres la privanza de su amante, ve a ella y dile que tu señor tiene prevenida una nave en que pasar a Barcelona, como tiene concertado; y que por ser segura no quiere aguardar el plazo que entre los dos se puso, que para mañana en la noche se prevenga; señala la hora misma y dándola a entender que don Carlos la aguardará en la marina, la traerás donde yo te señalare, y llevándomela yo a Fez, tú quedarás sin embarazo, donde podrás persuadir y obligarle a amarte, y yo iré rico de tanta hermosura.

Atónita oyó Claudia el discurso del moro, y como no mirase en más que en verse sin Estela y con don Carlos, aceptó luego el partido, dando al moro las gracias, quedando de concierto en efectuar otro día esta traición, que no fue difícil; porque Estela, dando crédito, pensando que se ponía en poder del que había de ser su esposo, cargada de joyas y dineros, antes de las doce de la siguiente noche ya estaba embarcada en la galeota, y con ella Claudia, que Hamete la pagó de esta suerte la traición.

Tanto sintió Estela su desdicha que, así como se vio rodeada de moros, y entre ellos el esclavo de don Carlos, y que él no parecía, vio que a toda priesa se hacían a la vela, y considerando su desdicha, aunque ignoraba la causa, se dejó vencer de un mortal desmayo que le duró hasta otro día; tal fue la pasión de ver esto, y más cuando, volviendo en sí, oyó lo que entre Claudia y Hamete pasaba; porque creyendo el moro ser muerta Estela, teniéndola Claudia en sus brazos, le decía al alevoso moro:

—¿Para qué, Hamete, me aconsejaste que pusiese esta pobre dama en el estado en que está, si no me habéis de conceder la amada compañía de don Carlos, cuyo amor me obligó a hacer tal traición como hice en ponerla en tu poder? ¿Cómo te precias de noble si has usado conmigo este rigor?

—Al traidor, Claudia —respondió Hamete—, pagarle en lo mismo que ofende es el mejor acuerdo del mundo, demás que no es razón que ninguno se fíe del que no es leal a su misma nación y patria: tú quieres a don Carlos, y él a Estela: por conseguir tu amor quitas a tu amante la vida, quitándole la presencia de su dama; pues a quien tal traición hace como dármela a mí por un vano antojo, ¿cómo quieres que yo me asegure de que luego no avisarás a la ciudad y saldrán tras mí, y me darán la muerte? Pues con quitar este inconveniente, llevándote yo conmigo aseguro mi vida y la de Estela, a quien adoro.

Estas, y otras razones como estas, pasaban entre los dos cuando Estela, vuelta en sí, habiendo oído estas razones o las más, pidió a Claudia que le dijese qué enigmas eran aquellos que pasaban por ella; la cual se lo contó todo como pasaba dando larga cuenta de quién era y por la ocasión que se veían cautivas.

Solemnizaba Estela su desdicha vertiendo de sus ojos dos mil mares de hermosas lágrimas, y Hamete su ventura consolando a la dama en cuanto podía y dándola a entender que iba a ser señora de cuanto él poseía, y más en propiedad si quisiese dejar su ley: consuelos que la dama tenía por tormentos y no por remedio: a los cuales respondió con las corrientes de sus hermosos ojos. Dio orden Hamete a Claudia para que, mudando traje, sirviese y regalase a Estela, y con esto, haciéndose a lo largo, se engolfaron en alta mar la vuelta de Fez.

Dejémoslos ahora hasta su tiempo y volvamos a Valencia, donde siendo echada menos Estela de sus padres, locos de pena, procuraron saber qué se había hecho buscando los más secretos rincones de su casa con un llanto sordo y semblante muy triste.

Hallaron una carta dentro de un escritorio suyo, cuya llave estaba sobre un bufete, que abierta decía así:

«Mal se compadece amor e interés por ser muy contrario el uno del otro, y por esta causa, amados padres míos, al paso que me alejo del uno, me entrego al otro: la poca estimación que hago de las riquezas del conde me lleva a poder de don Carlos, a quien solo reconozco por legítimo esposo: su nobleza es tan conocida que, a no haberse puesto de por medio tan fuerte competidor, no se pudiera para darme estado pedir más ni desear más. Si el yerro de haberlo hecho de este modo mereciere perdón, juntos volveremos a pedirle, y en tanto pediré al cielo las vidas de todos.

ESTELA»

El susto y pesar que causó esta carta podrá sentir quien considerare la prenda que era Estela y cuánto la estimaban sus padres: los cuales, dando orden a su gente para que no hiciesen alboroto alguno, creyendo que aún no habrían salido de Valencia, porque la mayor seguridad era estarse quedos, y que haciendo algunas diligencias secretas sabrían de ellos, dando aviso al virrey del caso; la primera que se hizo fue visitar la casa de don Carlos, que descuidado del suceso le trasladaron a un castillo a título de robador de la hermosa Estela y escalador de la nobleza de sus padres, siendo el consuelo de ellos y su esposo, que así se intitulaba el conde.

Estaba don Carlos inocente de la causa de su prisión y hacía mil instancias para saberla; y como le dijesen que Estela faltaba y que, conforme a una carta que se había hallado de la dama, él era el autor de este robo y el Júpiter de esta bella Europa, y que él había de dar cuenta de ella, viva o muerta, pensó acabar la vida a manos de su pesar; y cuando se vio puesto en el aprieto que el caso requería, porque ya le amenazaba la garganta el cuchillo, y a su inocente vida la muerte: si bien su padre, como tan rico y noble, defendía, como era razón, la inocencia de su hijo.

Quédese así hasta su tiempo, que la historia dirá el suceso; y vamos a Estela y Claudia, que en compañía del cruel Hamete navegaban con próspero viento la vuelta de Fez, que como llegasen a ella, fueron llevadas las damas en casa del padre del moro, donde la hermosa Estela empezó de nuevo a llorar su cautiverio y la ausencia de don Carlos; porque, como Hamete viese que ni con ruegos ni caricias podía vencerla, empezó a usar de la fuerza, procurando con malos tratamientos obligarla a consentir con sus deseos por no padecer, tratándola como a una miserable esclava, mal comida y peor vestida, y sirviendo en la casa de criada, en la cual tenía el padre de Hamete cuatro mujeres, con quien estaba casado, y otros dos hijos menores.

De estos dos el mayor se aficionó con grandes veras de Claudia, la cual segura de que si como Estela no le admitiese la tratarían como a ella, y viéndose también excluida de tener libertad ni de volver a ver a Carlos, cerrando los ojos a Dios, renegó de su santísima fe y se casó con Zaide, que este era el nombre de su hermano.

Con lo cual la pobre dama pasaba triste y desesperada vida, y así pasó un año, y en él mil desventuras, si bien lo que más le atormentaba eran las persecuciones de Hamete, quien continuamente la molestaba con sus importunaciones.

Desesperado pues de remedio, pidió a Claudia con muchas lástimas diese orden de que por lo menos, usando de la fuerza, pudiese gozarla: prometióselo Claudia; y así un día que estaban solas, porque las demás eran idas al baño, le dijo la traidora Claudia estas razones:

—No sé, hermosa Estela, cómo te diga la tristeza y congoja que padece mi corazón en verme en esta tierra y en tan mala vida como estoy: yo, amiga Estela, estoy determinada a huirme, que no soy tan mora que no me tire más el ser cristiana: pues el haberme sujetado a esto fue más de temor que de voluntad; cincuenta cristianos tienen prevenido un bajel en que hemos de partir esta noche a Valencia: si tú quieres, pues vinimos juntas, que nos volvamos juntas, no hay sino que te dispongas y que nos volvamos con Dios; que yo espero en él que nos llevará en salvamento; y si no, mira qué quieres que le diga a Carlos, que de hoy en un mes pienso verle; y en lo que mejor puedes conocer la voluntad que te tengo es en que, estando sin ti, puede ser ocasión de que Carlos me quiera, y para lo contrario me ha de ser estorbo tu presencia; mas con todo eso me obliga más tu miseria que mi gusto.

Arrojose Estela a los pies de Claudia, y la suplicó, que pues era esta su determinación, que no la dejase, y vería con las veras que la servía. Finalmente, quedaron concertadas en salir juntas esta noche, después de todos recogidos; para lo cual juntaron sus cosas, por no ir desapercibidas.

Las doce serían de la noche cuando Estela y Claudia, cargadas de dos pequeños líos en que llevaban sus vestidos y camisas, y otras cosas necesarias a su viaje, se salieron de casa y caminaron hacia la marina, donde decía Claudia que estaba el bergantín o bajel en que había de escapar, y en su seguimiento Hamete, que desde que salieron de casa las seguía.

Y como llegasen hacia unas peñas en donde decía que habían de aguardar a los demás, tomando un lugar, el más acomodado y seguro que a la cautelosa Claudia le pareció más a propósito para el caso, se sentó animando a la temerosa dama, que cada pequeño rumor le parecía que era Hamete. De esta suerte estuvieron más de una hora, pues Hamete, aunque estaba cerca de ellas, no se había querido dejar ver porque estuviese más segura.

Al cabo de esto llegó, y como las viese, fingiendo una furia infernal les dijo:

—¡Ah perras mal nacidas, qué fuga es esta! Ya no os escaparéis con las traiciones que tenéis concertadas.

—No es traición, Hamete —dijo Estela—, procurar cada uno su libertad, que lo mismo hicieras tú si te vieras de la suerte que yo, maltratada y abatida de ti y de todos los de tu casa: demás que si Claudia no me animara, no hubiera en mí atrevimiento para emprender esto; sino que ya mi suerte tiene puesta mi perdición en sus manos, y así me ha de suceder siempre que fiare de ella.

—No lo digas burlando, perra —dijo a esta ocasión la renegada Claudia—, porque quiero que sepas que el traerte esta noche no fue con ánimo de salvarte sino con deseo de ponerte en poder del gallardo Hamete, para que por fuerza o por grado te goce, advirtiendo que le has de dar gusto, y con él posesión de tu persona, o has de quedar aquí hecha pedazos.

Dicho esto se apartó algún tanto, dándole lugar al moro, que tomando el último acento de sus palabras, prosiguió con ellas, pensando persuadirla ya con ternezas, ya con amenazas, ya con regalos, ya con rigores. A todo lo cual Estela, bañada en lágrimas, no respondía más sino que se cansaba en vano, porque pensaba dejar la vida antes que perder la honra.

Acabose de enojar Hamete, y trocando la terneza en saña, empezó a maltratarla, dándola muchos golpes en su hermoso rostro, amenazándola con muchos géneros de muerte si no se rendía a su gusto. Y viendo que nada bastaba, quiso usar de la fuerza, batallando con ella hasta rendirla.

El ánimo de Estela en esta ocasión era mayor que de una flaca doncella se podía pensar; mas como a brazo partido anduviese luchando con ella, rendidas ya las débiles fuerzas de Estela, se dejó caer en el suelo: y no teniendo facultad para defenderse, acudió al último remedio, y al más ordinario y común de las mujeres, que fue dar gritos, a los cuales Jacimín, hijo del rey de Fez, que venía de caza, movido de ellos, acudió a la parte donde le pareció que los oía, dejando atrás muchos criados que traía; y como llegase a la parte donde las voces se daban, vio patente la fuerza que a la hermosa dama hacía el fiero moro.

Era el príncipe de hasta veinte años; y demás de ser muy galán, tan noble de condición y tan agradable en las palabras que, por esto y por ser muy valiente y dadivoso, era muy amado de todos sus vasallos; siendo asimismo tan aficionado a favorecer a los cristianos que, si sabía que alguno los maltrataba, lo castigaba severamente.

Pues como viese lo que pasaba entre el cruel moro y aquella hermosa esclava, que ya a este tiempo se podía ver a causa de que empezaba a romper el alba; y la mirase tendida en tierra y con una liga atadas las manos, y que con un lienzo la quería tapar la boca el traidor Hamete, con airada voz le dijo:

—¿Qué haces, perro? ¿En la corte del rey de Fez se ha de atrever ninguno a forzar las mujeres? Déjala al punto, si no, por vida del rey que te mato.

Decir esto y sacar la espada todo fue uno. A estas palabras se levantó Hamete y metió mano a la suya, y cerrando con él le diera la muerte, si el príncipe, dando un salto, no le hurtara el golpe y reparara con la espada; mas no fue con tanta presteza que no quedase herido en la cabeza.

Conociendo pues el valiente Jacimín que aquel moro no le quería guardar el respeto que justamente debía a su príncipe, se retiró un poco, y tocando una cornetilla que traía al cuello, todos sus caballeros se juntaron con él al mismo tiempo que Hamete con otro golpe quería dar fin a su vida.

Mas siendo, como digo, socorrido de los suyos, fue preso el traidor Hamete, dando lugar a la afligida Estela, con quien ya se había juntado la alevosa y renegada Claudia, a que se echase a los pies del príncipe Jacimín, a quien como el gallardo moro viese más despacio, no agradado de su hermosura sino compasivo de sus trabajos, la preguntó quién era y la causa de estar en tal lugar.

A lo cual Estela, después de haberle dicho que era cristiana, con las más breves razones que pudo contó su historia y la causa de estar donde la veía, de lo cual el piadoso Jacimín, enojado, mandó que a todos tres los trajesen a su palacio donde, antes de curarse, dio cuenta al rey su padre del suceso pidiéndole venganza del atrevimiento de Hamete, quien juntamente con Claudia fue condenado a muerte, y este mismo día fueron los dos empalados.

Hecha esta justicia, mandó el príncipe traer a su presencia a Estela, y después de haberla acariciado y consolado, la preguntó qué quería hacer de sí. A lo cual la dama, arrodillada ante él, le suplicó que la enviase entre cristianos para que pudiese volver a su patria. Concediole el príncipe esta petición, y habiéndola dado dineros y joyas, y un esclavo cristiano que la acompañase, mandó a dos criados suyos la pusiesen donde ella gustase.

Sucedió el caso referido en Fez a tiempo que el césar Carlos V, emperador y rey de España, estaba sobre Túnez contra Barbarroja. Sabiendo pues Estela esto, mudando su traje mujeril en el de varón, cortándose los cabellos, acompañada solo de su cautivo español que el príncipe de Fez le mandó dar, juramentándole que no había de decir quién era, y habiéndose despedido de los dos caballeros moros que la acompañaban, se fue a Túnez, hallándose en servicio del emperador y siempre a su lado en todas ocasiones, granjeando no solo la fama de valiente soldado sino la gracia del emperador, y con ella el honroso cargo de capitán de caballos.

Hallose, como digo, no solo en esta ocasión sino en otras muchas que el emperador tuvo en Italia y Francia, quien hallándose en una refriega a pie, por haberle muerto el caballo, nuestra valiente dama, que con nombre de don Fernando era tenida en diferente opinión, le dio el suyo, y le acompañó y defendió hasta ponerle en salvo. Quedó el emperador tan obligado que empezó con muchas mercedes a honrar y favorecer a don Fernando; y fue la una un hábito de Santiago y la segunda una gran renta y título.

No había sabido Estela en todo este tiempo nuevas ningunas de su patria y padres, hasta que un día vio entre los soldados del ejército a su querido don Carlos, que como le conoció, todas las llagas amorosas se la renovaron, si acaso estaban adormecidas, y empezaron de nuevo a verter sangre: mandole llamar, y disimulando la turbación que le causó su vista, le preguntó ¿de dónde era y cómo se llamaba? Satisfizo don Carlos a Estela con mucho gusto, obligado de las caricias que le hacía, o por mejor decir, al rostro que, con ser tan parecido a Estela, traía cartas de favor: y así la dijo su nombre y patria, y la causa por que estaba en la guerra, sin encubrirla sus amores y la prisión que había tenido, diciéndola como cuando pensó sacarla de casa de sus padres y casarse con ella, se había desaparecido de los ojos de todos ella y un paje, de quien fiaba mucho sus secretos, poniendo en opinión su crédito, porque tenía para sí que por querer más que a él al paje, habían hecho aquella vil acción, dándole a él motivo a no quererla tanto y desestimarla; si bien en una carta que se había hallado escrita de la misma dama para su padre, decía que se iba con don Carlos, que era su legítimo esposo, cosa que le tenía más espantado que lo demás; porque irse con Claudio y decir que se iba con él, le daba que sospechar, y en lo que paraban sus sospechas era en creer que Estela no le trataba verdad con su amor, pues le había dejado expuesto a perder la vida por justicia, porque después de haber estado por estos indicios preso dos años, pidiéndole no solo el robo y el escalamiento de una casa tan noble como la de sus padres, viendo que muerta ni viva no parecía, le achacaban que después de haberla gozado la había muerto, con lo cual le pusieron en grande aprieto, tanto que muriera por ello si no se hubiera valido de la industria, la cual le enseñó lo que había de hacer, que fue romper las prisiones y quebrantar la cárcel, fiándose más de la fuga que de la justicia que tenía de su parte: que el otro año había gastado en buscarla por muchas partes, mas que había sido en vano, porque no parecía sino que la había tragado la tierra.

Con grande admiración escuchaba Estela a don Carlos, como si no supiera mejor que nadie la historia; y a lo que respondió más apresuradamente fue a la sospecha que tenía de ella y del paje, diciéndole:

—No creas, Carlos, que Estela sería tan liviana que se fuese con Claudio por tenerle amor, ni engañarte a ti, que en las mujeres nobles no hay esos tratos; lo más cierto sería que ella fue engañada, y después quizá la habrán sucedido ocasiones en que no haya podido volver por sí; y algún día querrá Dios volver por su inocencia y tú quedarás desengañado.

Lo que yo te pido es que mientras estuvieres en la guerra acudas a mi casa, que si bien quiero que seas en ella mi secretario, de mí serás tratado como amigo, y por tal te recibo desde hoy, que yo sé que con mi amparo, pues todos saben la merced que me hace el césar, tus contrarios no te perseguirán, y acabada esta ocasión daremos orden para que quedes libre de sus persecuciones; y no quiero que me agradezcas esto con otra cosa sino con que tengas a Estela en mejor opinión que hasta aquí, siquiera por haber sido tú la causa de su perdición; y no me mueve a esto más de que soy muy amigo de que los caballeros estimen y hablen bien de las damas.

Atento oyó Carlos a don Fernando, que por tal tenía a Estela, pareciéndole no haber visto en su vida cosa más parecida a su dama, mas no llegó su imaginación a pensar que fuese ella: y viendo que había dado fin a sus razones, se le humilló, pidiéndole las manos y ofreciéndose por su esclavo. Alzole Estela con sus brazos, quedando desde este día en su servicio, y tan privado con ella que ya los demás criados estaban envidiosos.

De esta suerte pasaron algunos meses, acudiendo Carlos a servir a su dama, no solo en el oficio de secretario sino en la cámara y mesa, donde en todas ocasiones recibía de ella muchas y muy grandes mercedes, tratando siempre de Estela, tanto que algunas veces llegó a pensar que el duque la amaba, porque siempre le preguntaba si la quería como antes, y si viera a Estela si se holgaría con su vista, y otras cosas que más aumentaban la sospecha de don Carlos, satisfaciendo a ellas unas veces a gusto de Estela y otras veces a su descontento.

En este tiempo vinieron al emperador nuevas cómo el virrey de Valencia era muerto repentinamente, y habiendo de enviar quien le sucediese en aquel cargo, por no ser bien que aquel reino estuviese sin quien le gobernase, puso los ojos en don Fernando, de quien se hallaba tan bien servido.

Supo Estela la muerte del virrey y, no queriendo perder de las manos esta ocasión, se fue al emperador y puesta de rodillas le suplicó le honrase con este cargo. No le pesó al emperador que don Fernando le pidiese esta merced, si bien sentía apartarle de sí, pues por esto no se había determinado; pero viendo que con aquello le premiaba, se lo otorgó y le mandó que partiese luego, dándole la patente y los despachos.

Ve aquí a nuestra Estela virrey de Valencia, y a don Carlos su secretario y el más contento del mundo, pareciéndole que con el padre alcalde no tenía que temer a su enemigo, y así se lo dio a entender su señor.

Satisfecho iba don Carlos de que el virrey lo estaba de su inocencia en la causa de Estela, con lo cual ya se tenía por libre y muy seguro de sus promesas. Partieron, en fin, con mucho gusto y llegaron a Valencia donde fue recibido el virrey con muestras de grande alegría.

Tomó su posesión, y el primer negocio que le pusieron para hacer justicia fue el suyo mismo, dando querella contra su secretario. Prometió el virrey de hacerla. Para esto mandó se hiciese información de nuevo, examinando segunda vez los testigos.

Bien quisieran las partes que don Carlos estuviera más seguro, y que el virrey le mandara poner en prisión. Mas a esto los satisfizo con decir que él le fiaba, porque para él no había más prisión que su gusto.

Tomó, como digo, este caso tan a pechos que en breves días estaba de suerte que no faltaba sino sentenciarle. En fin, quedó para verse otro día. La noche antes entró don Carlos a la misma cámara donde el virrey estaba en la cama y, arrodillado ante él, le dijo:

—Para mañana tiene vuestra excelencia determinado ver mi pleito y declarar mi inocencia; demás de los testigos que he dado en mi descargo y han jurado en mi abono, sea el mejor y más verdadero un juramento que en sus manos hago, pena de ser tenido por perjuro, de que no solo no llevé a Estela, mas que desde el día antes no la vi, ni sé qué se hizo, ni dónde está; porque si bien yo había de ser su robador, no tuve lugar de serlo con la grande priesa con que mi desdicha me la quitó, o para mi perdición o la suya.

—Basta, Carlos —dijo Estela—, vete a tu casa y duerme seguro: soy tu dueño, causa para que no temas; más seguridad tengo de ti de lo que piensas, y cuando no la tuviera, el haberte traído conmigo y estar en mi casa fuera razón que te valiera. Tu causa está en mis manos, tu inocencia ya la sé, mi amigo eres, no tienes que encargarme más esto, que yo estoy bien encargado de ello.

Besole las manos don Carlos, y así se fue dejando al virrey, y pensando en lo que había de hacer.

¿Quién duda qué desearía don Carlos el día que había de ser el de su libertad? Por lo cual se puede creer que apenas el padre universal de cuanto vive descubría la encrespada madeja por los balcones del alba, cuando se levantó y adornó de las más ricas galas que tenía, y fue a dar de vestir al virrey para tornarle a asegurar su inocencia.

A poco rato salió el virrey de su cámara a medio vestir; mas cubierto el rostro con un gracioso ceño, con el cual, y con una risa a lo falso, dijo, mirando a su secretario:

—Madrugado has, amigo Carlos, algo hace sospechosa tu inocencia y tu cuidado, porque el libre duerme seguro de cualquiera pena, y no hay más cruel acusador que la culpa.

Turbose don Carlos con estas razones, mas disimulando cuanto pudo, le respondió:

—Es tan amada la libertad, señor excelentísimo, que cuando no tuviera tan fuertes enemigos como tengo, el alborozo de que me he de ver con ella por mano de vuestra excelencia era bastante a quitarme el sueño; porque de la misma manera que mata un gran pesar lo suele hacer un contento: de suerte que el temor del mal y la esperanza del bien hacen un mismo efecto.

—Galán vienes —replicó el virrey—, ¿pues el día en que has de ver representada tu tragedia en la boca de tantos testigos como tienes contra ti, te adornas de las más lucidas galas que tienes? Parece que no van fuera de camino los padres y esposo de Estela en decir que debiste de gozarla y matarla, fiado en los pocos o ninguno que te lo vieron hacer: a fe que si pareciera Claudio, vil tercero de tus travesuras, que no sé si probaras inocencia; y si va a decir verdad, todas las veces que tratamos de Estela muestras tan poco sentimiento y tanta vileza que siento que me debe más a mí tu dama que no a ti, pues su pérdida me cuesta cuidado, y a ti no.

¡Oh qué pesados golpes eran estos para el corazón de Carlos! Ya desmayado y desesperado de ningún buen suceso, le iba a dar por disculpa el tiempo, pues con él se olvida cualquiera pasión amorosa, cuando el virrey, con un severo semblante y airado rostro, le dijo:

—Calla, Carlos, no respondas. Carlos, yo he mirado bien estas cosas y hallo por cuenta que no estás muy libre en ellas, y el mayor indicio de todos es las veras con que deseas tu libertad.

Diciendo esto, hizo señas a un paje, el cual saliendo fuera, volvió con una escuadra de soldados, los cuales quitaron a don Carlos las armas, poniéndose como en custodia de su persona.

Quien viera en esa ocasión a don Carlos no pudiera dejar de tenerle lástima; tenía mudada la color, los ojos bajos, el semblante triste, y tan arrepentido de haberse fiado de la varia condición de los señores que solo a sí se daba la culpa de todo.

Acabose de vestir el virrey, y sabiendo que ya los jueces y las partes estaban aguardando, salió a la sala en que se había de juzgar este negocio, trayendo consigo a Carlos cercado de soldados. Sentose en su asiento y los demás jueces en los suyos; luego el relator empezó a decir el pleito, declarando las causas e indicios que había de que don Carlos era el robador de Estela, confirmándolo los papeles que en los escritorios del uno y del otro se habían hallado, las criadas que sabían su amor, los vecinos que los veían hablarse por las rejas, y quien más le condenaba era la carta de Estela, en que rematadamente decía que se iba con él.

A todo esto los más eficaces testigos en favor de don Carlos eran los criados de su casa, que decían haberle visto acostar la noche que faltó Estela, aún más temprano que otras veces, y su confesión que declaraba debajo de juramento que no la habían visto; mas nada de esto aligeraba el descargo; porque a eso alegaba la parte que pudo acostarse a vista de sus criados, y después volver a vestirse y sacarla: y que los había muerto aseguraba el no parecer ella ni el paje, secretario de todo, y que sería cierto que por lo mismo le había también muerto, y que en lo tocante al juramento, claro es que no se había de condenar a sí mismo.

Viendo el virrey que hasta aquí estaba condenado Carlos en el robo de Estela, en el quebrantamiento de su casa, en su muerte y la de Claudio, y que solo él podía sacarle de tal aprieto, determinado pues a hacerlo, quiso ver primero a Carlos más apretado, para que la pasión le hiciese confesar su amor y para que después estimase en más el bien: y así Estela le llamó, y como llegase en presencia de todos, le dijo:

—Amigo Carlos, si supiera la poca justicia que tenías de tu parte en este caso, doyte mi palabra y te juro por vida del césar que no te hubiera traído conmigo, porque no puedo negar que me pesa; y pues lo solemnizo con estas lágrimas, bien puedes creerme siento en el alma ver tu vida en el peligro en que está, pues si por los presentes cargos he de juzgar esta causa, fuerza es que por mi ocasión la pierdas, sin que yo halle remedio para ello; porque siendo las partes tan calificadas, tratarles de concierto en tan gran pérdida como la de Estela es cosa terrible y no acertada, y muy sin fruto: el remedio que aquí hay es que parezca Estela, y con esto ellos quedarán satisfechos y yo podré ayudarte; mas de otra manera, ni a mí está bien ni puedo dejar de condenarte a muerte.

Pasmose con esto el afligido don Carlos, mas como ya desesperado, arrodillado como estaba, le dijo:

—Bien sabe vuestra excelencia que desde que en Italia me conoció, siempre que trataba de esto lo he contado y dicho de una misma suerte, y que si aquí como a juez se lo pudiera negar, allí como a señor y amigo le dije la verdad, y de la misma manera lo digo y confieso ahora. Digo que adoré a Estela.

—Di que la adoro —replicó el virrey algo bajo—, que te haces sospechoso en hablar de pretérito, y no sentir de presente.

—Digo que la adoro —respondió don Carlos, admirado de lo que en el virrey veía—, y que la escribía, que la hablaba, que la prometía ser su esposo, que concerté sacarla y llevarla a la ciudad de Barcelona; mas ni la saqué, ni la vi, y si así no es, aquí donde estoy me parta un rayo del cielo. Bien puedo morir, mas moriré sin culpa alguna, si no es que acaso lo sea haber querido una mudable, inconstante y falsa mujer, sirena engañosa que en la mitad del canto dulce me ha traído a esta amarga y afrentosa muerte. Por amarla muero, no por saber de ella.

—¿Pues qué se pudieron hacer esta mujer y este paje? —dijo el virrey—. ¿Subiéronse al cielo? ¿Bajáronse al abismo?

—¿Qué sé yo? —replicó el afligido don Carlos—. El paje era galán y Estela hermosa, ella mujer y él hombre; quizá...

—¡Ah traidor! —respondió el virrey—, ¡y cómo en ese quizá traes encubiertas tus traidoras y falsas sospechas! ¡Qué presto te has dejado llevar de tus malos pensamientos! Maldita sea la mujer que con tanta facilidad os da motivo para ser tenida en menos; porque pensáis que lo que hacen obligadas de vuestra asistencia y perseguidas de vuestra falsa perseverancia hacen con otro cualquiera que pasa por la calle: ni Estela era mujer ni Claudio hombre; porque Estela es noble y virtuosa, y Claudio un hombre vil, criado tuyo y heredero de tus falsedades. Estela te amaba y respetaba como a esposo, y Claudio la aborrecía porque te amaba a ti: y digo segunda vez que Estela no era mujer porque la que es honesta, recatada y virtuosa no es mujer sino ángel; ni Claudio hombre sino mujer, que enamorada de ti quiso privarte de ella, quitándola delante de tus ojos. Yo soy la misma Estela, que se ha visto en un millón de trabajos por tu causa, y tú me lo gratificas en tener de mí la falsa sospecha que tienes.

Entonces contó cuanto le había sucedido desde el día que faltó de su casa, dejando a todos admirados del suceso, y más a don Carlos que, corrido de no haberla conocido y haber puesto dolo en su honor, como estaba arrodillado, asido de sus hermosas manos, se las besaba, bañándoselas con sus lágrimas, pidiéndola perdón de sus desaciertos: lo mismo hacía su padre y el de Carlos, y unos con otros se embarazaban por llegar a darla abrazos, diciéndola amorosas ternezas.

Llegó el conde a darla la enhorabuena y pedirla se sirviese cumplir la palabra que su padre le había dado de que sería su esposa; de cuya respuesta, colgado el ánimo y corazón de don Carlos, puso la mano en la daga que le había quedado en la cinta, para que si no saliese en su favor, matar al conde y a cuantos se lo defendiesen, o matarse a sí antes que verla en poder ajeno.

Mas la dama, que amaba y estimaba a don Carlos más que a su misma vida, con muy corteses razones suplicó al conde la perdonase, porque ella era mujer de Carlos, por quien y para quien quería cuanto poseía, y que le pesaba no ser señora del mundo para entregárselo todo; pues sus valerosos hechos nacían todos del valor que el ser suya le daba, suplicando tras esto a su padre lo tuviese por bien.

Y bajándose del asiento, después de abrazarlos a todos se fue a Carlos, y enlazándole al cuello los valientes y hermosos brazos, le dio en ellos la posesión de su persona. Y de esta suerte se entraron juntos en una carroza y fueron a la casa de su madre, que ya tenía nuevas del suceso y estaba ayudando al regocijo con piadoso llanto.

Salió la fama publicando aquesta maravilla por toda la ciudad, causando a todos notable novedad por oír decir que el virrey era mujer y Estela. Todos acudían, unos al palacio y otros a su casa.

Despachose luego un correo al emperador, que estaba ya en Valladolid, dándole cuenta del caso, el cual más admirado que todos los demás, como quien la había visto hacer valerosas hazañas, no acababa de creer que fuese así, y respondió a las cartas con la enhorabuena y muchas joyas. Confirmó a Estela el estado que la dio, añadiéndole el de princesa de Buñol, y a don Carlos el hábito y renta de Estela, y el cargo de virrey de Valencia.

Con que los nuevos amantes, ricos y honrados, hechas todas las ceremonias y cosas acostumbradas de la iglesia, celebraron sus bodas, dando a la ciudad nuevo contento, a su estado hermosos herederos y a los historiadores motivo para escribir esta maravilla, con nuevas alabanzas al valor de la hermosa Estela, cuya prudencia y disimulación la hizo severo juez, siéndolo de su misma causa; que no es menos maravilla que las demás, que haya quien sepa juzgarse a sí mismo en mal ni bien; porque todos juzgamos faltas ajenas y no las nuestras propias.

NOVELA DÉCIMA

EL JARDÍN ENGAÑOSO

No HA muchos años que en la hermosísima y noble ciudad de Zaragoza vivía un caballero noble y rico, y él por sus gracias merecedor de tener por mujer una gallarda dama, igual en todo a sus virtudes y nobleza. Diole el cielo por fruto de su matrimonio dos hermosas hijas; la mayor llamada Constanza y la menor Teodosia, tan iguales en belleza, discreción y donaire que no desdecía nada la una de la otra. Eran estas dos bellísimas damas tan acabadas y perfectas que eran llamadas por renombre de su riqueza y hermosura las dos niñas de los ojos de su patria.

Llegando pues a los años de discreción, cuando en las doncellas campea la belleza y donaire, se aficionó de la hermosa Constanza don Jorge, caballero asimismo natural de la misma ciudad de Zaragoza, mozo galán y rico, único heredero en la casa de sus padres, que aunque había otro hermano, cuyo nombre era Federico, como don Jorge era el mayorazgo, le podemos llamar así.

Amaba Federico a Teodosia, si bien con tanto recato de su hermano que jamás entendió de él esta voluntad. No miraba Constanza mal a don Jorge, porque agradecida a su voluntad, le pagaba en tenérsela honestamente, pareciéndole que habiendo sus padres de darla esposo, ninguno en el mundo la merecía como don Jorge: y fiada en esto estimaba y favorecía sus deseos, teniendo por seguro el creer que apenas se la pediría a su padre, cuando tendría alegre y dichoso fin este amor, si bien le alentaba tan honesta y recatadamente que dejaba lugar a su padre para que en caso que no fuese su gusto el dársela por dueño, ella pudiese, sin ofensa de su honor, dejarse de esta pretensión.

No le sucedió tan felizmente a Federico con Teodosia porque jamás alcanzó de ella un mínimo favor, antes le aborrecía con todo extremo, y era la causa amar perdida a don Jorge, tanto que empezó a tratar y buscar modos de apartarle de la voluntad de su hermana.

Andaba con estos disfavores Federico tan triste que ya era conocida, si no la causa, la tristeza. Reparaba en ello Constanza que, por ser afable y amar tan honesta a don Jorge, no le cabía poca parte a su hermano; y casi sospechando que sería Teodosia la causa de su pena, por haber visto en los ojos de Federico algunas señales, lo procuró saber y fuele fácil por ser los caballeros muy familiares amigos de su casa, que siéndolo también los padres facilitaba cualquiera inconveniente.

Tuvo lugar la hermosa Constanza de hablar a Federico, sabiendo de él a pocos lances la voluntad que a su hermana tenía y los despegos con que ella le trataba, mas con apercibimiento que no supiese este caso don Jorge, pues, como se ha dicho, se llevaban mal.

Espantose Constanza de que su hermana desestimase a Federico, siendo por sus prendas digno de ser amado; mas como Teodosia tuviese tan oculta su afición, jamás creyó Constanza que fuese don Jorge la causa.

Estos enfados de don Jorge despertaron el alma a Teodosia a fin de dar modo cómo don Jorge aborreciese de todo punto a su hermana, pareciéndole a ella que el galán se contentaría con desamarla y no buscaría más venganza, y con esto tendría ella el lugar que su hermana perdiese: engaño común en todos los que hacen mal, pues sin mirar que le procuran al aborrecido, se le dan juntamente al amado.

Con este pensamiento, no temiendo el sangriento fin que podía tener tal desacierto, se determinó decir a don Jorge que Federico y Constanza se amaban, y pensando, lo puso en ejecución, que amor ciego ciegamente gobierna y de ciegos se sirve; y así, quien como ciego no procede, no puede llamarse verdaderamente su cautivo.

La ocasión que la fortuna dio a Teodosia fue hallarse solos Constanza y don Jorge, y el galán enfadado, y aun, si se puede decir, celoso de haberla hallado en conversación con su aborrecido hermano, dando a él la culpa de su tibia voluntad; no pudiendo creer que fuese recato honesto el que la dama con él tenía, la dijo algunos pesares, con que obligó a la dama a que le dijese estas palabras:

—Mucho siento, don Jorge, que no estiméis mi buena voluntad y el favor que os hago en dejarme amar, sino que os atreváis a tenerme en tan poco que, sospechando de mí lo que no es razón, entre mal advertidos pensamientos me digáis pesares celosos; y aun no contento con esto, os atrevéis a pedirme más favores que los que os he hecho, sabiendo que no los tengo de hacer. A sospecha tan mal fundada como la vuestra no respondo, porque si para vos no soy más tierna de lo que veis, ¿por qué habéis de creer que lo soy para vuestro hermano? A lo demás que decís, quejándoos de mi desabrimiento y tibieza, os digo, para que no os canséis en importunarme, que mientras no fuéredes mi esposo no habéis de alcanzar más de mí.

Y diciendo esto, por no dar lugar a que don Jorge tuviese algunas desenvolturas amorosas, le dejó y entró en otra sala donde había criados y gente.

No aguardaba Teodosia otra ocasión más que la presente para urdir su enredo, y habiendo estado a la mira y oído lo que había pasado, viendo quedar a don Jorge desabrido y cuidadoso de la resolución de Constanza, se fue a donde estaba y le dijo:

—No puedo ya sufrir ni disimular, señor don Jorge, la pasión que tengo de veros tan perdido y enamorado de mi hermana, y tan engañado en esto como amante suyo, y así, si me dais palabra de no decir en ningún tiempo que yo os he dicho lo que sé y os importa saber, os diré la causa de la tibia voluntad de Constanza. Sabed —dijo Teodosia— que vuestro hermano Federico y Constanza se aman con tanta terneza y firme voluntad que no hay para encarecerlo más que decir que tienen concertado de casarse; dada se tienen la palabra de esposos, y aun creo que con algunas más arraigadas prendas: testigo yo, sin querer ellos que lo fuese, oí y vi cuanto os digo, cuidadosa de lo mismo que ha sucedido: esto no tiene ya remedio, lo que yo os aconsejo es que, como tan bien entendido, llevéis este disgusto, creyendo que Constanza no nació para vuestra y que el cielo os tiene guardada sola la que os merece.

Con esto dio fin Teodosia a su traición, no queriendo por entonces decirle nada de su voluntad, porque no sospechase su engaño; y don Jorge principio a una celosa y desesperada cólera, porque en un punto ponderó el atrevimiento de su hermano y deslealtad de Constanza, y haciendo juez a sus celos y fiscal a su amor, juntando con esto el aborrecimiento con que trataba a Federico, aun sin pensar en la ofensa, dio luego contra él rigurosa sentencia; mas disimulando, por no alborotar, con Teodosia, le agradeció cortésmente la merced que le hacía, prometiendo el agradecimiento de ella, y por principio tomar su consejo y apartarse de la voluntad de Constanza, pues se empleaba en su hermano más debidamente que en él, despidiéndose de ella y dejándola en extremo alegre, pareciéndole que, defraudado don Jorge de alcanzar a su hermana, le sería a ella fácil de haberle por esposo.

Apenas se apartó don Jorge de Teodosia, cuando se fue a buscar a su aborrecido hermano, si bien primero llamó a un paje de quien fiaba mayores secretos, y dándole cantidad de joyas y dineros, con un caballo le mandó que le aguardase fuera de la ciudad en un señalado puesto. Hecho esto, se fue a Federico y le dijo que tenía ciertas cosas que tratar con él, para lo cual era necesario salir hacia el campo.

Hízolo Federico, no tan descuidado que no se recelase de su hermano, por conocer la poca amistad que le tenía; mas la fortuna hace sus cosas como le da gusto, sin mirar méritos ni ignorancias: tenía ya hecha la suerte por don Jorge contra el miserable Federico, porque apenas llegaron a un lugar a propósito, apartado de la gente, cuando sacando don Jorge la espada, llamándole robador de su mayor descanso y bien, sin darle lugar a que sacase la suya le dio una estocada en el corazón, de que cayó muerto.

Don Jorge acudió adonde le aguardaba su criado con el caballo y subiendo en él con su secretario a las ancas, se fue a Barcelona;

de allí, hallando las galeras que se partían a Nápoles, se embarcó en ellas, despidiéndose para siempre de España.

Fue hallado muerto esta misma noche el malogrado Federico, y traído a sus padres, con tanto dolor suyo y de toda la ciudad que a una lloraban su desgraciada muerte, ignorándose el agresor de ella. Sintió mucho Constanza la ausencia de don Jorge, mas no de suerte que diese que sospechar cosa que no estuviese muy bien a su opinión.

En este tiempo murió su padre, dejando a sus hermosas hijas con gran suma de riqueza y a su madre por su amparo: la cual, ocupada en el gobierno de su hacienda, no trató de darlas estado en más de dos años, sin que en todo este tiempo se supiese cosa alguna de don Jorge, cuyo olvido fue haciendo su acostumbrado efecto en la voluntad de Constanza, lo que no pudo hacer en la de Teodosia que, siempre amante y siempre firme, deseaba ver casada a su hermana para vivir más segura si don Jorge pareciese.

Sucedió en este tiempo venir a algunos negocios a Zaragoza un hidalgo montañés, más rico de bienes de naturaleza que de fortuna, hombre de hasta treinta o treinta y seis años, galán discreto y de muy amables partes, llamado Carlos. Tomó posada en frente de la casa de Constanza, y a la primera vez que vio la belleza de la dama, le dio en pago de haberla visto la libertad, dándole asiento en el alma con tantas veras que sola la muerte le pudo sacar de esta determinación.

Veíase nuestro Carlos pobre fuera de su patria, porque, aunque le sobraba de noble lo que le faltaba de rico, no era bastante para atreverse a pedirla por mujer, seguro de que no se la habían de dar; mas como no hay amor sin astucias ni cuerdo que no sepa aprovecharse de ellas, imaginó una que fue bastante a darle lo mismo que deseaba, y para conseguirla empezó a tomar amistad con Fabia, que así se llamaba la madre de Constanza, y a regalarla con algunas cosas que procuraba para este efecto, haciendo la noble señora en agradecimiento lo mismo. Visitábalas algunas veces, granjeando con su agrado y linda conversación la voluntad de todas, tanto que ya no se hallaban sin él.

En teniendo Carlos dispuesto este negocio tan a su gusto, descubrió su intento a una ama vieja que le servía, prometiéndole pagárselo muy bien, y de esta suerte se empezó a fingir enfermo, y no solo con achaque limitado sino que de golpe se arrojó en la cama.

Tenía ya su vieja ama prevenido un médico, a quien dieron un gran regalo, y así comenzó a curarle a título de un cruel tabardillo. Supo la noble Fabia la enfermedad de su vecino y con notable sentimiento le fue luego a ver, y le asistía como si fuera un hijo. Creció la fingida enfermedad, a dicho del médico y congojas del enfermo, tanto que se le ordenó que hiciese testamento.

237

Todo lo cual se hizo en presencia de Fabia, que sentía el mal de Carlos en el alma, a la cual dijo el astuto Carlos, asidas las manos, estando para hacer testamento:

—Ya veis, señora mía, en el estado que está mi vida, más cerca de la muerte que de otra cosa; no lo siento tanto por haberme venido en la mitad de mis años cuanto por estorbarse con ella el deseo que siempre he tenido de serviros después que os conocí, mas para que mi alma vaya con algún consuelo de este mundo, dadme licencia para descubriros un secreto. Seis meses ha, señora Fabia —dijo Carlos—, que vivo en frente de vuestra casa, y esos mismos que adoro y deseo para mi mujer a mi señora doña Constanza, vuestra hija: por su hermosura y virtudes no he querido tratar de ello, aguardando la venida de un caballero, deudo mío, a quien esperaba para que lo tratase; mas Dios, que sabe lo que más conviene, ha sido servido de atajar mis intentos de la manera que veis, sin dejarme gozar de ese deseado bien: la licencia que ahora me habéis de dar es para que yo la deje toda mi hacienda, y que ella la acepte, quedando vos, señora, por testamentaria, y después de cumplido mi testamento, todo lo demás sea para su dote.

Agradeciole Fabia con palabras amorosas la merced que le hacía, sintiendo y solemnizando con lágrimas el perderle.

Hizo Carlos su testamento, y por decirlo de una vez, él testó más de cien mil ducados, señalando en muchas partes de la montaña muy lucida hacienda, y de todo dejó por heredera a Constanza, y a su madre tan lastimada que pedía al cielo con lágrimas su vida.

En viendo Fabia a su hija, echándole al cuello los brazos, le dijo:

—¡Ay hija mía, en qué obligación estás a Carlos! ya puedes desde hoy llamarte desdichada, perdiendo como pierdes tal marido.

—No quiera el cielo, señora —decía la hermosa dama, agradada de las buenas prendas de Carlos y obligada con la riqueza que la dejaba—, que Carlos muera, ni que yo sea de tan corta dicha que tal vea; yo espero en Dios que le ha de dar vida para que todas sirvamos la voluntad que nos muestra.

Dentro de pocos días empezó Carlos, como quien tenía en su mano la salud, a mejorar, y antes de un mes a estar del todo sano, y no solo sano sino esposo de la bella Constanza; porque Fabia, viéndole con salud, le llevó a su casa y desposó con su hija, granjeando este bien por medio de su engaño, y Constanza tan contenta porque su esposo sabía granjear su voluntad con tantos regalos y caricias que, ya muy seguro de su amor, se atrevió a descubrirle su engaño, dando la culpa a su hermosura y al verdadero amor que desde que la vio la tuvo.

Cuatro años serían pasados de la ausencia de don Jorge, muerte de Federico y casamiento de Constanza, en cuyo tiempo la bellísima dama tenía por prendas de su querido esposo dos hermosos hijos, con los cuales, más alegre que primero, juzgaba perdidos los años que había gastado en otros devaneos, sin haber sido siempre de su Carlos, cuando don Jorge, habiendo andado toda la Italia, Piamonte y toda Flandes, no pudiendo sufrir la ausencia de su amada señora, seguro, por algunas personas que había visto por dónde había estado, de que no le atribuían a él la muerte del malogrado Federico, dio la vuelta a su querida patria y se presentó a los ojos de sus padres, y si bien su ausencia había dado que sospechar, supo dar tal satisfacción y color a su fuga, llorando con fingidas lágrimas y disimulada pasión la muerte de su hermano, haciéndose muy nuevo en ella, que deslumbró cualquier indicio que pudiera haber.

La que menos contento mostró en esta venida fue Constanza, porque casi adivinando lo que había de suceder, como amaba tan de veras a su esposo, se entristeció de lo que los demás se alegraban; porque don Jorge, aunque sintió con las veras posibles hallarla casada, se allanó a servirla y solicitarla de nuevo, ya que no para su esposa, que era imposible, a lo menos para gozar de su hermosura, por malograr tantos años de amor. Los paseos, regalos, músicas y finezas eran tantas que casi se empezó a murmurar por la ciudad, mas a todo la dama estaba sorda, porque jamás admitía ni estimaba cuanto el amante por ella hacía, antes la servía de mayor pena.

La que tenía Teodosia de ver estos extremos de amor en su querido don Jorge era tanta que, a no alentarla los desdenes con que su hermana le trataba, mil veces perdiera la vida. No ignoraba Constanza de dónde le procedía a su hermana la pena, y deseaba que don Jorge se inclinase a remediarla, tanto por no verla padecer como también por no verse perseguida de sus importunaciones; mas cada hora lo hallaba más imposible, por estar ya don Jorge tan rematado y loco en solicitar su pretensión que no sentía que en Zaragoza se murmurase ni que el esposo de Constanza lo sintiese.

Más de un año pasó don Jorge en este tema, sin ser parte las veras con que Constanza excusaba su vista, cuando Teodosia, agravada de su tristeza, cayó en la cama de una peligrosa enfermedad, tanto que se llegó a tener muy poca esperanza de su vida.

Constanza, que la amaba tiernamente, conociendo que el remedio de su pena estaba en don Jorge, se determinó a hablarle, forzando, por la vida de su hermana, su desapegada y cruel condición; y así, un día que Carlos se había ido a caza, le envió a llamar.

Loco de contento recibió don Jorge el venturoso recado de su querida dama; y por no perder esta ventura fue a ver lo que el dueño de su alma le quería. Con alegre rostro recibió Constanza a don Jorge, y sentándose con él en su estrado, lo más amorosa y honestamente que pudo, por obligarle y traerle a su voluntad, le dijo las razones siguientes:

—No puedo negar, señor don Jorge, si miro desapasionadamente vuestros méritos y la voluntad que os debo, que fui desgraciada el día que os ausentasteis de esta ciudad, pues con esto perdí el alcanzaros por esposo, cosa que jamás creí de la honesta afición con que admitía vuestros favores y finezas, si bien el que tengo es tan de mi gusto que doy mil gracias al cielo por haberle merecido: esta voluntad deseo pagaros sin ser a costa de mi honor, dándoos en mi lugar otra que de mi parte pague lo que en mí es sin remedio. En concederme este bien me ganáis, no solo por verdadera amiga sino por perpetua esclava, y para no teneros suspenso, esta hermosura que en cambio de la mía os quiero dar es mi hermana Teodosia, la cual, desesperada de vuestro desdén, está en lo último de su vida, sin saber otro remedio para dársela sino vos mismo. Ahora es tiempo de que yo vea lo que valgo con vos, si alcanzo que nos honréis a todos dándola la mano de esposo. Con esto quitáis al mundo de murmuraciones, a mi esposo de sospechas, a vos mismo de pena, y a mi hermana de las manos de la muerte: y yo, teniéndoos por hermano, podré pagar con agradecimientos lo que ahora niego por recato.

Turbado oyó don Jorge a Constanza, y precipitado en su pasión amorosa, la respondió:

—¿Este es el premio, hermosa Constanza, que tenías guardado al tormento que por ti paso y al firme amor que te tengo? Pues cuando entendí que obligada de él me llamabas para dármele, me quieres imposibilitar de todo punto de él; pues asegúrote que conmigo no tienen lugar tus ruegos, porque otra que no sea Constanza no triunfará de mí: amándote he de morir, y amándote viviré hasta que me asalte la muerte; mira si cuando la deseo para mí se la excusaré a tu hermana.

Púsose Constanza, oyendo esto, en pie, y en modo de burla dijo:

—Hagamos, señor don Jorge, un concierto, y sea que como vos me hagáis en esta placeta que está delante de mi casa, de aquí a la mañana, un jardín tan adornado de cuadros y olorosas y vistosas flores, árboles y fuentes, que ni en su frescura ni belleza, ni en la diversidad de pájaros que en él haya, desdiga de los nombrados pensiles de Babilonia que Semíramis hizo sobre sus muros, yo me pondré en vuestro poder y haré por vos cuanto deseáis; y si no, que os habéis de dejar de esta pretensión, otorgándome en pago el ser esposo de mi hermana, porque si no es a precio de este imposible no han de perder Carlos y Constanza su honor, granjeado con tanto cuidado y sustentado con tanto aumento.

Con esto se entró donde estaba su hermana, bien descontenta del mal recado que llevaba de su pretensión, dejando a don Jorge tan desesperado que fue milagro no quitarse la vida. Saliose asimismo loco y perdido de casa de Constanza, y con desconcertados pasos, sin mirar dónde iba, se fue al campo, y allí maldiciendo su suerte, dando tristes y lastimosos suspiros, y cercado de mortales pensamientos, se le puso (sin ver por dónde ni cómo había venido) delante un hombre que le dijo:

—¿Qué tienes, don Jorge? ¿Por qué das voces y suspiros al viento pudiendo remediar tu pasión de otra suerte? ¿Qué lágrimas femeniles son estas? ¿No tiene más ánimo un hombre de tu valor que el que aquí muestras? ¿No echas de ver que, pues tu dama puso precio a tu pasión, que no es tan difícil tu remedio como piensas?

Mirándole estaba don Jorge, espantado de oírle decir lo que él apenas creía que sabía nadie, y así le respondió:

—¿Y quién eres tú, que sabes lo que yo mismo no sé y que asimismo me prometes remedio? ¿Qué puedes tú hacer cuando aun al demonio es imposible?

—Y si yo fuese el que dices —respondió—, ¿qué dirías? Ten ánimo y mira qué me darás si yo hago el jardín que tu dama pide.

—Pon tú el precio a lo que por mí quieres hacer, que pronto estoy a otorgarlo.

—Pues mándame el alma —dijo el demonio— y hazme de ella cédula, que antes que amanezca podrás cumplir a tu dama su deseo.

Amaba el mal aconsejado mozo, y así no dificultó hacer lo que el demonio le pedía. Hízole la cédula en la manera que él la ordenó, y firmando sin mirar lo que hacía ni que por precio de un desordenado apetito daba una joya tan apreciada y que tanto le costó al divino Criador. Hecho esto, don Jorge se fue a su posada y el demonio a dar principio a su fabulosa fábrica.

Llegó la mañana y don Jorge, creyendo que había de ser la de su gloria, se levantó al amanecer, y vistiéndose lo más rica y costosamente que pudo, se fue donde el jardín se había de hacer, y llegando a la placeta que estaba en frente de la casa de la hermosa Constanza el más contento que en su vida estuvo, vio la más hermosa obra que jamás había visto, que a no ser mentira, como el autor de ella, pudiera ser recreación de cualquier monarca. Entrose dentro y estuvo aguardando un buen rato que saliese su dama a ver cómo había cumplido su deseo.

Carlos, que aunque la misma noche que Constanza habló con don Jorge había venido de caza cansado, madrugó aquella mañana para acudir a un negocio que se le había ofrecido; y como apenas fuese de día, abrió una ventana que caía a la placeta, poniéndose a vestir en ella; y como se le ofreciese a los ojos la máquina ordenada por el demonio para derribar la fortaleza del honor de su esposa, como admirado estuvo un rato creyendo que soñaba, mas viendo que ya que los ojos se pudieran engañar, no lo hacían los oídos, que absortos a la dulce armonía de tantos y tan diversos pajarillos como en el deleitoso jardín estaban, empezó a dar voces, llamando a su esposa y a los demás de su casa, diciéndoles que se levantasen y verían la mayor maravilla que jamás se vio.

A las voces que Carlos dio se levantó Constanza y su madre, y cuantos en su casa había, bien seguros de tal novedad, porque la dama ya no se acordaba de lo que le había pedido a don Jorge, segura de que no lo había de hacer, y como descuidada se llegase a ver qué la quería su esposo y viese el jardín, precio de su honor, tan adornado de flores y árboles, que aun le pareció que era menos lo que ella había pedido, y muy poco, según lo que la daban, pues las fuentes y hermosos cenadores ponían espanto a quien las veía, y viese a don Jorge tan lleno de galas y bizarría pasearse por él, y en un punto considerase lo que había prometido, sin poderse tener en sus pies se dejó caer en el suelo, a cuyo golpe acudió su esposo y los demás, pareciéndoles que estaban encantados según los prodigios que veían.

Y tomándola en sus brazos, como quien la amaba tiernamente, con gran priesa pedía que llamasen a los médicos, pareciéndole que estaba sin vida, por cuya causa su marido y hermana solemnizaban con lágrimas su muerte, a cuyos llantos acudió mucha gente que se había juntado en el jardín que en la plaza estaba, y entre ellos don Jorge, que luego imaginó lo que podía ser.

Media hora estuvo la hermosa señora de esta suerte, haciéndosele innumerables remedios, cuando, estremeciéndose fuertemente, tornó en sí; y viéndose en los brazos de su amado esposo, cercada de gente, y entre ellos don Jorge, llorando amarga y abundantemente, puestos los ojos en Carlos, le empezó a decir:

—Ya, señor mío, si quieres tener honra, y que tus hijos la tengan y mis nobles deudos no la pierdan sino que tú se la des, conviene que al punto me quites la vida; no porque a él ni a ellos he ofendido; mas porque puse precio a tu honor y al suyo, sin mirar que no le tiene. Yo lo hiciera imitando a Lucrecia, y aun dejándola atrás, pues si ella se mató después de haber hecho la ofensa, yo muriera sin cometerla; mas soy cristiana y no es razón que, pues yo estoy sin culpa, pierda la vida y te pierda juntamente a ti, que lo eres mío, y pierda el alma que tanto costó a su Criador.

Más espanto dieron estas razones a Carlos que lo demás que había visto; y así le pidió que dijese la causa por qué las decía y lloraba con tanto sentimiento. Entonces Constanza, aquietándose un poco, contó públicamente cuanto con don Jorge la había pasado desde que la empezó a amar hasta el punto en que estaba, añadiendo por fin que, pues ella había pedido a don Jorge un imposible y él le había cumplido, que en aquel caso no había otro remedio sino su muerte, con la cual, dándosela su marido, como el más agraviado, tendría todo fin y don Jorge no podría tener queja de ella.

Viendo Carlos un caso tan extraño, considerando que por su esposa se veía en tanta prosperidad, pues la desigualdad muchas veces suele ser freno a las inclinaciones de los hombres, porque el que escoge mujer más rica que él no lleva mujer sino señora; y asimismo, más enamorado que nunca de la hermosa Constanza, la dijo:

—No puedo negar, señora mía, que hicisteis mal en poner precio a lo que en realidad de verdad no lo tiene ni puede tener, porque la virtud y la castidad de la mujer no hay en el mundo con que se pueda pagar, pues aunque os fiasteis de un imposible, pudierais considerar que no le hay para un amante que lo es de veras, y el premio de su amor le espera alcanzar con cometer imposibles y hacerlos; mas esta culpa ya la pagáis con la pena en que os veo; por tanto ni yo os quitaré la vida ni os daré más pesadumbre de la que tenéis: el que ha de morir es Carlos, que, como desdichado, ya la fortuna, cansada de sufrirle, le quería derribar.

Y diciendo esto sacó la espada y fuésela a meter por los pechos, sin mirar que con esta desesperada acción perdía el alma, al tiempo que don Jorge, temiendo lo mismo que él quería hacer, había de un salto juntádose con él, y asiéndole fuertemente el puño de la espada le dijo:

—Tente, Carlos, tente.

Y así como estaba, prosiguió contando cuanto con el demonio le había pasado hasta el punto que estaba, y pasando adelante dijo:

—No es razón que a tan noble condición como la tuya haga yo ninguna ofensa, pues solo con ver que te quitas la vida porque yo no muera (pues no hay muerte para mí más cruel que privarme del bien que tanto me cuesta, pues he dado por precio el alma), me ha obligado de suerte que no una sino mil perdiera por no ofenderte: tu esposa está ya libre de su obligación, que yo la alzo la palabra; goce Constanza a Carlos, y Carlos a Constanza, pues el cielo los crió tan conformes que solo él es el que la merece y ella la que es digna de ser suya; y muera don Jorge, pues nació tan desdichado que no solo ha perdido gusto por amar, sino la joya que le costó a Dios morir en una cruz.

A estas últimas palabras de don Jorge se les apareció el demonio con la cédula en la mano; y dando voces les dijo:

—No me habéis de vencer, aunque más hagáis, pues donde un marido, atropellando su gusto y queriendo perder la vida, se vence a sí mismo dando licencia a su mujer para que cumpla lo que prometió, y un loco amante obligado de esta suerte a palabra que le cuesta no menos que el alma, como en esta cédula se ve que me hace donación de ella, no he de hacer menos yo que ellos; y así, para que el mundo se admire de que en mí pudo haber virtud, toma, don Jorge, ve ahí tu cédula, yo te suelto la obligación, que no quiero alma de quien tan bien se sabe vencer.

Y diciendo esto le arrojó la cédula, y dando un grande estallido se desapareció y juntamente el jardín, quedando en su lugar un espeso y hediondo humo.

Al ruido que hizo, que fue tan grande que parecía hundirse la ciudad, Constanza y Teodosia, con su madre y las demás criadas que absortas y embelesadas habían quedado con la vista del demonio, volvieron sobre sí, y viendo a don Jorge hincado de rodillas, dando con lágrimas gracias a Dios por la merced que le había hecho de librarle de tal peligro, creyendo que por secretas causas solo a su Majestad Divina reservadas había sucedido aquel caso, le ayudaron todos haciendo lo mismo.

Acabada don Jorge su devota oración, se volvió a Constanza y la dijo así:

—Ya, hermosa señora, conozco cuán acertada has andado en guardar el decoro que es justo al marido que tienes; y así, para que viva seguro de mí, pues de ti lo está y tiene tantas causas para ello, después de pedirte perdón por la opinión que te he quitado con mis importunas pasiones, te pido lo que tú ayer me dabas, deseosa de mi bien, y yo como loco desprecié, que es a la hermosa Teodosia por mujer, que con esto el noble Carlos quedará seguro y esta ciudad enterada de tu valor y virtud.

Oyendo esto, Constanza se fue con los brazos abiertos a don Jorge, y echándoselos al cuello dijo:

—Tomad este favor que os doy como a mi hermano, siendo el primero que alcanzáis de mí desde que me amáis.

Este mismo día fueron desposados don Jorge y la bella Teodosia con general contento. Y otro día hicieron las bodas, siendo padrinos Carlos y la bella Constanza hiciéronse muchas fiestas en la ciudad, solemnizando el dicho de tales sucesos, en los cuales don Jorge y Carlos se señalaron, dando muestras de su gallardía.

Vivieron muchos años con hermosos hijos, sin que jamás se supiese que don Jorge hubiese sido el matador de Federico, hasta que, después de muerto don Jorge, Teodosia contó el caso, a la cual cuando murió la hallaron escrita de su mano esta maravilla, dejando al fin de ella por premio al que dijese cuál hizo más de estos tres, Carlos, don Jorge o el demonio, el laurel de bien entendido. Cada uno lo juzgue si le quiere ganar, que yo quiero dar aquí fin al Jardín engañoso, título que da el suceso referido a esta maravilla.

Dio fin la discreta Laura a su maravilla, y todas aquellas damas y caballeros principio a disputar cuál había hecho más, por quedar con la opinión de discreto; y porque la bella Lisis había puesto una joya para el que acertase, cada uno daba su razón: unos alegaban que el marido y otros que el amante, y todos juntos que el demonio, por ser en él cosa nunca vista el hacer bien.

Esta opinión sustentó divinamente don Juan, llevando la joya prometida, no con pocos celos de don Diego y gloria de Lisarda, a quien la rindió al punto, dando a Lisis no pequeño pesar.

En esto entretuvieron parte de la noche, y por no ser hora de representar la comedia, se quedó para el día de la Circuncisión, en que se habían de desposar don Diego y la hermosa Lisis; y así se fueron a cenar con mucho gusto, dando fin a la quinta noche, y yo a mi entretenido sarao; prometiendo segunda parte, y en ella el castigo de la ingratitud de don Juan, mudanza de Lisarda y bodas de Lisis; si, como espero, es estimado mi trabajo, agradecido mi deseo, y alabado, no mi tosco estilo, sino el deseo con que va escrito.

Libros Mablaz — Ciencia Ficción y Fantasía

http://librosmablaz.com/

Libros Mablaz — CLÁSICOS de Ciencia Ficción recuperados

http://librosmablaz.com/

Libros Mablaz

Narrativa — Relatos

/www.librosmablaz.com/